Katrin Zipse

Glücksdrachenzeit

Katrin Zipse

Glücksdrachenzeit

magellan

Für Ole und Merle

Prolog

»Nicht hinschauen, Nellie!«, kommandiert Kolja und legt seine Hand über meine Augen. Sie ist warm und schwer. Sie riecht nach Jungsschweiß und Seife, abenteuerlich und vertraut. Es gibt nichts mehr, wovor ich mich fürchten könnte. Selbst als ich die schnellen Schritte höre. Und dann den Schrei.

1

Ich will, dass Du mich verstehst. Damit ich es selbst begreife. Und damit Du mir verzeihst.

Und dafür musst Du mir zuhören.

2

Mitten in der Nacht kniet sich Kolja neben mein Bett. Er legt seinen Kopf auf mein Kissen, so dicht an meinen, dass sich unsere Nasen berühren. Er riecht nach Kaffee und Zigarettenrauch. Ganz sacht pustet er mich an. Direkt ins Gesicht. Das kitzelt und das weiß er natürlich. Früher hat er mich damit geärgert, wenn ich nicht aufstehen wollte.

»Lass das«, knurre ich. »Du stinkst nach Zigarette.«

»Wach mal auf, Nellie«, flüstert er. »Ich will dir Tschüss sagen.«

»Gehst du noch weg?« Ich öffne die Augen. »Ist es nicht schon ewig spät?«

»Es ist ganz früh. Kurz vor vier. Viktor kommt gleich und fährt mich zur Trampstelle. Ich hau ab, Nellie. Und zwar für lange.«

»Haha«, sage ich müde. »Echt witzig.«

Aber Kolja lacht nicht.
Er gibt mir einen Kuss auf die Backe und geht.

Ich bin ihm nicht hinterhergerannt.
Ich habe ihm nicht mal hinterhergerufen.

In miesen Minuten hat mich dieser Gedanke völlig fertiggemacht: dass ich vielleicht alles hätte verhindern können, all das, was dann kam, wenn ich »Halt!« gerufen hätte, »Stopp!«, »Zurück!«. Wenn ich ihn daran erinnert hätte, was er mir einmal versprochen hatte.

In noch mieseren Minuten war ich davon überzeugt, dass es das Schicksal einen Dreck interessierte, was ich tat und was ich ließ.
Jetzt denke ich einfach nur:
Okay. Es kommt, wie es kommt.
Und dann reagiert man eben.
Aber nicht vorher.
Vorher nie.

3

Ich renne im Nachthemd durch den oberen Flur. Es ist dunkel, es ist kalt und ich habe Angst. Ich drücke mein Katzenkissen an mich. Ich rufe nach Mama und nach Papa, aber keiner kommt. Ich schreie. Ich schreie wie am Spieß.

4

Als ich das Auto höre, wühle ich mich aus dem Bett und gehe zum Fenster. Vor unserem Haus steht der Lieferwagen von Viktors Firma. »Sanitärtechnik Neumann« ist in hellblauer Schreibschrift auf die Seite gemalt. Daneben eine lachende Kloschüssel mit Wimpern am offenen Deckelrand. Wer denkt sich so was aus? Viktor lehnt an der Beifahrertür und schnippt seine Zigarettenkippe in den Topf mit dem Oleander, der neben unserem Gartentor steht. Garantiert hat er sich das Auto genommen, ohne vorher seinen Chef zu fragen. Viktor macht ständig Sachen, die nicht ganz okay sind, ein bisschen krumm, ein bisschen unwahr, ein bisschen verboten und manchmal richtig kriminell. »Der wilde Viktor zieht den Ärger förmlich an«, hat Mama immer behauptet. Das war, als er noch zu uns kommen durfte.

Ich halte mein Handy aus dem Fenster und schalte den Soundrekorder an.

Ich nehme alles auf:

Den satten Rums, als die Haustür ins Schloss fällt, Koljas schnelle Schritte auf dem Gartenweg, Viktors Lachen, weil Kolja sich mit seinem riesigen Rucksack im Gartentor verheddert, ein kurzes Bellen von Jackson, der aus dem Schlaf geschreckt ist, das Schlagen des Tors, Metall auf Metall, Koljas Stimme, die ein bisschen kiekst, wie immer, wenn er aufgeregt ist.

Was er sagt, verstehe ich nicht. Aber er klingt so glücklich. So verdammt beschissen glücklich.

Ich schließe die Augen, als die Autotüren zuknallen und Koljas Stimme abschneiden. Ich will nicht sehen, wie der Lieferwagen losfährt. Aber ich höre ihn durch die Straße röhren. Erst als er um die Kurve biegt, erstirbt das Geknatter. Es ist wieder still. Nur die Vögel singen sich immer lauter in den neuen Tag.

Ich schaue auf die leere Straße und schalte den Rekorder aus.

Ich habe Koljas Lachen aufbewahrt.

Ein Lachen, das mir nicht gehört, das Viktor gegolten hat oder vielleicht nicht mal ihm, sondern dem Leben ohne uns. Ohne den Familienklotz am Bein, den Hemmschuh Nellie, die Schwesternplage mit den maßlosen Ansprüchen, den schlimmen Träumen und den schlechten Nächten.

Ganz bestimmt hat er sich nicht mal nach mir umgedreht.

5

Ich speichere sein Lachen, seine Schritte und das Knallen der Beifahrertür. Lege es ab im Ordner »15 Jahre Nellie Spirelli«.

15 Jahre Nellie Spirelli – und dann?

Keine Schwester mehr oder was?

Kein Bruder mehr?

»Nellie Spirelli Nudelkönigin«, das war mal Koljas Spitzname für mich. Doch das ist ewig her. Aber immerhin hat er sich noch daran erinnert, als er im letzten Dezember seinen Geburtstagssong für mich aufgenommen hat. Er hat ihn auf dem Handy abgespeichert, das mir Mama und Papa geschenkt haben, und den Ordner danach benannt. Wobei man das Ding eigentlich nicht Song nennen kann. Er pfeift »Happy Birthday« und Jackson jault dazu. Später habe ich noch sein Märchen in den Ordner kopiert. Das hat er für mich aufgenommen, bevor er ins Ferienlager gefahren ist, damit ich auch ohne ihn einschlafen konnte. Vor vier Jahren war das. Seine Stimme klingt total schräg auf der Aufnahme, weil er mitten im Stimmbruch war. Damals ist mir das gar nicht aufgefallen. Das Märchen handelt von einem Meer in unserem Garten, das so blau ist, dass man beim Eintauchen singen muss, von schillernd bunten Vögeln, die auf seinem Schreibtisch sitzen und mit ernsten Augen das Mathebuch studieren, von einer Schlange, die unter meinem Kopfkissen wohnt und mir im Schlaf Sprachen beibringt, die ich am Morgen wieder vergessen habe.

Ich könnte Dir das ganze Märchen auswendig hersagen. Wort für Wort. Ein Jahr lang habe ich es jeden Abend gehört. Denn als Kolja nach zwei Wochen aus seinem Ferienlager zurückkam, erzählte er mir keine Geschichten mehr. Ich durfte nicht mal mehr in seinem Bett einschlafen.

Ich habe richtig Terz gemacht deshalb. Jeden Abend stand ich vor seiner verschlossenen Tür und versuchte, ihn dazu zu bringen, mich reinzulassen:

»Wenigstens bis ich eingeschlafen bin! Danach kannst du mich ja in mein Bett tragen.«

»Du bist zu schwer!«

»Ich leg mich ganz an den Rand. Ich stör dich nicht. Versprochen!«

»Nellie, du bist fast elf! Mit fast elf kann man alleine schlafen.«

»Ich aber nicht!«

»Dann musst du es lernen. Oder willst du deinem Mann später mal sagen, dass ich bei euch in der Besucherritze liegen muss?«

Damit machte er mich komplett fertig. Ich hörte auf, vor seiner Tür zu betteln, und ging in mein eigenes Bett. Dort lag ich Ewigkeiten wach und kämpfte außer mit meinen üblichen schrecklichen Gedanken auch noch mit der Horrorvorstellung, wie ich meinem zukünftigen Mann erkläre, warum Kolja zwischen uns liegt.

»15 Jahre Nellie Spirelli.«

Ich sollte den Ordner umbenennen:

»King Kolja, 18 Jahre.«

Klingt wie eine Grabinschrift für einen früh verstorbenen Rockstar.

Oder wie die Unterzeile unter einem Foto von jemandem, der verschwunden ist.

»King Kolja, 18 Jahre, vermisst.«

Jetzt schon vermisst.

6

Ich will wissen, was er mitgenommen hat.

Vorsichtig schleiche ich aus meinem Zimmer. Ich darf Mama und Papa nicht wecken. Es ist besser, sie sind einigermaßen ausgeschlafen, wenn sie mitkriegen, dass Kolja weg ist. Denn er hat ihnen bestimmt nichts gesagt.

Vor seiner Zimmertür bleibe ich wie angewurzelt stehen. Sie ist zu, wie immer. Aber das alles sehende Auge klebt nicht mehr darauf. Es hat sein Zimmer bewacht und jetzt ist es fort. Und das haut mich echt um.

Nicht dass ich es aus ästhetischen Gründen vermissen würde. Das alles sehende Auge stammt aus Koljas gruftiger Phase nach dem Internat, als er sich wochenlang in seinem Zimmer verbarrikadierte. Das Einzige, was man von ihm mitkriegte, war seine Musik – ein monotones Wimmern und Stampfen durch den ganzen Flur, den halben Tag und die ganze Nacht.

Und dazu das Glotzauge, Bleistift auf Papier, ein Schlange-Kaa-Auge, nur viel gruseliger. Es hat mich echt Nerven gekostet, wenn ich nachts daran vorbeimusste, weil ich aufs Klo wollte.

Das alles sehende Auge ist so was wie Koljas Talisman.

Das rubbelt man nicht für einen kurzen Urlaub von der Tür.

Das nimmt man mit, wenn es einem ernst ist.

Damit es woanders auf einen aufpasst.

Ich schaue mich in seinem Zimmer um. Es hat sich nichts verändert. Ich kann nicht mal erkennen, ob er überhaupt Klamotten eingepackt hat. Auf dem Fußboden liegen noch jede Menge einzelner Socken und seine Jogginghose und dreckige T-Shirts und Pullis und Handtücher, die nach nasser Wäsche stinken. Ich schnappe mir sein Schlafshirt und ziehe es über meins. Mir ist kalt.

Als ich die Treppe herunterkomme, steht Jackson an der Haustür und wedelt mit dem Schwanz. Ich lasse ihn in den Garten hinaus und er läuft aufgeregt zum Tor. Er schnüffelt dort, wo Koljas Rucksack sich verfangen hat.

An der Garderobe fehlt Koljas Jacke.

Auf dem Küchentisch steht eine Schale mit halb angetrockneten Müsliresten und eine Tasse, in der noch ein Schluck schwarzer Kaffee ist. Daneben liegt ein vollgekritzelter Zettel.

Ich trinke den lauwarmen Kaffee aus, bevor ich den Zettel lese.

»Liebe Mama, lieber Papa,

ich weiß nicht, wie lange ich weg bin, und ich weiß auch noch nicht, wohin ich gehe. Ich brauche kein Geld von euch, ich brauche gar nichts, ich möchte nur, dass ihr endlich begreift, dass ich nicht der Sohn bin, den ihr gerne gehabt hättet, und dass ich es nicht ändern kann.

Kolja«

Ich bin so sauer auf ihn, dass ich sein T-Shirt ausziehe und in die Mülltonne stopfe.

7

Wenn Kolja nicht der Sohn ist, den Mama und Papa haben wollten, dann bin ich auch nicht die richtige Tochter für sie. Dann sind wir falsche Kinder, wir beide. Aber das ist noch lange kein Grund, seine Eltern im Stich zu lassen.

Und mich.

8

Bis Mama und Papa aus dem Haus sind, stelle ich mich tot. Ich habe erst zur dritten Stunde Schule, und ich will nicht dabei sein, wenn sie Koljas Brief lesen.

Mir reicht, was ich mitkriege.

Wie Papa die Treppe hochkommt, langsam und schwerfällig und so zögerlich, als wären die Stufen aus Glas. Genauso zögerlich und langsam öffnet er meine Zimmertür. Aber ich schlafe ja, tief und schwer, mit ganz regelmäßigen Atemzügen, Papa muss sie hören, und ich habe die Augen so fest geschlossen. Ich weiß doch, wie er da steht, mit krummem Rücken und ratlosem Blick, und ich müsste irgendetwas sagen oder machen, damit er sich wieder aufrichtet und sein Blick klarer wird, und vielleicht würde er dann sogar lächeln und so tun, als ob gar nichts gewesen sei. Alles in Ordnung, Nellie, was hast du denn, alles prima, Kolja ist fort, aber wir kriegen das hin, wir kommen drüber weg. Guck doch mal, wie tapfer wir sind, Nellie, mein Schatz, wie patent wir sind, stille, tapfere Soldaten im Sturm des Lebens und extra für dich.

Aber ich will schlafen, verdammt.

Leise zieht Papa die Tür wieder hinter sich zu. Ich höre ihn an die Badezimmertür pochen und nach Mama flüstern, alles ganz leise, leise, aber ich kann es trotzdem hören, weil ich es einfach weiß. Wie Mama und Papa plötzlich leise werden, leise und noch leiser und stumm und noch stummer, bis keine Luft mehr zum Atmen da ist, weil die Stille den ganzen Raum eingenommen hat. Aber bevor ich erstickt bin, hat Kolja mich aus dem Zimmer gezogen und ist mit mir über die Felder gerannt. Bis dorthin, wo sie jetzt das riesige Einkaufszentrum hingebaut haben.

»Kolja ist weg!«, flüstert Papa.

»Wie ›weg‹?«, fragt Mama durch die Badezimmertür.

»Ganz weg.«

»Und Nellie?«

»Nellie schläft.«

Und dann sind sie beide still.

Ich gehe erst aus meinem Zimmer, als ich die Haustür ins Schloss fallen höre. Koljas Brief liegt nicht mehr auf dem Tisch.

Ich hole sein T-Shirt wieder aus der Mülltonne und verstecke es unter meinem Kopfkissen.

9

Sie weiß nicht, ob das ihr Fuß ist. Er liegt so weit entfernt. Oder ist er doch ganz nah, bei ihr? Wenn sie ihn aber doch nicht fühlt. Und atmen. Tief durchatmen, wie damals mit ihrer Mutter und Leni auf dem Kartoffelacker mit den winzig kleinen Kartoffeln. Der Himmel war ganz weit und die Kartoffeln so klein, dass drei in eine von Lenis winzigen Händen passten. Sie kriegt aber keine Luft hier, so klein ist alles um sie herum und dunkel und grau. Die Farben sind gestorben. Und sie weiß doch nicht, von woher Lenis Husten kommt.

Ich habe Dir das hier abgeschrieben wegen dem Ersticken. Und weil ich doch auch nicht wusste, wo Du warst.

10

»Kolja ist weg«, sagt Mama, als ich von der Nachmittagsschule nach Hause komme.

»Ich weiß«, sage ich.

»Hat er dir gesagt, wo er hinwill?«

Ich kann sehen, wie sie kleiner wird, als ich langsam den Kopf schüttle.

11

Die nächsten Wochen sind nicht schön.

Keine Musik dringt mehr durch Koljas Tür.

Es ist so still, dass ich kaum atmen kann.

Ich bin froh, wenn Jackson bellt.

Damit Du weißt, was ich meine, hier eine Auswahl meiner Lieblingssituationen in den letzten beiden Schulwochen vor den Sommerferien:

Papa sitzt mit eingezogenem Kopf am Küchentisch und beobachtet Mama. Mama steht an der Spüle, mit beiden Händen im Abwaschwasser. Sie bewegt sich nicht. Nur ihre Schultern fangen an zu zucken. Als sie merkt, dass ich da bin, wischt sie sich mit dem Handrücken über die Augen. »Na, Nellie, alles klar?«, fragt sie, während der Spülmittelschaum von ihrer Hand tropft.

Papa breitet eine Straßenkarte von der Toskana auf dem Wohnzimmerteppich aus, während Mama mit Kopfschmerzen im Schlafzimmer liegt. Er starrt auf die Karte und faltet sie mit einem tiefen Seufzer wieder zusammen.

Die halbe Schule trifft sich zu einer Riesenparty am Steinbruch und feiert den vorvorletzten Schultag. Ich stehe fünf Minuten am Lagerfeuer, schütte mir ein Bier rein und haue wieder ab, weil es mich dermaßen nervt, dass alle so laut sind, und ganz besonders nerven mich meine Exfreundinnen Laura, Paula und Leonie, obwohl ich sie nur aus der Ferne sehe.

Und als ich heimkomme, sitzt Papa an meinem Schreibtisch und starrt auf meine Schulbücher.

»Die Italienreise ist gestorben, das weißt du, ja?«, fragt er, ohne mich anzuschauen.

Ich setze mich auf mein Bett und male mit dem Finger kleine Kreise auf die Tagesdecke. In Uhrzeigerrichtung.

»Nein«, sage ich. Ich schaue ihn auch nicht an.

Ich hasse es, wenn er so klingt. So schrecklich wehrlos und deprimiert.

Papa gibt sich einen Ruck und schlägt sich mit den flachen Händen auf die Schenkel.

»Deiner Mutter geht es schlecht.«

Ich male meine Kreise anders herum.

»Zu schlecht«, ergänzt er.

Schnellere Kreise.

»Sie fährt übermorgen zu Vera. Für ein oder zwei Wochen.«

Keine Kreise mehr.

Vera ist Mamas allerbeste Freundin und ihr Rettungsanker. Wenn Mama sich bei Vera erholt, ist es gut. Wenn es bei Vera nicht besser mit ihr wird, muss sie in die Klinik.

»Aber ich bleibe da«, sagt Papa. »Wir beide machen hier ein bisschen Ferien, ja?«

Er versucht, fröhlich zu klingen, aber es wirkt nur peinlich.

Als er endlich aus meinem Zimmer geht, mache ich das Bier auf, das ich am Steinbruch habe mitgehen lassen.

12

Und jetzt meine allerliebste Lieblingssituation. Ich nenne sie mal »Die große Tragödie«.

Am Abend, bevor Mama zu Vera fährt. Sie hat sich dafür sogar von ihrem Schlafanzug getrennt, in dem sie seit einer Woche durchs Haus schleicht, und sich Jeans und Pulli angezogen.

Passenderweise findet die große Tragödie in Koljas Zimmer statt. Mama erwischt mich, als ich in seinen CDs stöbere. Sie setzt sich auf Koljas Bett und zieht sich seine Bettdecke über die Beine, bis hoch zum Bauch. Es ist Sommer und sie hat lange Hosen an und es ist wirklich alles andere als kalt hier drin, aber Mama friert anscheinend. Und weil ich so blöd bin, sie zu fragen, ob ihr kalt ist, geht die ganze Chose los. Wobei, wahrscheinlich wäre es anders auch losgegangen. Ich glaube, Mama war so am Ende, dass sie auf jedes Stichwort reagiert hätte.

»Sicher ist mir kalt«, sagt Mama und verschwindet fast unter der Bettdecke. »Mir ist so kalt, dass ich mich wie tot fühle. Die ganzen Jahre habe ich immer nur versucht, alles richtig zu machen, trotz allem, euch eine schöne Kindheit zu geben, Stabilität und Liebe, auch wenn es schwer war, auch wenn ich fast daran kaputtgegangen wäre. Ich habe mich so bemüht. Und wozu? Weißt du, wie viele schlaflose Nächte ich wegen deinem Bruder hatte? Die Schulwechsel, die Drogen, die – nein, das brauchst du alles gar nicht wissen. Nur dass es Hohn und Spott ist, wenn er uns schreibt, tut mir leid, ich kann mich nicht ändern und euch kann ich es sowieso nicht recht machen. Wie kommt er darauf? Warum versucht er es nicht wenigstens? Jeder kann sich ändern, wenn er will! Was haben dein Vater und ich ihm denn getan, außer ihn zu lieben?«

Und dann fängt sie an zu weinen.

»Tut mir leid, Mama«, flüstere ich und schleiche aus dem Zimmer.

Am nächsten Morgen bringt Papa sie zum Zug.

13

Es ist der beschissenste letzte Schultag, den man sich vorstellen kann. Also, für mich. Die anderen freuen sich auf die Ferien und sind glücklich, dass sie das Jahr hinter sich haben und alles, und wenn sie wegen irgendwelcher Noten deprimiert sind, lassen sie es sich zumindest nicht anmerken.

Ich habe nicht mal in mein Zeugnis geguckt.

Paula, Laura und Leonie stehen beieinander, mit dem Rücken zu mir, und vergleichen ihre Noten. Normalerweise würde ich mich jetzt dazustellen, mit aufgeschlagenem Zeugnisheft, und nicht verstehen, warum Laura in Mitarbeit ein Befriedigend hat, obwohl sie nie stört, und wieso Paula eine Vier in Kunst kriegt, obwohl ich finde, dass sie wunderschöne Bilder malt, und warum ich in Sport nie über eine Drei rauskomme, obwohl diesmal gar nicht Turnen dran war, sondern Basketball, und da drin bin ich eigentlich gut.

Aber dieses Jahr ist es anders. In diesem Jahr haben alle drei aufgehört, mit mir zu reden. Und deshalb kümmert es sie auch nicht, dass ich auf meinem Stuhl sitzen bleibe, nachdem Frau Bleicher uns schöne Ferien gewünscht hat und aus dem Klassenzimmer gegangen ist. Und dass ich geschlagene fünf Minuten damit zubringe, mein Zeugnis und die drei Schulbücher, die wir fürs nächste Jahr behalten, in meiner Tasche zu verstauen. Eine Aktion, die man beim besten Willen nicht noch weiter in die Länge ziehen kann, und deshalb muss ich irgendwann doch aufstehen und gerade da dreht sich Paula um und starrt mich an. Und ich starre zurück.

Nach einer Ewigkeit fragt sie: »Und, was machst du in den Ferien, Nellie?«

Es klingt nicht richtig freundlich, wie sie das sagt, weil sie das »du« so betont, und sie ist sich auch nicht zu blöd, noch ein »Familienurlaub, oder?« nachzuschieben. Ich weiß ja, dass sie mit Laura und Leonie in ein Jugendcamp am Atlantik fährt, wo fast alle schon über sechzehn sind und wo es total mit Jungs abgehen soll. Zumindest sagt das jeder, der schon mal da war. Und Paula findet es natürlich megacool, dass sie dahin darf, und Leonie und Laura finden es noch megacooler, weil sie sowieso alles cool finden, was Paula macht, und deshalb reden sie auch schon seit Monaten von nichts anderem mehr, aber nicht mit mir, klar, weil das ja vorbei ist, aber natürlich so laut, dass ich es trotzdem hören kann.

»Ja, Nellie, was machst du?«, fragt jetzt auch Laura.

Sie darf mit mir reden, wenn Paula es erlaubt.

Ich arrangiere die Bücher in meiner Tasche noch mal neu (unglaublich sperrig, dieses Physikbuch) und nuschle:

»Ich fahre mit Kolja weg. Keine Ahnung, wohin. Einfach ins Blaue.«

»Mit deinem Bruder?«, fragt Paula, und ihre Stimme wird ganz schrill.

»Und das erlauben deine Eltern?«, fragt Leonie.

Als ich aufschaue, starren mich alle drei an.

Yeah, ich bin der Zombie, der mit einem Drogi in die Ferien fährt.

»Klar, warum denn nicht? Wir verticken ein bisschen Cannabis unterwegs.«

»Ihr seid verrückt«, sagt Paula.

Paula hasst Kolja und Viktor, seit sie erfahren hat, dass sie diejenigen waren, die Gras an ihre große Schwester verkauft haben. Die hatte danach einen Heulkrampf und Paula musste sie einen ganzen Nachmittag lang vor ihren Eltern verstecken.

Deshalb reden wir nicht mehr miteinander.

»Mann, Paula, das war Spaß!«

»Das ist definitiv nicht lustig«, sagt Paula.

»Kolja dealt schon ewig nicht mehr!«

»Erzähl das jemand anderem«, sagt sie, und wie auf Kommando drehen sich alle wieder um.

Das ist das Blöde an Kleinstädten: Wenn du einmal Mist gebaut hast, hängt dir das für immer nach. Aber ich weiß doch, dass Kolja nichts mehr mit Drogen zu tun hat. Er hat es auf Jackson geschworen.

14

Ich komme gerade am Gartentor an und bin immer noch genervt wegen Paula, da geht die Haustür auf und Papa torkelt mit einem riesigen blauen Müllsack nach draußen. Er schleppt ihn über den Gartenweg und schiebt sich an mir vorbei durchs Tor, um ihn neben der Tonne für den Restmüll abzustellen. Dann klopft er sich die Hände an der Hose ab und schaut mich an.

»Ich dachte, du feierst noch mit deinen Freundinnen. Und jetzt bist du doch schon da«, sagt er vorsichtig.

Ich habe sofort ein ungutes Gefühl.

»Was ist da drin?« Ich deute auf den Sack.

»Abfall.« Papa guckt vage. »Verschimmelte Brotdosen, Handtücher mit Stockflecken, Pappbecher mit zweifelhaftem Inhalt, verklebte Mathematikhefte aus der fünften Klasse, kaputte Gläser, jede Menge Bierflaschen und ungefähr dreißig tote Fliegen. Und noch ein bisschen mehr. Allerdings keine Ratten«, fügt er noch hinzu.

»Das ist jetzt nicht wahr«, flüstere ich und renne ins Haus.

Papa läuft hinter mir her.

In der Eingangsdiele stehen drei vollgepackte Kartons.

»Ich stell nur ein paar Sachen in den Keller«, sagt er. »Ich hab ein bisschen aussortiert.«

15

Papa hat wirklich ganze Arbeit geleistet.

In Koljas Zimmer stehen nur noch Schreibtisch und Regal und beide sind völlig leer geräumt. An der Wand lehnt die nackte Matratze. Die abgezogene Bettwäsche liegt daneben.

Ich schiebe die Matratze wieder auf den Boden, zurück an die Stelle, wo sie immer gelegen hat. Direkt unter dem Fenster, sodass Kolja und ich beim Einschlafen Sterne gucken konnten. Ich lege meinen Kopf genau dahin, wo Koljas Kopf immer lag, und schaue in die Glyzinie, die sich bis zu seinem Fenster hochrankt.

Früher kletterten kugelförmige kleine Monster in ihren Ästen herum. Sie landeten mit einem quapschenden Geräusch auf der Fensterscheibe und hielten sich dort mit gelben Saugfüßchen fest. Leider hat nur Kolja sie gesehen. Weil sie immer erst gekommen sind, wenn ich eingeschlafen war. Ich war deprimiert deshalb, aber Kolja hat sie mir ganz genau beschrieben – fette, hüpfende Kugeln mit Stacheln und so blau wie meine Augen – und er hat mir ihre Spuren auf der Fensterscheibe gezeigt. Sie sahen aus wie Spuckeabdrücke von Fingerkuppen. Er hat sogar das quapschende Geräusch nachgemacht, das sie bei der Landung produzierten. Ein Geräusch irgendwo zwischen Schmatzen und Rülpsen, über das wir uns halb totgelacht haben.

Das ist lange her.

Je älter Kolja wurde, desto stiller wurde er.

Wenn ich ihn später lachen hörte, wusste ich, dass Viktor in der Nähe war.

»Ich muss mal den Boden wischen«, sagt Papa. Er steht mit Eimer und Wischlappen neben Koljas Matratze.

Ich stehe auf und werfe ihm einen bitterbösen Blick zu. Mit

der abgezogenen Bettwäsche unterm Arm stapfe ich aus dem Zimmer. Wenigstens einen kleinen Rest von Kolja bringe ich in Sicherheit.

Als ich wieder nach Papa schaue, hat er Koljas Zimmer in zwei Hälften geteilt. Er bekommt die hintere Zimmerhälfte, die Matratze und das halbe Fenster für die Freitage, in denen Mama ihn aus dem Schlafzimmer ausquartiert, weil er nach dem Kollegenstammtisch nach Bier und Zigaretten stinkt. Mama kriegt Koljas Schreibtisch und Regal und das andere halbe Fenster und kann sich dort einen Platz zum Malen einrichten.

»Das tut ihr gut«, sagt Papa, während er ein nasses Tuch auf die Fensterscheibe klatscht. »Früher hat deine Mutter ganz viel gemalt.«

Ich schaue auf das Rinnsal, das von der Fensterscheibe herunter über den Sims läuft und auf den Fußboden tropft.

»Und was ist, wenn Kolja es sich anders überlegt und schon bald zurückkommt?«, frage ich und male mit dem Strumpf ein nasses Fragezeichen auf den Fußboden.

»Dann muss er sich was Eigenes suchen«, sagt Papa und reibt mit einem Klumpen Zeitungspapier über die Scheibe.

»Ihr schmeißt ihn raus!«, sage ich fassungslos.

Papa schmettert das feuchte Zeitungspapier in den Flur.

»Wir lassen ihn los«, antwortet er.

Aber das ist das Gleiche. Es klingt nur besser.

Als Papa anfängt, Löcher in die Wand von Koljas Zimmer zu bohren, schnappe ich mir Jackson und renne aus dem Haus.

16

Ich habe weiche Knie, als ich bei Viktor vor der Wohnungstür stehe. Es ist ewig her, seit ich das letzte Mal mit ihm gesprochen habe. Das war an Koljas sechzehntem Geburtstag, in unserem Garten. Mama und Papa waren weg, und Viktor wollte unbedingt, dass ich mit ihm Whisky trinke. Das war ziemlich cool. Zumindest am Anfang. Bis Kolja mich erwischt hat, als ich hinter den Apfelbaum rannte, um zu brechen. Er war stinksauer auf Viktor, aber komischerweise nicht auf mich. Er hat nur darauf bestanden, dass ich sofort ins Bett gehe, und das war blöd genug, weil das meine erste richtige Party war, und außerdem ging es mir im Bett viel schlechter als draußen. Hat mir ja keiner erzählt, dass man im Liegen ein Bein auf den Boden stellen muss, damit sich nicht alles dreht.

In diesem Sommer flog die Sache mit der Cannabisplantage auf und Kolja und Viktor wurden von der Schule geworfen. Seitdem hat Viktor Hausverbot bei uns. Mama und Papa sind dagegen, dass er Kolja noch mal in kriminelle Sachen reinzieht.

Ich höre, wie Viktor zur Wohnungstür schlappt, und frage mich, in welchem Zustand er gleich vor mir steht. Besoffen oder bekifft?

Aber Viktor sieht völlig nüchtern aus, als er mir im Blaumann die Tür aufmacht. Wie ein anständiger Klempner, der eben den Wasserhahn repariert hat. Jackson flippt total aus, als er ihn sieht, schmeißt sich auf den Rücken, wedelt mit dem Schwanz und fängt sogar an, zu grinsen wie ein fettes Krokodil. Das ganze Programm. Viktor kniet sich neben ihn und krault ihn am Bauch. Mich hat er nur so völlig nebenbei begrüßt, mit »Nellie, das ist ja 'n Ding«, aber Jackson küsst er fast vor Begeisterung, und er sagt mindestens hundert Mal: »Alter, dich hab ich ja echt vermisst!« Früher hat Viktor Jackson gehütet, wenn wir im Urlaub weggeflogen sind, aber nachdem Mama und Papa erfahren haben, dass unser Hund die Cannabisplantage während der Erntezeit bewachen musste, rücken sie ihn natürlich nicht mehr raus.

Ich gehe in die Küche und schaue mich ein bisschen um. Ich kenne mich aus, weil ich oft mit Kolja hier war. Damals hat Viktors Mutter auch noch hier gewohnt, aber eigentlich war sie immer auf der Arbeit und wir hatten die ganze Wohnung für uns. Wir haben nachmittagelang Zeichentrickfilme geguckt und Cola in uns reingeschüttet. Die gab's bei uns zu Hause nie. Seit Viktors Mutter zu ihrem Freund gezogen ist, lebt Viktor hier allein. Und das sieht man echt. Die Wohnung ist ganz schön heruntergekommen.

Die Küche stinkt nach kaltem Rauch und in der Spüle stapeln sich dreckige Teller und Töpfe mit Essensresten. Spaghetti mit angetrockneter Tomatensoße, Reste von etwas, was vielleicht mal Gulasch war, und ein Pizzastück mit Asche drauf. Auf dem nackten Holztisch steht ein halb volles Bierglas, in dem Zigarettenkippen schwimmen. Ich öffne das Fenster, das auf einen trüben kleinen Hinterhof hinausgeht. Eine Taube sitzt auf dem Fensterbrett nebenan und flattert hektisch davon.

»Setz dich doch«, sagt Viktor, der mit Jackson hinter mir hergekommen ist. »Willst du Kaffee?«

Ich nicke und setze mich auf den einzigen Stuhl, der in der Küche steht. Viktor hantiert an der Kaffeemaschine und summt den Song mit, der im Radio läuft. Er kippt das Kaffeepulver mit einem Schwung in den Filter. So wie Kolja es auch immer macht. Und genau wie bei Kolja geht die Hälfte daneben.

»Bist du wegen deinem Bruder da?«, fragt er und fegt das verschüttete Kaffeepulver mit der Hand auf den Fußboden.

Wie er da steht, lang und schlaksig und ungelenk, erinnert er mich total an Kolja. Er hat sogar das gleiche Unterlippenpiercing. Das haben sie sich gegenseitig gemacht, im Ferienlager. Das Ding ist bei Kolja ewig nicht richtig verheilt und er hatte wochenlang eine Monsterlippe. Das war voll eklig.

Aber Viktors Haare sind anders. Er hat nämlich noch welche und Kolja nicht. Wenn Viktor auch aufs Internat gekommen wäre, hätte er sich bestimmt auch den Schädel rasiert. Aber seine Mutter hatte kein Geld dafür. Und deshalb hat er noch Haare, auch wenn sie ganz kurz sind, und macht eine Klempnerlehre. Kolja hat eine Glatze und macht gar nichts, seit er das Internat abgebrochen hat.

»Hey, Nellie, bist du wegen Kolja da?«, fragt Viktor noch mal und reißt mich aus meinen Gedanken. »Ist irgendwas?«

»Mein Vater räumt sein Zimmer aus.«

»Ganz schön schnell«, sagt er trocken.

»Wenn er zurückkommt, hat er kein Zuhause mehr«, sage ich bitter.

Aber das beeindruckt Viktor überhaupt nicht. »Gut so!«

Ich falle fast vom Stuhl.

Der ist ja nicht ganz dicht! Was, bitte, soll daran gut sein?

»Du musst ihn zurückholen!«, sage ich. »Du hast ihn schließlich auch weggefahren.«

Vielleicht hätte ich es diplomatischer formulieren sollen.

Viktor sagt nämlich ganz lässig: »Ganz bestimmt nicht«, und schenkt den Kaffee ein.

Er stellt zwei dampfende Kaffeebecher auf den Tisch, zieht einen Bierkasten unter dem Küchentisch vor und setzt sich drauf.

»Hab leider keine Milch«, sagt er und pustet in seinen Kaffee.

»Warum nicht?«

»Ist ausgegangen.«

»Ich meine, warum willst du Kolja nicht holen?«

»Weil es mich nichts angeht, Nellie.«

»Aber er ist dein Freund.«

»Und genau deshalb lasse ich ihn in Ruhe.«

»Du redest den gleichen Mist wie mein Vater!«, gifte ich ihn an.

Das gefällt ihm bestimmt nicht. Er findet Papa nämlich komplett bescheuert.

Aber Viktor sagt einfach nur: »Na, dann hat er eben ausnahmsweise mal recht!«

Eine ganze Weile sitzen wir uns schweigend gegenüber. Ich kann es nicht fassen, wie blöd und arrogant und egoistisch Viktor ist. Sein bester Freund ist wer weiß wohin abgehauen und er sitzt völlig gelassen am Tisch und schlürft seinen Kaffee. Und Jackson, der charakterlose Mistkerl, weicht ihm nicht von der Seite. Ich versuche, ihn mit Blicken zu mir rüberzulotsen, aber er stellt sich blöd, legt seinen Kopf auf Viktors Oberschenkel und wackelt mit den Ohren.

Und da habe ich echt genug. Es bricht einfach aus mir raus.

»Du bist so ein Arsch!«, brülle ich Viktor an.

Jackson verkrümelt sich unter den Tisch.

17

Viktor sitzt da und hört sich an, was ich ihm so an den Kopf werfe. Dass Kolja wegen ihm von der Schule geflogen ist, weil das mit der Cannabisplantage und dem Drogenverkaufen ja wohl seine bescheuerte Idee gewesen ist, weil Kolja so was niemals gemacht hätte, weil der sich nämlich total vor Regenwürmern ekelt, der hätte nie irgendwas angepflanzt, und mich hat er ja auch schon mal betrunken gemacht UND NICHT NUR DAS!!!, und dass Kolja im Ferienlager angefangen hat, zu rauchen und Bier zu trinken, obwohl er erst vierzehn war, das kam ja auch von ihm, bei ihm gab's ja auch ständig Cola und so Mist, und ohne ihn wäre das alles nicht passiert und Kolja hätte mich nicht einfach im Stich gelassen und er ist an allem schuld und außerdem hat er unsere Familie zerstört.

Noch mal Arsch!

Und deshalb muss er jetzt losfahren und Kolja zurückholen.

Ich lehne mich erschöpft auf meinem Stuhl zurück und trinke meinen kalt gewordenen Kaffee.

Viktor schaut mich immer noch an.

»Interessante Familienlegende«, sagt er schließlich.

Er steht auf und schenkt uns Kaffee nach.

Als er wieder auf seiner Kiste sitzt, beugt er sich zu mir rüber und sagt: »Nellie, du glaubst doch nicht im Ernst, dass man Kolja zu etwas überreden kann, was er nicht will.«

Ich zucke mit den Schultern.

Ich weiß, was er meint. Kolja ist der größte Sturkopf, den es gibt. Und er lässt sich von niemandem etwas sagen.

»Glaubst du, Kolja hat Cannabis angebaut, weil ich es ihm befohlen habe?«

Okay, okay.

»Glaubst du das im Ernst?«

Ich hab's ja begriffen.

Aber das ändert nichts.

»Du hast ihn auf die Idee gebracht!«, sage ich unerbittlich.

Viktor trinkt seinen Kaffee und starrt vor sich hin.

Nach einer Weile schaut er auf und sieht mich durchdringend an.

»Erinnerst du dich an früher, Nellie? An die Wikingerschlachten, die wir geschlagen haben? Wer war der Anführer und wer das Volk? Wer hat gesagt, wo's langgeht?«

Ich muss nicht überlegen. Kolja. Schon klar. Kolja war immer der Chef und Viktor war immer der Zweite. Und ich war gar nicht richtig da.

Aber was haben Wikingerspiele von Zehnjährigen mit Drogenverkäufen in der Schule zu tun?

»Kolja hatte die Ideen und ich fand sie immer gut«, sagt Viktor schlicht. »Auch die mit der Plantage. Wir haben Mist gebaut und wir haben dafür bezahlt und damit ist gut.«

Er haut mit der Hand auf den Tisch.

»Damit ist gut jetzt!«, sagt er noch mal und klingt plötzlich gereizt.

Aber es ist natürlich überhaupt nicht gut.

Kolja ist weg.

»Du musst ihn zurückholen«, sage ich wieder.

Es ist mir ganz egal, ob er sauer wird.

Ich werde so lange das Gleiche sagen, bis er nachgibt.

Du musst ihn zurückholen.

Du musst ihn zurückholen.

Du musst ihn zurückholen.

Du musst –

»Warum, Nellie, warum soll ich ihn zurückholen, wenn er wegwill?«

Ich starre Viktor an.

Die Frage ist ganz falsch.

Kolja will eigentlich gar nicht weg.

18

Ich renne im Nachthemd durch den oberen Flur. Es ist dunkel, es ist kalt und ich habe Angst. Ich schreie. Ich schreie wie am Spieß. Ich schreie, bis ich keine Luft mehr bekomme.

»Ist ja gut«, sagt Kolja und nimmt mich an die Hand. »Ich bin da. Ich lass dich nicht allein.«

19

Man übernimmt Verantwortung, wenn man jemanden rettet.

20

»Also, warum?«, fragt Viktor wieder.

»Weil er hierhergehört«, flüstere ich und starre auf die Tischplatte.

Viktor trommelt mit den Fingern darauf herum.

»Ich kann ihn nicht holen, Nellie. Ich hab keine Zeit, kein Auto und kein Geld. Und ich glaube auch nicht, dass es richtig wäre.«

»Bitte!«

»Nein.«

Ich halte seine Finger fest.

»Dann sag mir wenigstens, wo er ist.«

»Warum?«

»Bitte!«

Viktor zieht seine Hand weg.

»In Frankreich.«

»Und wo da?«

»Avignon.«

»Warum?«

»Weiß ich nicht, Nellie, frag mich nicht. Lass ihn einfach. Dein Bruder ist erwachsen, der weiß, was er tut.«

Aber dass Papa ihn schon aussortiert, das weiß er nicht.

Da bin ich mir sicher.

21

Die Mutter ist ganz still. Und Leni jetzt auch. Und der Fuß gehört doch zu ihr. Sie weiß es, weil er wehtut. Aber das Bein nicht. Von irgendwoher kommt rotes Licht und die Farben kehren wieder. Doch es gibt keinen Himmel mehr.

Aber bei mir war der Himmel noch da, als ich von Viktor wegging. Glutrot war er. Ich schlich von Viktor weg und hatte keine Luft mehr zum Atmen.

22

Die Tür von Koljas Zimmer steht offen, als ich die Treppe hochkomme. Quer durch den Raum ist ein weißer Vorhang gespannt, der das Zimmer in zwei Teile trennt. Er ist zugezogen, und ich kann nicht sehen, was sich in Papas Hälfte getan hat. Aber Papa sehe ich. Er sitzt an Koljas Schreibtisch, der jetzt Mama gehört, und starrt nach draußen.

Als ich »Gute Nacht« sage, reagiert er nicht.

»Gute Nacht, Papa!«, sage ich noch mal. Diesmal lauter. »Ich bin wieder da.«

»Wie schön«, sagt Papa und dreht sich um.

Er sieht müde aus.

»Willst du was essen?«, fragt er.

Ich schüttle den Kopf.

Eigentlich habe ich Hunger und Viktors Kaffee liegt mir schwer im Magen. Etwas Festes im Bauch wäre sicher gut. Aber die Vorstellung, jetzt allein mit Papa am Küchentisch zu sitzen, nimmt mir jeden Appetit.

Papa gibt sich einen Ruck.

»Ich muss mit dir reden«, sagt er.

»Ist was mit Mama?«

»Anne ist okay.«

»Hast du was von Kolja gehört?!«

»Heiner hat angerufen. Ihm fehlt ein vierter Mann auf dem Segelboot, weil einer abgesprungen ist. Ich könnte ab übermorgen acht Tage mit ihm in der Ägäis segeln. Aber Anne kann noch nicht zurückkommen.«

»Du würdest da gern mit?«

Papa fährt sich mit der Hand über die Augen und nickt.

»Dann fahr«, sage ich.

»Kriegst du das alleine hin mit Jackson? Zehn Tage lang?«, fragt er bittend.

»Klar.«

»Kein Problem?«

»Alles okay, Papa!«

Jackson und ich allein zu Hause. Das ist ganz ehrlich kein Problem, sondern reine Erholung.

»Danke«, sagt Papa. »Ich kann's echt brauchen. Aber sag Mama nichts davon. Sie kriegt es früh genug mit.«

Ich weiß ja nicht, was er Mama erzählen will, wenn sie ihn anruft und im Hintergrund knattert ein Segel, aber das ist seine Sache. Von mir erfährt sie nichts.

»Melanie guckt nach dir. Jeden zweiten Tag. Sie hat es mir versprochen.«

»Lass mal. Das muss sie nicht. Echt nicht.«

»Ist mir aber lieber«, sagt Papa.

Und damit ist die Sache klar.

Ganz große Klasse.

Danke, Schicksal. Super Job!

Melanie ist so ziemlich der letzte Mensch, den ich in meinen einsamen Ferien um mich haben will. Sie ist eine Ex von Papa und hat keine Kinder, aber dafür jede Menge Ratschläge, wirklich, JEDE MENGE, wie man Kinder richtig erzieht. Vor allem mich.

(Simon, du kannst doch nicht zulassen, dass Anne ihr noch die Schulbrote streicht. Das Kind wird ja ganz unselbstständig. Apropos, ist dir aufgefallen, dass sie schon Busen kriegt? Ist das nicht ein bisschen früh? Und räumt sie auch mal die Spülmaschine aus oder machen das immer nur Anne und du?)

Melanie ist die Pest. Definitiv.

Und die wünsche ich dem armen Viktor an den Hals.

Aber davon weiß er noch nichts. Ich fange nämlich gerade erst an, darüber nachzudenken.

23

Zwei Nächte brauche ich dafür. Dann ist alles klar.

24

»So ein Bockmist«, sagt Viktor und schüttelt den Kopf. »Ich weiß gar nicht, warum ich das mache.«

Ich sitze neben ihm im Lieferwagen und schaue aus dem Fenster, wie die Dörfer in der Ferne vorbeiziehen und von der Sonne angestrahlt werden. Ich sage gar nichts.

Dabei ist die Antwort ganz einfach: Er macht es, weil ich ihn gezwungen habe.

Die Idee habe ich in den letzten beiden Nächten entwickelt.

Normalerweise habe ich schreckliche Gedanken, wenn ich nicht einschlafen kann. Das heißt also, eigentlich jede Nacht. Seit ich mich erinnern kann, habe ich dieses Einschlafdings, es klappt bei mir einfach nicht so wie bei anderen Leuten. Als ich noch bei Kolja schlafen durfte, war es besser. Er hat mir so lange Geschichten erzählt, bis die schlimmen Gedanken weg waren und ich eingeschlafen bin. Wenn ich allein im Bett liege, denke ich über den Tod nach, sobald ich die Augen zumache. Also, nicht so direkt, ich denke nicht, dass ich bald sterben muss. Ich male mir auch nicht meine eigene Beerdigung aus oder anderen gruftigen Schwachsinn. Ich habe einfach das Gefühl, dass der Tod kommt, wenn ich mit geschlossenen Augen daliege. Nicht in echt mit Totenkopf und Sense. Eher als Hauch oder so. Als schwarzes Ding. Ohne jedes Geräusch. Es klingt völlig schräg, ich weiß. Ich sollte nicht davon reden, es ist zu strange. Aber Kolja hat es verstanden.

Doch in den letzten Nächten konnte der Tod in all seinen Daseinsformen vor meiner Tür warten und aus Verzweiflung Fingernägel kauen. Er wurde nicht vorgelassen. Ich hatte endlich Besseres zu tun, als mich um ihn zu kümmern. Ich musste einen Plan schmieden.

»Du kannst es dir noch anders überlegen«, sagt Viktor und schaut mich hoffnungsvoll von der Seite an.

»Keine Chance«, sage ich.

»Du bist todmüde! Du weißt doch gar nicht, was du tust!«

»Vergiss es.«

»Verdammt, Nellie, verdammt.«

25

Viktor fährt Jackson und mich zur Trampstelle, dahin, wo er Kolja rausgelassen hat. Von dort trampen Jackson und ich nach Avignon.

Ganz einfach.

26

Viktor war richtig sauer, als ich ihm gestern Abend meinen Plan unterbreitet habe. Es war schon nach zehn Uhr, als Papa endlich zum Flughafen losgefahren war und ich in Ruhe mit ihm telefonieren konnte. Aber er war so störrisch, dass ich alle Geschütze auffahren musste, bis ich ihn so weit hatte, dass er mir half.

»Du bist schuld, dass Kolja weg ist!«

»Quatsch.«

»Du hast ihn zur Trampstelle gefahren!«

»Ja und?«

»Du bist schuld, wenn ihm in Frankreich was passiert!«

»Jetzt spinn mal nicht rum!«

»Du bist schuld, dass meine Mutter wieder so komisch ist!«

»Hör auf, Nellie!«

»Und mein Vater!«

»So ein Blödsinn!«

»Doch, du bist schuld!«

»Weißt du, an was ich wirklich schuld bin? Wenn ich dir bei deinem bescheuerten Plan helfe und dann passiert dir was. Dann bin ich schuld!«

»Wenn du mir nicht hilfst, passiert was viel Schlimmeres, das sag ich dir.«

»Was denn?«

»Ich sag meinen Eltern, dass du mich betrunken gemacht hast!«

»Wann?«

»Bei der Party von Kolja! Und dass du dann mit mir rumgeknutscht hast, obwohl ich erst dreizehn war!«

Pause.

»Und du warst schon fast siebzehn!«

»Ich war auch betrunken!«

Noch längere Pause.

»Verdammter Mist, Nellie!«

Wieder Pause.

»Okay, okay. Also. Wann und wo?«

Es ging dann fast doch noch schief, weil ich ihm das mit Melanie sagen musste. Dass er mich nicht nur zur Trampstelle fahren muss, sondern auch noch Papas Ex am Hals hat. Dass er jeden zweiten Tag so tun muss, als ob ich da wäre.

»Wie stellst du dir das denn vor? Soll ich 'ne Perücke aufsetzen oder was? Nellie, echt, du läufst nicht mehr rund.«

»Ich ruf sie an, okay? Ich sag ihr, sie soll nicht vorbeikommen. Dass ich mich bei ihr melde, wenn was ist.«

»Und wenn sie doch kommt?«

»Macht sie nicht!«

Und falls doch, habe ich auch dafür schon einen Plan. Viktor muss einfach ab und zu mal die Mülltonnen verschieben und die Tageszeitung und die Post aus dem Briefkasten holen. Und wenn er dann noch ein bisschen Dreck macht, ist Melanie garantiert davon überzeugt, dass ich im Prinzip da bin und nur dummerweise jetzt gerade unterwegs, als sie vorbeikommt.

Der Plan ist ziemlich wasserdicht, aber Viktor mäkelt noch ewig dran rum. »Was ist, wenn sie mich mit eurer Post unterm Arm erwischt, was ist, wenn sie spätabends klingelt und du bist nicht da, was ist, wenn was ist«, undsoweiterundsoweiter. Das Telefonat hat Stunden gedauert.

»Sag ich doch, du bist todmüde! Du pennst ja jetzt schon ein!«, sagt Viktor und rüttelt mich unsanft an der Schulter, ohne den Blick von der Straße zu wenden.

»Ich hab nachgedacht!«, antworte ich.

»Na endlich. Dann können wir ja wieder zurück.«

»Du gibst echt nicht auf, oder?«

»Du doch auch nicht!«

Den Rest der Fahrt bringen wir schweigend hinter uns.

27

Ich schaue in die Morgensonne und bin mit einem Mal völlig glücklich. So glücklich, dass ich anfange, total breit zu grinsen. Viktor beobachtet mich von der Seite, aber er sagt nichts, sondern schüttelt nur immer wieder den Kopf wie ein Wackeldackel in Zeitlupe. Ich sitze ganz still und genieße dieses Glück, das so plötzlich in mir hochgestiegen ist und alles richtig macht. Ich bin auf dem Weg zu Kolja. Ich hole ihn nach Hause.

So what?

Als wir die Bundesstraße erreichen, die zur Autobahn führt, parkt Viktor den Lieferwagen an einer kleinen Einbuchtung am Straßenrand.

»Das ist die Stelle. Hier kann man gut halten, um jemanden mitzunehmen.«

Ich nicke und will aussteigen, aber Viktor hält mich am Arm fest.

Jetzt fängt er noch mal an, denke ich, und verdrehe die Augen.

Aber zum Glück sind wir eine Runde weiter.

»Du weißt, wie du fahren musst?«, fragt er.

Ich nicke. »Autobahn Richtung Basel. Autobahn Richtung Lyon, auf keinen Fall nach Paris, und immer weiter in den Süden.«

»Du steigst bei keinem einzelnen Typen ins Auto. Versprochen?«

»Nö. Nur wenn zwei oder drei drinsitzen, klar.«

»Verarsch mich nicht, Nellie! Du steigst nur ein, wenn mindestens eine Frau im Auto sitzt. Ist das klar?«

»Jaaaa«, sage ich und habe die Hand schon am Griff der Beifahrertür, aber Viktor lässt meinen Arm immer noch nicht los.

»Und wenn du drinsitzt, checkst du gleich ab, ob deine Tür aufgeht.«

»Ja.«

»Und sag nie als Erstes, wo du hinwillst, sondern frag immer zuerst, wo sie hinfahren.«

»Ja.«

Nicht dass er mir das alles nicht schon gestern am Telefon erzählt hätte.

»Und wenn dir irgendwas komisch vorkommt, steigst du aus. Ja?«

»Ich spring aus dem fahrenden Auto, stuntmäßig, Viktor, ich verspreche es.«

Viktor seufzt und gibt mich endlich frei. Ich glaube, er dankt allen Göttern, dass er keine Schwester hat.

28

Ich stehe mit meinem Rucksack auf dem Rücken und Jackson an der Leine am Straßenrand und habe immer noch dieses enorme Glücksgefühl in mir.

Und weil ich mir diesen Moment bewahren will, an dem ich wirklich und tatsächlich aufbreche, um Kolja zurückzuholen, stelle ich den Soundrekorder auf meinem Handy an und nehme diesen Morgen auf:

Das Gezwitscher der Vögel, eine jubilierende Sommermelodie, durchzogen von einem schnarrenden, heiseren Ton, der Wind, das glatte Vorbeirauschen der wenigen Autos, das schwere Brummen eines Lastwagens, das Röhren eines Motorrads und dann wieder die Stille hinter dem Vogelgesang, das kurze Klackern von Jacksons Krallen auf dem Asphalt und der leise Wind.

Ich schalte den Soundrekorder erst aus, als ein paar Idioten hupend an uns vorbeifahren.

29

Brauchst Du ein Bild dazu?

Jackson und Nellie on the road?

Denk Dir einen Sommertag, früh am Morgen.

Eine Straße, die schnurgerade durch die Landschaft führt. Rechts und links Maisfelder, am Horizont eine Fabrik, aus deren Schornstein weißer Rauch in den fast wolkenlosen blauen Himmel steigt.

In der Einbuchtung am Straßenrand: eine junge Frau, ungefähr sechzehn (eigentlich fünfzehneinhalb, aber jeder schätzt mich älter), lange braune Haare, die zum Pferdeschwanz gebunden sind, Jeans, schwarze Doc Martens und ein T-Shirt mit der Aufschrift »Alles Lüge«, das mal ihrem Bruder gehört hat, bevor der abgehauen ist. Großer Rucksack auf dem Rücken, dunkelgrüne Stofftasche in der linken Hand und ein lässiger Blick aus zusammengekniffenen Augen, der sich in der Ferne verliert.

In ihrer rechten Hand die Hundeleine. Und daran ein Hund: groß, schwarz, kurzhaarig, Quadratschädel mit Schlappohren. Undefinierbare Rasse, die keine Rückschlüsse auf den Charakter zulässt. Und das Allerschönste an ihm: seine Extraaugen aus goldfarbenen Haaren, die über den richtigen Augen liegen.

Im Dunkeln schimmern sie, und es sieht aus, als ob er nie schläft.

30

Der harte Teil beim Trampen ist das Mitgenommenwerden.

31

Ich denke an Viktors Ratschläge und trampe tatsächlich nur bei Autos, bei denen ich sicher bin, dass eine Frau drinsitzt. Manchmal kann man das nicht schnell genug erkennen und deshalb gehen mir bestimmt ein paar Frauenautos durch die Lappen.

Aber ich stehe noch gar nicht so lange, als ein Sportwagen anhält, braunmetallic und garantiert enorm teuer. Ich linse durchs Beifahrerfenster. Eine Frau, schon älter, mit viel Wimperntusche, blond gefärbten Haaren und rotem Lippenstift, winkt mich zu sich auf die Fahrerseite. (Ledersitze vorne und hinten. Hammer!!) Als sie die Scheibe herunterlässt, kommt mir ein Parfümschwall entgegen.

»Willst du mit?«, fragt sie, und ich nicke begeistert.

»Du weißt doch noch gar nicht, wo ich hinfahre«, sagt sie trocken.

»Wohin fahren Sie denn?«

»Nach Freiburg. Über die A5.«

»Ist das Richtung Basel?«

»Ist es.«

»Dann würde ich gerne mit.«

»Gepäck kann in den Kofferraum«, sagt sie und fährt die Scheibe wieder hoch. »Deckel ist auf.«

Ich verstaue meinen Rucksack hinten im Kofferraum – neben einem superedlen Hartschalenkoffer in Weinrot und einem riesigen Beautycase in derselben Farbe – und mache eben die Beifahrertür auf, um Jackson vorne in den Fußraum zu bugsieren, da kreischt sie plötzlich »Stoooooopp!«, wirft sich über den Beifahrersitz, reißt mir die Tür aus der Hand und schlägt sie mit einem Knall zu.

Der arme Jackson kriegt sie voll an den Kopf.

Sie fährt die Fensterscheibe in der Beifahrertür einen Spalt runter und sagt: »Der Hund muss in den Kofferraum. Der ruiniert die Lederpolster.«

»Aber da kriegt er keine Luft!«

»Quatsch. Entführungsopfer liegen auch immer im Kofferraum und ersticken dabei nicht«, sagt sie erbarmungslos.

»Aber da ist überhaupt kein Platz für ihn.«

»Mein Gott, dann muss er sich eben zusammenrollen«, stöhnt sie. »Willst du jetzt mit oder nicht?«

Die spinnt.

Die kann allein mit ihrem bescheuerten Auto fahren.

»Garantiert nicht«, antworte ich, und sie fährt das Fenster hoch und will losfahren.

Bloß dass mein Gepäck noch im Kofferraum ist. Der Rucksack und der Stoffbeutel mit allem Geld, das ich habe. Und den Ausweisen für Jackson und mich.

Ich reiße an der Beifahrertür, ich will ihr das mit dem Gepäck sagen, aber da dreht sie völlig durch.

»Untersteh dich!«, brüllt sie, »Finger weg!«, und fährt mit Vollgas los. Mit offener Beifahrertür. Wie im Krimi.

Hundert Meter weiter hält sie an, sprintet zum Kofferraum, zerrt meinen Rucksack und die Leinentasche raus, schmeißt beides an den Straßenrand, wirft die Beifahrertür zu, steigt wieder ein und gibt Gas, dass der Motor aufheult.

Auf der Straße bleibt nur eine Staubwolke zurück.

Also, bildlich gesprochen.

Und Gott sei Dank mein Gepäck.

Jackson und ich brauchen eine ganze Weile, um uns davon zu erholen.

32

Viktors Tramptipps sind theoretisch vollkommen in Ordnung, vermute ich mal, aber ich bin mir sicher, dass er noch nie mit Hund unterwegs war. Zumindest mit keinem, der sich im permanenten Fellwechsel befindet, was bedeutet, dass er nur den Kopf drehen muss und schon regnet es Hundehaare, kurze, drahtige Teile, die sich überall festhaken und ganz besonders gerne an Autositzen. (Es sei denn, sie sind aus Leder …) Und deshalb spielt sich immer der gleiche Film ab:

> Einsames Mädchen mit haarigem Monster am Straßenrand. Frauenauto kommt in Sichtweite.
> Einsames Mädchen hält den Daumen raus.
> Nahaufnahme einsames Mädchen: vertrauenerweckendes Lächeln, leicht verlorener Blick.
> Frauenauto wird langsamer.
> Schwenk auf das Haarmonster neben einsamem Mädchen.
> Frauenauto beschleunigt.
> Einsames Mädchen und Haarmonster bleiben am Straßenrand zurück.

Im Schnitt braucht eine Autofahrerin anderthalb Sekunden, um zu entscheiden, dass es sich nicht lohnt, ein Mädchen vor potenziellen Triebtätern zu bewahren, wenn man dafür

a) hinterher eine Stunde lang das Auto saugen muss

und

b) künftig wöchentlich drei Stunden beim Kinderarzt rumhängen wird, weil das Kind eine Hundehaarallergie entwickelt hat.

Entscheidung gefallen!!

Gaspedal durchdrücken!!!

Dafür stoppt ein Mann, bei dem ich natürlich nicht getrampt habe, und will uns mitnehmen. Er sieht nett aus, Typ Kapuzenpullover und runde Brille, die ganz harmlose Variante, wenn man sie nicht gerade in Physik hat. Auf der Rückbank sind sogar zwei Kindersitze befestigt. Ich denke an Viktors Predigt und fasle was von Gleich-abgeholt-Werden und alles okay, danke und gute Fahrt noch.

Als er weiterfährt, würde ich mich am liebsten in den Hintern treten.

Aber so was von.

Oder Viktor.

(Noch lieber.)

Inzwischen brennt die Sonne voll auf meinen Kopf, Jackson hechelt missmutig, und in mir erhärtet sich der üble Verdacht, dass Viktor seinen Vortrag nur gehalten hat, damit ich am Abend noch immer hier stehe und er mich nach seiner Schicht wieder auflesen kann. Aber lieber laufe ich mit meinem Hund zu Fuß zur Autobahn, als dass ich mich von ihm einsammeln lasse.

Kapiert, Viktor?

Ich schwöre es.

Auf Jackson.

Aber vorerst bleibe ich eisern stehen und übe mich in Geduld. Die braucht man beim Trampen, das ist mir schon klar. Nicht jede Frau setzt sich am Morgen ins Auto und denkt, yeah, heute ist es mal wieder Zeit, eine süße kleine Tramperin mit niedlichem Hund nach Avignon zu fahren! Super Sache! Als Kolja letztes Jahr vom Internat abgehauen ist und nach Hause trampte, war er geschlagene fünf Tage unterwegs. Für zweihundert Kilometer! Und dabei kam er nicht mal zu Hause an. Mama und Papa mussten ihn in Frankfurt abholen. Er war noch Tage danach völlig fertig und wollte mir überhaupt nicht sagen, was eigentlich passiert war. Mama und Papa haben es mir erzählt. Er hatte die falsche Autobahn genommen.

Dabei hat Kolja einen legendär guten Orientierungssinn.

Als ich vier war, brachte er mich jeden Morgen in den Kindergarten. Der Weg war weit. Wir mussten über eine Menge Kreuzungen und durch eine Unterführung, die fürchterlich stank. Kolja hielt mich die ganze Zeit an der Hand und marschierte mit so strammem Schritt, dass ich rennen musste, um auf seiner Höhe zu bleiben. Er verlief sich kein einziges Mal. Im Hof vom Kindergarten klemmte er mich zwischen seine Beine, holte die runde Bürste aus seinem Schulranzen und kämmte mich. Daheim ging es nicht, weil ich brüllte, wenn es ziepte, und davon wäre Mama wach geworden. Im Kindergarten protestierte ich nur leise. Sobald er mir zwei Zöpfe geflochten hatte, gab er mich in der Gruppe ab und rannte zur Schule.

Die Sache mit den Zöpfen bringt mich auf die Idee, Jackson aufzuhübschen, um doch noch bei einer Autofahrerin zu landen.

Und tatsächlich, kaum habe ich ihm mein blaues Batiktuch um den Hals geschlungen (Jackson sieht damit so richtig bescheuert aus, wie der Familienhund in einer Margarinereklame), hält ein alter Kombi. Ein Mädchen, kaum älter als Kolja, mit kurzen blonden Haaren, die in alle Richtungen abstehen, kurbelt das Beifahrerfenster runter und grinst uns an.

»Cooler Hund«, sagt sie. »Wo wollt ihr hin?«

»Wohin fährst du denn?«, frage ich.

»Nach Stuttgart.«

»Stuttgart ist Richtung Süden, oder?«

»Zum Teil.«

»Wir müssen nach Basel, also erst mal.«

»Ich kann euch bis zur Autobahnraststätte mitnehmen. Dann seid ihr schon auf der richtigen Strecke und könnt direkt Leute anquatschen.«

»Danke.«

»Schmeiß dein Gepäck auf den Rücksitz! Hinten ist leider schon belegt.« Sie zeigt auf ein riesiges Pappschild, das quer im Kofferraum klemmt und die ganze Ladefläche versperrt. »Passt dein Hund vorne rein?«

»Klar!«

Hauptsache, er kriegt nicht wieder eins auf den Deckel.

Zur Sicherheit schiebe ich mich diesmal zuerst auf den Beifahrersitz und lotse Jackson erst dann in den Fußraum. Es ist ganz schön eng da unten, aber er grunzt zufrieden.

»Ich heiße Sofia«, sagt das Mädchen und lässt den Motor an. »Und ihr?«

»Nellie und Jackson.«

»Nellie und Jackson auf dem Weg in den Süden«, sagt sie und grinst. »Das klingt gut!«

Sie hat alle Fensterscheiben heruntergelassen. Der Fahrtwind weht ins Auto und verwirbelt unsere Haare.

Im Radio läuft ein Song, den ich von Kolja kenne.

»Nellie und Jackson auf dem Weg in den Süden«, sage ich still vor mich hin.

Das klingt wirklich gut.

33

»Bist du nicht noch ganz schön jung zum Trampen?«, schreit Sofia gegen den Fahrtwind an.

»Geht schon«, schreie ich zurück.

»Fahrt ihr in die Ferien?«

»So ungefähr.«

Sie fährt die Scheiben hoch.

»Und deine Eltern sind damit einverstanden?«, fragt sie in normaler Lautstärke.

»Keine Ahnung«, sage ich.

»Krass«, sagt sie.

Koljas Song ist zu Ende. Den nächsten Song kenne ich nicht, irgendein Technoteil. Ich weiß nicht, ob er Kolja gefallen würde.

Ich weiß nicht mal, ob er mir gefällt.

»So richtig gesprächig bist du nicht, oder?«, fragt Sofia.

»Doch, schon«, antworte ich.

Ich will ja echt nicht unhöflich sein, aber ihre Fragen gehören nicht unbedingt zu der Sorte, die ich gern beantworten möchte. Nachher setzt sie mich noch bei der Autobahnpolizei ab. Also besser Themenwechsel.

»Fährst du zu einer Demo?«

»Warum? Ist in Stuttgart eine?«

»Wegen dem Schild«, antworte ich und deute Richtung Kofferraum.

»Ne, da ist keine Parole drauf. Da steht einfach nur ganz fett: WILLKOMMEN ZU HAUSE. Das ist für meinen Freund.« Sie guckt kurz zu mir rüber und strahlt dabei übers ganze Gesicht. »Der war ein Jahr unterwegs, in Australien und Kalifornien, und jetzt kommt er endlich wieder zurück!«

Sie freut sich so, dass sie anfängt, mit dem Po auf dem Sitz auf und ab zu hüpfen, wie ein kleines Kind. Ihr Rock kitzelt Jackson an der Nase, bis er niesen muss.

»Der war ein ganzes Jahr weg?«, frage ich ungläubig.

»Seit letztem August!«

»Und ihr habt euch dazwischen nie gesehen!?«

»Nur beim Skypen. Sonst nicht.«

»Das könnte ich nicht«

»Oh doch, bestimmt! Nach dem Abi machen das ganz viele«, sagt sie und nickt begeistert.

Aber das ist ja wohl kein Argument. Wenn mein Freund das machen würde, würde ich mich von ihm trennen. Unter Garantie! Der müsste sich entscheiden: entweder ich oder Australien. Wahrscheinlich würde ich mich sogar schon von ihm trennen, wenn er nur anfangen würde, darüber nachzudenken. Ich hätte so was von keinen Bock, mit Australien zu konkurrieren.

Sofia lächelt mich freundlich an.

»Du kannst dir das noch nicht vorstellen, oder?«

Ich schüttle den Kopf.

»Ich würde das niemals mitmachen«, sage ich.

»Aber es ist ganz wichtig, dass man manche Sachen allein erlebt. Weil man sich dann mehr spürt, weil man austestet, was man allein kann. Wenn der andere einen liebt, muss er das aushalten. Und nur dann ist man in der Lage, eine Beziehung zu führen, in der sich jeder entfalten kann.«

So ein Schwachsinn.

»In deinem Alter habe ich auch anders darüber gedacht. Aber weißt du, man lernt ja in einer Beziehung. Und irgendwann versteht man, dass es nicht funktioniert, wenn man zu stark klammert.«

Wie viele Jahre ist sie älter als ich? Dreihundertfünfundachtzigtausend??

»›Das Geheimnis jeder großen Liebe ist die Freiheit‹ oder so ähnlich. Hat mal wer gesagt. Und das stimmt!«

So viel Blödsinn auf einmal kann ich nicht vertragen.

»Das ist doch keine große Liebe, wenn man für ein Jahr abhaut! Das passt gar nicht zusammen! Wenn man jemanden wirklich liebt, will man doch bei ihm sein«, blöke ich.

Super, Nellie.

Eben mal die Mitfahrgelegenheit dissen.

Ganz große Klasse.

»Also, der Mensch, den ich abhole, der ist meine ganz große Liebe. Sonst hätte ich das garantiert nicht mitgemacht«, sagt Sofia spitz. »Und ich bin mir sicher, dass ich auch seine ganz große Liebe bin. Sonst würde er ja wohl nicht zurückkommen. So. Und jetzt muss ich mich mal auf den Verkehr konzentrieren.«

Sie schaut streng geradeaus und sagt nichts mehr.

Wir fädeln uns auf die Autobahn ein. Der Verkehr wird ziemlich dicht und Sofia schweigt eisern.

Ich bin auch still.

Es tut mir leid, dass sie sich etwas vormacht mit ihrem Freund, aber es geht mich eigentlich wirklich nichts an. Wenn Beziehungen dazu da sind, dass man was aus ihnen lernt, dann lernt sie jetzt eben, dass es Mist ist, wenn einer so lange weggeht.

Okay, ich habe noch keine Beziehung gehabt, also keine richtige zumindest. Nur mal eine mit Lukas und nur für zweieinhalb Wochen und das gehört hier echt nicht her. Aber ich weiß ganz bestimmt, dass man in einer guten Beziehung Verantwortung übernimmt und den anderen nicht einfach im Stich lässt, nur weil man eben mal Beachparty machen will oder Bock hat, auf dem Ayers Rock rumzuturnen. Ich muss keine hundert Beziehungen geführt haben, um das zu wissen. Wenn man jemanden liebt, dann will man alles mit ihm zusammen erleben. Die schönen Sachen und die weniger schönen.

Sonst kann man es ja gleich lassen.

»Hier kannst du raus«, sagt Sofia plötzlich und biegt auf einen Parkplatz ab.

Ich bin erstaunt, weil sie mich eigentlich bis zur nächsten Raststätte mitnehmen wollte.

»Alles Gute mit deinem Freund!«, sage ich zum Abschied, und ich meine es wirklich so. Auch wenn ich nicht dran glaube.

Sofia schaut mich finster an und fährt davon. Sie sagt nicht mal Jackson Tschüss.

34

Ich stehe wieder.

Ich stehe, stehe und stehe.

Der Parkplatz, auf dem Sofia mich rausgeschmissen hat, ist der letzte Mist.

35

Selber schuld.

36

Der Parkplatz besteht aus zwei Steinbänken mit einem Steintisch in der Mitte, einem achteckigen Klohaus aus Kieselsteinbeton, in das ich niemals reinmüssen möchte, und drei Mülltonnen. Eine Stunde lang wird kein einziges Auto dorthin abbiegen. Auch kein Lkw, kein Tiertransporter, kein Reisebus. Noch nicht mal ein Motorrad.

Eine Stunde lang werden Jackson und ich in der prallen Sonne stehen, bis endlich ein dunkelblauer Kombi auf den Parkplatz fahren wird.

37

Tonaufnahme Nellie und Jackson auf dem Weg in den Süden, die zweite:

Ein zigfaches Rauschen, das Rumpeln eines Wohnwagens, ein tiefes Hupen und das Röhren eines Sportwagens in der Beschleunigung, das stetige Brummen vorbeidonnernder Lastwagen, das Niesen von Jackson, das helle Klappern eines Anhängers und das Schlagen der Lkw-Planen im Fahrtwind. Und die Familienautos, ein kurzes Zischen und schon vorbei, bestückt mit Kinderfahrrädern und Kanus, beladen mit Zelten und Spielzeug und Badesachen und innendrin Väter, die auf die Straße starren, Kinder, in Kindersitzen verstaut, und Mütter, die klein geschnittene Äpfel verteilen und mit Saftflaschen wedeln.

Ich schalte den Soundrekorder aus.
Ich habe mörderischen Durst.
Und Hunger.
Ich Idiotin habe vergessen, Proviant mitzunehmen.

38

Manchmal hat man die Wahl und manchmal nicht. So einfach ist das.

Ich hatte keine Wahl, weil Jackson und ich am Verdursten waren.

Ich sag das nur schon mal, damit Du nicht denkst, ich wäre wieder selber schuld gewesen.

War ich nicht.

39

Der Typ geht ein paar Schritte hin und her und streckt und dehnt sich dabei. Schaut uns nicht an. Sieht ziemlich spießig aus, mit Seitenscheitel, kariertem Hemd und Bundfaltenhose und Schuhen zum Reinschlüpfen, soweit ich das erkennen kann. Normalerweise tragen alte Leute, die sich nicht mehr gerne bücken, solche Teile.

Dabei ist er höchstens so alt wie Papa. Eher noch jünger.

Schwer zu schätzen bei der Frisur.

Als er wieder in seinen Kombi steigt, halte ich den Daumen raus.

»Du hast kein Schild«, sagt er, als er auf meiner Höhe anhält und die Fensterscheibe in der Beifahrertür runterlässt.

Es klingt wie ein Vorwurf.

»Wo willst du denn hin?«

Ich bücke mich runter, um sein Gesicht zu sehen. Es ist blass. Nicht unsympathisch, aber auch nicht gerade ein Sympathiekracher. Eher so … gar nichts.

»Wohin fahren Sie denn?«, frage ich zurück.

»Noch ein ganzes Stück hier runter. Richtung Basel.«

Er deutet vage in die Richtung, in die der Verkehr fließt.

»Können Sie uns mitnehmen?«

»Sicher«, sagt er und lächelt sogar.

Er steigt aus, geht nach hinten und öffnet die Heckklappe.

»Da kann deine Hündin rein«, sagt er und deutet auf die leere Ladefläche. »Und dein Gepäck auch, wenn du möchtest.«

Ich hieve meinen Rucksack auf die Ladefläche. Jackson springt mit einem Satz hinterher.

»Das ist übrigens ein Rüde«, sage ich und binde ihm das Halstuch ab.

»Hast du schon lange da gestanden?«, fragt er, als wir wieder auf der Autobahn sind.

»Ewig«, sage ich und erzähle ihm von den gefühlten fünfundzwanzig Tagen, die ich auf diesem Parkplatz geschmort habe, ohne dass ein Auto raufgefahren wäre, und dass ich schon kaum mehr Hoffnung hatte, je von dort wegzukommen, und dass ich jetzt tierischen Durst habe, weil ich vergessen habe, was zu trinken mitzunehmen, und ob er vielleicht an der nächsten Raststätte kurz anhalten könnte, damit ich was kaufen kann, und dass es bestimmt nicht lange dauert, aber so würde ich doch allmählich verdursten und dann hätte er mich ganz umsonst mitgenommen, was ja auch irgendwie schade wäre.

Ich bin so froh, dass ich endlich von diesem Parkplatz runtergekommen bin, dass ich gar nicht mehr aufhöre zu quatschen.

»Kein Problem«, unterbricht er mich, angelt mit der Hand nach hinten und fischt eine Dose Cola hervor.

»Kannst du haben«, sagt er freundlich.

Wow.

Reines Glück in Dosen.

Mädchen vorm Verdursten gerettet.

Ich trinke die Hälfte der Cola in einem Zug aus.

»Danke«, sage ich glücklich. »Aber könnten Sie trotzdem bei einer Raststätte halten?«

»Du kannst ruhig Du sagen. Ich bin Norbert«, sagt er.

Okay. Hätte ich nicht gedacht. Er sieht total aus wie einer, der gesiezt werden will. So unjung irgendwie. Aber wenn er meint.

»Könntest du bald anhalten? Es ist wegen meinem Hund. Der hat auch Durst.«

»Aber klar.« Er nickt. »Ich fahr bei der nächsten Raststätte raus.«

Ich lächle Jackson zu.

»Gleich hast du's geschafft«, sage ich aufmunternd zu ihm.

Aber er guckt mich nicht mal an, weil er damit beschäftigt ist, den Verkehr durch die Heckscheibe zu beobachten.

»Wie heißt du eigentlich?«, fragt Norbert.

»Nellie. Und das dahinten ist Jackson.«

»Anhalter sieht man eigentlich gar nicht mehr viele«, sagt er. »Bist du oft so unterwegs?«

»Überhaupt nicht«, antworte ich. »Das ist das erste Mal.«

»Ist bestimmt schwer, mit Hund mitgenommen zu werden.«

»Total.«

»Der ist ja auch ganz schön groß.«

»Aber superlieb. Der tut keinem was.«

»Na, das ist ja beruhigend!« Er lacht.

Ich lache auch. Aber ich weiß gar nicht, warum.

Norbert fährt verdammt schnell. Die meiste Zeit ist er auf der linken Spur unterwegs, und wenn ihm jemand zu langsam ist, haut er die Lichthupe rein und scheucht ihn von der Überholspur. Normalerweise hasse ich so was. Aber jetzt bin ich froh, weil es mich schneller nach Avignon bringt. Vielleicht komme ich heute Abend schon an. Hoffentlich. Ich habe nämlich überhaupt keine Lust, nachts in Frankreich allein auf einer Autobahnraststätte zu stehen.

Was heißt keine Lust.

Wenn ich es mir richtig überlege, habe ich Schiss davor.

Megaschiss.

Ich will gar nicht dran denken.

Ich trinke die Cola leer und mache die Augen zu.

Ich bin total müde.

Die Nacht war doch ganz schön kurz. Bis ich Viktor so weit hatte, dass er mir hilft. Und dann musste ich noch alles packen, was echt schwierig war, weil ich nicht weiß, wie lange ich weg bin, wie viele Tage ich zum Trampen brauche, ob ich Kolja in Avignon gleich finde. Seit der Drogensache benutzt er kein Handy mehr. Aus Prinzip. Weil Viktor und er durch ihre Handys überführt worden sind. Komplett bescheuert. Sie hatten ihren Drogenhandel übers Handy abgewickelt, über SMS. Und als die Polizei einen Tipp gekriegt hatte, dass sie Cannabis verkauften (ich glaube ja immer noch, von Paulas blöder Schwester, aber ich weiß es nicht), musste sie nur noch ihre Handys einsammeln und hatte alles schwarz auf weiß dokumentiert, ihre ganzen Drogenkontakte. Und damit ging eine Riesenrazzia los. Die Polizei durchsuchte unsere Schule und verhörte jede Menge Leute, sogar Neuntklässler. Aber nur Kolja und Viktor wurden in Handschellen abgeführt.

Und nur sie wurden von der Schule geworfen und zu hundert Sozialstunden verurteilt. Kolja arbeitete sie in einem Pflegeheim für Demenzkranke ab. Die Leute dort liebten ihn. Er war so richtig der Superenkel. Ständig schenkten sie ihm irgendwas, Pralinen und Schokoladenkekse und was sie noch so in ihren Schränken hatten. Von manchen kriegte er sogar

Zigaretten. Die Pralinen hat Kolja mir gegeben, aber meistens konnte man sie nicht essen, weil sie schon alt waren oder mit Eierlikör oder sonst irgendwie eklig. Über die Schule hat Kolja immer gestöhnt, aber über die Arbeit im Pflegeheim hat er sich nie beschwert.

Ich schrecke aus meinem Halbschlaf hoch, weil ich das komische Gefühl habe, dass Norbert mich beobachtet. Und wirklich. Als ich die Augen aufmache, sieht er mich durchdringend an. Das muss man erst mal bringen, mit hundertachtzig auf der linken Spur und dann nicht mal auf die Fahrbahn schauen.

Sobald er merkt, dass ich wach bin, dreht er den Kopf weg.

Er fummelt am Autoradio herum und sucht einen Sender. Bei irgendwas klebrig Schmuserockartigem hält er inne.

»Gefällt dir das?«, fragt er.

»Geht so«, sage ich höflichkeitshalber.

Was soll ich sonst sagen? Dass die Musik zu seiner Frisur passt?

Hauptsache, er hört auf, am Radio rumzuschrauben, und schaut mal wieder richtig auf die Straße. Und bitte mit beiden Händen am Lenkrad.

Am rechten Straßenrand taucht ein Schild auf. »Autobahnraststätte 5 km.«

Ich drehe mich zu Jackson um.

»Jetzt kriegst du was zu trinken!«, sage ich zu ihm.

Als ich mich zurückdrehe, guckt Norbert mich schon wieder an.

»Bist du unterwegs in die Ferien?«, fragt er.

»Irgendwie schon«, antworte ich. »Ich fahre zu meinem Bruder.«

»Und der ist in Basel?«

»Nein, weiter weg, in Avignon.«

»Dann trampst du bis nach Avignon?«

»Ja. Wenn es klappt.«

»Und dein Bruder lebt dort?«

»So ungefähr.«

Langsam wird er mir zu neugierig. Will er wissen, ob ich von zu Hause abgehauen bin, oder was? Das weiß ich ja selber nicht mal. Bin ich in Ferien oder bin ich ausgerissen?

Keine Ahnung, wie Mama und Papa es nennen würden.

Ich behaupte mal, ich bin auf einer Mission.

Mission Kolja not impossible.

Klingt ja völlig bescheuert.

»Und jetzt freut sich dein Bruder, dass du kommst?«

Die nächste unangenehme Frage.

Hab ich mir eigentlich noch gar nicht richtig überlegt. Freut sich Kolja überhaupt, wenn ich in Avignon auftauche? Sagt er: »Hallo, Nellie, super, dass du da bist, ich hab dich dermaßen vermisst. Okay, nicht so sehr, dass ich wieder nach Hause zurückgekommen wäre oder dir mal eine Mail geschrieben hätte, so doll auch wieder nicht. Aber natürlich irgendwie schon.«

Bestimmt. Sonst gäbe es ja kein Happy End. Und das gehört schließlich zu einer anständigen Mission.

»Klar freut er sich«, sage ich leise.

»Das hoffe ich doch! Er kann schließlich froh sein, dass er eine Schwester hat, die so weit per Autostopp fährt, nur um ihn zu besuchen. Und die obendrein noch so hübsch ist.«

Wieder schaut er mich so penetrant an.

Ich drehe mich weg. Im Seitenfenster sehe ich, wie die Landschaft in einem Affenzahn vorbeirauscht.

Es ist mir so was von egal, ob er mich hübsch findet.

»Hat das eigentlich was Besonderes zu bedeuten, diese Aufschrift auf deinem T-Shirt?« Er grinst und deutet auf meinen Busen und die Schrift »Alles Lüge«.

Blöde Frage.

»Eigentlich nicht«, antworte ich.

Eine Weile gibt Norbert Ruhe und ich versuche, mir auszumalen, wie es wird, wenn ich Kolja wiedersehe. Aber es geht schwer. Er ist so weit weg. Und bevor ich es mir richtig vorstellen kann, fängt Norbert auch schon wieder an zu reden.

»Es ist wirklich ein unglaublicher Zufall, dass ich dich aufgelesen habe«, sagt er. »Ich muss nämlich auch nach Südfrankreich. Nach Marseille. Ich fahr direkt an Avignon vorbei.«

Meint er das ernst?

»Du kannst die ganze Strecke mit mir mitfahren!«

»Danke«, sage ich perplex.

So viel Zufall kommt mir komisch vor.

»So ist es doch am besten für dich. Immerhin kann ja allerhand passieren, wenn man als Anhalter unterwegs ist. Gerade einem Mädchen wie dir. Und dann auch noch nachts.«

Er glotzt mich schon wieder so lange an.

Ich schaue stumm aus dem Fenster.

40

Fünf Kilometer später ist er immer noch auf der Überholspur und die Autobahnraststätte rast mit hundertachtzig Sachen an uns vorbei.

»Da wollte ich doch rein!«, sage ich fassungslos.

»Oh, Entschuldigung, das habe ich vollkommen vergessen!« Er schlägt sich mit der Hand an die Stirn. »Das tut mir wirklich leid!«

Mir auch. Ich mag Jackson gar nicht mehr ansehen. Der verdurstet grade dahinten.

Bestimmt.

Der hechelt schon so schnell.

»Bei der nächsten, versprochen!«, sagt er zerknirscht.

Ich nicke.

»Sei nicht sauer.«

Er grinst mich an und tätschelt mein Knie.

Ich schiebe mein Bein von ihm weg und rücke ganz an die Tür.

»Oh, là, là!«, sagt er.

Danach schweigen wir beide.

Die Stille im Auto ist so unangenehm, dass ich fast froh bin, als er wieder anfängt zu reden.

»Ich habe mir was überlegt«, sagt er. »Wie wir es am besten machen. Ist ja noch ganz schön weit bis Marseille. Am besten übernachten wir irgendwo unterwegs. Dann bist du morgen ausgeruht, wenn du in Avignon ankommst.«

Anscheinend registriert er meinen fassungslosen Blick.

»Keine Sorge!«, sagt er beruhigend. »Ich lade dich ein! Und du kriegst ein eigenes Zimmer.«

Das muss ich erst mal verdauen.

Ich geh ja wohl nicht mit irgendeinem wildfremden Typen ins Hotel. Vor allem nicht mit einem, der jetzt schon versucht, mich anzubaggern.

Einerseits.

Andererseits:

Wenn er mir was tun will, bucht er dafür bestimmt keine Zimmer. Dann biegt er irgendwo von der Autobahn ab. Irgendeine kleine Ausfahrt in der Pampa. Am Horizont ein Waldstück.

Und weit und breit kein Mensch.

»Na, was meinst du?« Er starrt mich wieder an und lächelt

schief. Das heißt, er verzieht seinen Mund und zeigt jede Menge Zähne, aber seine Augen lächeln nicht mit. Die gucken klein und schlammfarben aus seinem bleichen Gesicht.

Auf einmal finde ich ihn richtig eklig.

»Ich weiß nicht«, sage ich langsam und habe irgendwie einen Frosch im Hals. »Eigentlich würde ich gerne so schnell wie möglich ankommen. Vielleicht können Sie mich einfach an der Autobahn rauslassen, bevor Sie ins Hotel gehen.«

»Aber du weißt schon, dass es gefährlich ist, wenn du abends allein an einer Autobahnauffahrt stehst? Du weißt ja nicht, an wen du gerätst.«

Eigentlich ist sein Gesicht nicht nur bleich, sondern teigig. Genauso wie seine Finger. Wurstartige teigige Teile, mit denen er jetzt zu mir rübergreift. Ich ziehe den Bauch ein, so weit es geht. Er lehnt sich halb über mich und öffnet das Handschuhfach. Zieht eine Broschüre raus und legt sie mir auf den Schoß. Seine Wurstfinger streifen mein Bein.

»Das ist ein Hotelführer«, sagt er. »Such uns was raus!«

Hallo? Hab ich nicht eben laut und deutlich gesagt, dass ich nicht will?

»Ich möchte lieber weiter. So schnell wie möglich ankommen«, wiederhole ich.

Er lässt nicht locker.

»Also, wenn ich dein Freund wäre, würde ich das nicht erlauben. Du hast doch einen Freund, oder? Du hast doch schon Erfahrungen mit Männern? Dann kannst du dir ja wohl vorstellen, was ist, wenn man an den falschen gerät? Was dann passieren kann, oder?«

Hab ich eigentlich gecheckt, ob die Beifahrertür aufgeht?

Natürlich nicht.

Und was macht Jackson bitte schön hinten im Kofferraum? Durch ein Gitter zwischen Ladefläche und Rückbank von mir getrennt? Mein lammfrommer Hund, der niemandem etwas tut?

Nellie, du vollkommen hirnamputierte Riesenidiotin.

»Da geht's dann echt zur Sache!«, sagt er und nickt bestätigend vor sich hin.

Nein. Das will ich jetzt nicht hören. Das will ich mir bitte überhaupt nicht vorstellen.

»So ein Typ, der fackelt nicht lang, wenn er dich erst mal da hat, wo er will.«

Er starrt mich wieder an. Mit einem fiesen Grinsen in seinem teigigen Gesicht.

ICH WILL HIER RAUS.

Scheiße.

Irgend so ein Schluchzen steigt in meiner Kehle hoch.

Oder eher ein Röhren.

Das wird gleich verdammt laut.

Das darf nicht raus.

Meine Hände sind schweißnass und zittern. Aber ich weiß, dass ich cool bleiben muss, wenn ich heil hier rauskommen will.

Die Situation beherrschen oder so ähnlich. Habe ich mal im Selbstverteidigungskurs für Mädchen gelernt. Ist allerdings schon eine Weile her. Aber so viel weiß ich noch.

Im Kontakt bleiben.

Das Gespräch suchen.

Eine Beziehung herstellen.

Sagt sich so leicht. Leider ist mein Hirn in die Hose gerutscht, und ich habe das Gefühl, ich muss gleich lospinkeln.

Denken kann ich so nicht. Reden allerdings auch nicht. Was soll dabei rauskommen? Ein Röhren? Ein Krächzen?

Norbert fühlt sich wohl. Ich sehe es ihm an. Ganz gelöst fährt er auf der linken Spur, pfeift zu seiner schleimigen Musik und findet sich richtig klasse. Womöglich stellt er sich gerade vor, was er alles mit mir machen wird.

Tut mir leid, ich kotze gleich.

Vielleicht lässt er mich dann ja raus. Damit ich sein Auto nicht versaue. So Spießer stehen doch auf saubere Wagen.

Was habe ich zu Viktor gesagt, erst heute Morgen, ein ganzes Leben lang her? »Ich spring aus dem fahrenden Auto. Stuntmäßig.« Das fand ich witzig.

Haha.

»Also, was macht unser Hotel?« Er patscht auf das Heft, das immer noch auf meinem Schoß liegt. »Willst du nicht wenigstens mal schauen?«

Folgsam blättere ich in der Broschüre.

»Nicht reizen« war auch so ein Punkt bei der Selbstverteidigung.

»Sind Sie eigentlich geschäftlich unterwegs?«, zwinge ich mich zu fragen. (Mit welcher Stimme eigentlich? Dieses hohe Piepsen, bin das ich?«)

»Oh, du kannst ruhig immer noch Du sagen«, wiederholt er sein Angebot vom Anfang der Fahrt. »So alt bin ich gar nicht. Und geschäftlich? Ja, irgendwie schon. Ich muss da unten was erledigen. Dauert ein paar Tage.«

Warum hat er dann keine Reisetasche dabei? Der Kofferraum ist völlig leer. Abgesehen von Jackson natürlich. Und auf der Rückbank steht auch kein Gepäck. Nur so eine omamäßige Einkaufstasche, aus der er meine Cola gefischt hat.

Die würde ich ihm jetzt gerne komplett ins Gesicht spucken.

Was ist besser? Ein Verkehrsunfall mit hundertachtzig Sachen oder eine Vergewaltigung?

Ich will mir das nicht überlegen müssen.

Ich will hier einfach raus.

Ich knete meine nassen Hände und zermartere mein Hirn auf der Suche nach einer zweiten Frage.

»Fahren Sie oft – fährst du oft hier runter? Nach Marseille?«

»Nicht so oft, wie ich gerne würde«, antwortet er. »Und viel zu selten in charmanter Begleitung.«

Und wieder sein Grusellächeln mit viel Zähnen, aber ohne Augen.

»Ich kann meine Mutter nicht so häufig allein lassen. Sie ist auf Hilfe angewiesen. Sie braucht mich.«

»Und wenn Sie unterwegs sind, kümmert sich Ihre Frau um sie?«

Beziehung herstellen.

Er grinst. »Willst du wissen, ob ich verheiratet bin? Nein, bin ich nicht. Und Kinder habe ich auch keine. Ich lebe bei meiner Mutter. Oder besser gesagt, ich lebe wieder bei ihr. Hat sich so ergeben. Ich bin aber nicht schwul. Nicht dass du das denkst. Ich bin ein ganz normaler Mann.«

Das wollte ich jetzt wirklich nicht wissen.

Und denken kann ich sowieso nicht mehr.

Oder nur noch das eine: Der Typ ist erwachsen und lebt allein mit seiner Mutter zusammen.

Das gibt mir den Rest.

Draußen scheint die helle Sonne und alles sieht ganz harmlos aus.

Aber ich bin bei »Psycho« gelandet.

Volles Rohr.

Das sagt Dir nichts, »Psycho«, aber glaub mir, das ist der Horror.

In dem Film wohnt ein Mann zusammen mit seiner alten Mutter draußen auf dem Land und betreibt ein kleines Motel. Und wenn eine junge Frau dort absteigt, die er scharf findet, verkleidet er sich als seine Mutter. Die lebt aber eigentlich gar nicht mehr, sondern sitzt als Mumie im Schaukelstuhl, total gruselig, und er zieht ihre Klamotten an und bringt die Frau, die er gut findet, um. Und weil er so harmlos aussieht, wie der nette Junge von nebenan, würden die Frauen nie auf die Idee kommen, dass er ihnen was antun könnte. Bis sie dann eben tot sind.

Ich habe den Film mit Kolja angeschaut und danach wollte ich nie mehr duschen. Weil die eine Frau beim Duschen umgebracht wird. Ich hab nicht hingesehen, Kolja hat mich nicht gelassen, aber ich hab die Duschgeräusche gehört. Und den Schrei, als er den Vorhang weggezogen hat.

Ich lasse die Fensterscheibe ein Stück runter, weil ich keine Luft mehr kriege.

Er fährt sie sofort wieder hoch.

»Entschuldige, aber das wird zu laut«, sagt er. »Ich möchte gerne den Song hören.«

Die nächste bescheuerte Radioschnulze.

Ich ringe nach Luft.

»Ist dir nicht gut?«

Er legt seine Wurstfinger auf meinen Schenkel.

»Schon okay«, krächze ich und schiebe seine Hand weg.

»Entspann dich mal.« Er legt seine Hand wieder ans Lenkrad. »Das geht gut bei der Musik.«

Anscheinend kriegt Jackson jetzt auch irgendwas mit. Er fängt an zu fiepen und rennt aufgeregt im Kofferraum hin und her.

»Was hat er?«, fragt Norbert irritiert.

»Durst«, quietsche ich. »Können Sie an der nächsten Raststätte bitte rausfahren? Dann kann ich ihm was zu trinken holen.«

»Klar doch«, sagt er.

In fünfzehn Kilometern kommt die nächste Autobahnraststätte. Ein Schild hat sie vorhin angekündigt. Wenn er dort wieder nicht hält, raste ich aus.

Komplett.

»Deine Eltern wissen nicht, dass du per Anhalter unterwegs bist, stimmt's?«, fragt er plötzlich.

Was soll das jetzt?

Will er rausfinden, ob es irgendwer mitkriegt, wenn er mich vergewaltigt und ermordet? Wenn ich abgeschlachtet in irgendeinem Waldstück liege?

So einfach mache ich es ihm nicht.

»Meine Eltern wissen immer, wo ich bin«, ächze ich und ziehe mein Handy aus der Stofftasche. »Die können mich überall orten.«

»Und das lässt du zu?«

»Das sind doch meine Eltern.«

Und dann schalte ich heimlich den Soundrekorder an. Falls er mich umbringt, soll er wenigstens nicht davonkommen. Wenn man Drogendealer mit dem Handy überführen kann, klappt das ja wohl auch mit Frauenmördern.

Tonaufnahme Nellie und Jackson on the road. Die dritte.
Die letzte vielleicht:
Autoraum innen. Ein Mittelklassewagen.
Mittelalter Mann: Geht das über GPS?

Junges Mädchen *(mit seltsam krächzender Stimme)*: Ja.

Mittelalter Mann: Aber nur solange du Akku hast, oder?

Junges Mädchen: Nein, immer. Sogar wenn das Handy aus ist. Über Notsignal!

(Die Polizisten, die das Handy des seit Montag vermissten Mädchens abhören, wechseln erstaunte Blicke. Welche technische Neuerung ist da schon wieder an ihnen vorbeigegangen?)

Stille. Nur das Rauschen des Wagens.

Junges Mädchen: Sind Sie eigentlich schon lange unterwegs? Oder wohnen Sie hier in der Nähe?

(Erfreute Blicke der Polizisten: Ganz schön clever, die Kleine, präsentiert uns gleich den Wohnort des Täters. (Nur komisch, dass sie sich in eine solche Lage gebracht hat.))

Mittelalter Mann: Warum?

Junges Mädchen: Vielleicht könnten wir an der Raststätte ja einen Kaffee trinken? Falls Sie müde sind?

Mittelalter Mann: Ne, müde bin ich noch nicht. Lass uns mal lieber weiterfahren.

Junges Mädchen *(aufgeregt)*: Aber wegen meinem Hund! Der muss wirklich was trinken!

Mittelalter Mann *(leicht genervt)*: Ja, klar. Hab ich doch schon gesagt. Du holst dem Hund was zu trinken und danach fahren wir weiter. Vielleicht schaffen wir es ja doch noch bis Avignon, wenn du dich mit dem Hotel so anstellst.

(Lässt sich doch ganz gut an, denken die Polizisten. Warum ist das Kind dann verschwunden?)

Junges Mädchen *(laut)*: Da! Da ist die Ausfahrt!

Blinkgeräusch; der Wagen wird langsamer; stoppt schließlich.

Tür wird aufgerissen.

Junges Mädchen: I…ho…Tschsch…

(Die Unterhaltung wird unverständlich. Die Polizisten schau-

en sich enttäuscht an. Was ist mit dem Handy passiert? Warum reißt das Gespräch ab?)

Ganz einfach.

Weil ich mein Handy in den Stoffbeutel zurückwerfe, die Beifahrertür aufreiße und nach hinten zum Kofferraum renne.

Weil ich »Ich hol mal eben Jackson raus, der muss auch noch pinkeln!« rufe und mir Hund und Rucksack schnappe.

Und dann renne.

Renne, renne, renne.

So schnell ich kann.

So weit es geht auf dieser Raststätte, die eingezäunt ist.

Damit keine wilden Tiere raufkönnen.

Und keine dummen Mädchen runter.

Ich verstecke mich hinter dem Reifen eines Autotransporters, der am äußersten Ende des Parkplatzes steht. Von dort beobachte ich, wie Norbert aus dem Auto steigt.

Und sich auf die Suche macht.

Nach mir.

41

»Spielt ihr Räuber und Gendarm?«, fragt eine Stimme neben mir.

Ich zucke zusammen und drehe mich um.

Die Stimme gehört zu der seltsamsten alten Frau, die ich je gesehen habe. Sie sieht aus wie aus einem alten Film. Sie trägt einen hellblauen Mantel mit dunkelblauen Borten an den Manteltaschen und unten am Saum. Ihre Schuhe sind auch hellblau und sogar ihr Hut. Auf ihm wippen zwei gelbe Federn. Und obwohl sich unter ihrem Hut ein paar weiße Omalöckchen hervorkringeln, wirkt sie mit ihren rosaroten Bäckchen wie ein kleines Mädchen, das von seiner Mutter sonntagsfein gemacht worden ist. Oder wie die englische Queen, genauso klein, nur dünner. Und sie hat keine Handtasche dabei, die zum Mantel passt, sondern Plastiktüten, die zu gar nichts passen. Fünf prallvolle Plastiktüten.

»Pssst!«, sage ich.

Norbert ist stehen geblieben.

Er reckt den Kopf und sieht aufmerksam in unsere Richtung. Eine alte Frau, die einen blauen Hut mit gelben Federn auf dem Kopf trägt, hat er wahrscheinlich auch noch nie gesehen. Und leider sieht er nicht nur die Frau und die Federn, sondern auch einen Hundeschwanz, der nicht vom Lastwagenreifen verdeckt wird. Gut sichtbar wedelt er hin und her, während sein Besitzer voller Begeisterung an fünf Plastiktüten schnuppert.

»Die sind nicht für dich«, sagt die alte Frau energisch und schiebt Jacksons Schnauze zur Seite.

»Jackson! Sitz!«, zische ich.

Aber es ist zu spät.

Norbert überquert den Parkplatz und kommt näher.

»Nellie! Da seid ihr ja!«, ruft er und winkt.

»Dein Vater kommt«, stellt die alte Frau fest.

»Das ist nicht mein Vater! Das ist ein Typ, mit dem ich getrampt bin und der mich belästigt!«, flüstere ich verzweifelt und ducke mich noch tiefer hinter den Reifen.

Aber das hat ja überhaupt keinen Sinn.

Nelliekaninchen hockt da und wartet, bis Norbert der Fuchs kommt. Völlig bescheuert.

Also spurte ich wieder los, mit Jackson an der Leine, in die entgegengesetzte Richtung, über die Tankstelle bis zum

Schnellrestaurant. Ich muss unter Leute, dann bin ich in Sicherheit. Denn Norbert wird sich hüten, mich vor Zeugen mitzuschleppen.

Das denke ich zumindest.

42

Völlig außer Atem komme ich am Schnellrestaurant an und quetsche mich mit Rucksack und Jackson durch die Drehtür. Aber ich komme nicht weit. Eine Frau mit Servierschürze stürzt auf mich zu und schreit mich an: »He, Kleine, hast du Tomaten auf den Augen? Hunde haben keinen Zutritt!« Sie zeigt auf den Aufkleber mit durchgestrichenem Hund, der unten an der Drehtür klebt.

»Aber ich muss!«, flehe ich sie an. »Ich werde verfolgt!«

»Nur ohne Hund!«, sagt sie erbarmungslos und dirigiert mich zum Ausgang. »Und jetzt Abmarsch!«, ruft sie mir noch hinterher, als ich schon in der Drehtür bin.

Draußen wartet Norbert.

»Verdammt noch mal!«, sagt er böse und kommt direkt auf mich zu.

Ich weiche zur Seite aus und knalle mit voller Wucht gegen einen Typen mit Kopftuch.

»Hoppla!« Der Typ hält mich mit beiden Händen fest. Seine Oberarme sind tätowiert und doppelt so breit wie meine Oberschenkel. Ungelogen.

Genau so einen Schrank brauche ich jetzt.

Ich zeige hektisch auf Norbert, der schon wieder neben mir steht. »Sie müssen mir helfen! Der da verfolgt mich!«

»Was ist denn los?«, fragt Norbert und klingt ganz harmlos.

Der Typ mit dem Kopftuch schiebt sich vor mich und stemmt die Hände in die Hüften. »Lass die Kleine in Ruhe, du Freak!«, dröhnt er.

Aber Norbert ignoriert ihn komplett.

»Jetzt komm schon, Nellie«, sagt er ganz freundlich zu mir. »Kauf das Wasser für Jackson, damit wir endlich weiterfahren können!«

»Ihr kennt euch?«, fragt der Kopftuchtyp irritiert.

»Nein«, sage ich.

»Sicher«, sagt Norbert.

»Wie jetzt?«, fragt der Typ.

»Ich bringe sie nach Avignon zu ihrem Bruder«, sagt Norbert. »Damit ihr nichts passiert. Das Mädchen manövriert sich in unmögliche Situationen und ist vollkommen naiv.«

»Ich will aber nicht mehr mit ihm mitfahren!«, erkläre ich dem Typ. »Der hat mich belästigt.«

Norbert klappt die Kinnlade runter.

»Du bist ja völlig verrückt!«, stöhnt er. »Ich bin dabei, auf dich aufzupassen!«

Der Typ guckt abwechselnd zu mir und zu Norbert und wirkt komplett überfordert.

»Wisst ihr, was?«, sagt er schließlich. »Wir gehen zur Autobahnpolizei. Die klärt das!«

Geniale Idee! Ich bitte ja wohl nicht einen Schrank von Mann um Hilfe, damit der mit mir zur Polizei geht! Die rufen Mama und Papa an und eskortieren mich nach Hause.

Das geht gar nicht.

Das ist ein Rocker. Der sollte Norbert eine reinhauen, damit er mich in Ruhe lässt. Damit ich nach irgendeiner Frau suchen kann, die mich mitnimmt.

Also wieder rennen.

»Jackson, komm!«, rufe ich, wutsche dem Typen unterm Arm durch, gerade als er mich festhalten will, und rase quer über die Tankstelle zurück zum Parkplatz. Als ich mich kurz umdrehe, trifft mich fast der Schlag. Jetzt verfolgt mich nicht nur Norbert, sondern auch noch der Rocker.

Wohin soll ich bloß? Es gibt keinen Ort auf diesem Gelände, wo ich vor ihnen sicher wäre. Die würden mir bestimmt bis aufs Frauenklo nachrennen. Und außerdem kann ich da nicht mit Jackson rein. Bleibt mir eigentlich nur die Autobahn. Jackson und ich mit zweihundert Sachen auf der Überholspur. Keine überzeugende Vorstellung.

Norbert und der Kopftuchrocker holen kräftig auf und ich – bleibe einfach stehen. Wenn weglaufen nichts mehr hilft, muss man kämpfen. Ich habe schließlich nicht umsonst drei Sommer als Koljas Hilfswikinger verbracht. Und ich habe Jackson. Er wird doch hoffentlich irgendwann begreifen, dass wir in Gefahr sind, und in den Gefechtsmodus schalten. Macht er ja schließlich auch, wenn irgendwelche Rüden bei uns am Haus vorbeilaufen. Die zwei da sind im Grunde auch nichts anderes. Und das Grundstück, das er verteidigt, bin jetzt eben mal ich.

Und jetzt stell Dir das vor:

Ein pfefferminzgrüner Oldtimer hält mit quietschenden Reifen direkt vor mir. Und irgendwer da drin schreit: »Hopp, hopp! Rein mit dir!«, und reißt die Beifahrertür auf, und ich glaube, ich spinne, weil am Steuer die kleine alte Frau mit den gelben Federn auf dem Hut sitzt. Sie hat den Beifahrersitz nach vorne geklappt und deutet hektisch auf die Rückbank. Ganz kurz zögere ich, ich will mich nicht in die nächste komplizierte Situation bringen, aber ich habe überhaupt keine Zeit abzuwägen, was ich machen soll, meine Verfolger sind keine zwanzig Meter mehr entfernt und die alte Frau lässt schon den Motor aufheulen.

»Hund nach hinten!«, ruft sie, und ich packe Jackson, um ihn auf die Rückbank zu wuchten. Er kapiert überhaupt nicht, was los ist, setzt sich auf seinen Hintern und sträubt sich heftig. Vielleicht hat er Angst, dass er wieder eine Tür an den Kopf geknallt kriegt, oder er würde lieber noch weiter über die Raststätte rennen. Aber auf Diskussionen kann ich mich jetzt wirklich nicht einlassen. Mit aller Kraft zerre ich ihn auf die Rückbank, schmeiße meinen Rucksack halb auf ihn drauf und falle erschöpft auf den Vordersitz. Die Beifahrertür hat keinen Griff, sondern eine seltsame Schlaufe, an der man ziehen muss, aber irgendwie mache ich das zu doll und es gibt ein tierisch lautes, blechernes Geräusch.

Das war's jetzt, denke ich. Die Karre ist wahrscheinlich Baujahr von vor dem Krieg und ich schrotte sie mit einem Schlag.

Aber von wegen. Norbert patscht mit seinen Wurstfingern schon fast an meine Scheibe, da drückt die kleine alte Frau das Gaspedal durch und wir jagen über den Parkplatz davon.

Ich drehe mich um und sehe, wie Norbert und der Kopftuchrocker mit großen Augen hinter uns herstarren.

Und dann schaue ich, wo ich überhaupt gelandet bin.

43

Sie sind da. Gott sei Dank. Und sie sind so klein, dass sie einen Platz neben ihr finden, obwohl sie so viele sind. Sie kennen das Lied vom Wind, das ihre Mutter immer singt. Es vertreibt die Angst und die Stille. Die so entsetzlich ist, weil sie

`Leni nicht mehr husten hört. Können sie auch zu ihr klettern und ihr sagen, dass sie da ist, ganz nah? Sie kann nur einfach nicht sprechen, sie muss doch das ganze Haus tragen.`

Sie war einfach plötzlich da und hat mich gerettet.

Wie im Märchen.

Eine himmelblaue Märchenfrau, die direkt durch mein Herz geht.

Sie ist der Grund, warum ich Dir das alles erzähle.

44

Du hättest Dich bestimmt für Autos interessiert. Und selbst wenn nicht – das hier hätte Dir trotzdem gefallen: eine uralte Kiste aus pfefferminzgrünem Blech. Die Türen sind innen mit Kunstleder und moosgrünem Teppich verkleidet, der gleiche moosgrüne Teppich liegt auch auf dem Boden und der Rest ist so ziemlich aus Pappe oder Blech. Das Beste sind allerdings die kleinen Ausstellfenster an den Seitenscheiben. Man kann sie quer stellen und dann weht wunderbar viel Wind rein. Was auch deshalb ganz gut ist, weil es im Innenraum ziemlich nach Öl stinkt.

Genauso abgefahren wie mein Rettungswagen ist seine Fahrerin. Zu ihrem hellblauen Kleid und dem Hut mit den gelben Federn trägt sie senfgelbe Lederhandschuhe mit Lochmuster, eine lila Sonnenbrille in Flügelform und knallroten Lippenstift.

Die englische Queen vom Parkplatz hat sich in eine Filmdiva aus den Fünfzigerjahren verwandelt.

Irre.

Als sie mit ihrem Oldtimer von der Raststätte schleudert, gerät mein ganzer Sitz ins Schaukeln, und ich habe das Gefühl, dass mein Po gleich auf der Fahrbahntrasse entlangschrappt. Rennfahrermäßig schert sie direkt vor einem Lastwagen auf die Autobahn ein, die gelben Federn wippen an ihrem Hut und der Lkw-Fahrer hinter uns rastet fast aus. Seine Hupe dröhnt wie ein Schiffshorn über die Autobahn. Und mir wird plötzlich ganz unangenehm bewusst, dass dieses Auto ziemlich klein ist, garantiert keine Airbags hat und bei einem Auffahrunfall mit Sicherheit ziehharmonikamäßig zusammengefaltet werden würde. Mit Jackson und mir und der Rennfahrerin irgendwo in der Mitte. Ja, und da bemerke ich erst, dass es hier drin tatsächlich noch nicht mal Sicherheitsgurte gibt und auch keine Kopfstützen.

Mannmann.

Wenn Mama und Papa das wüssten, würden sie vollkommen durchdrehen. Vielleicht wäre ihnen da sogar Norbert noch lieber gewesen. Aber mir nicht. Mir ganz bestimmt nicht.

Die Schleuderkiste, in der ich sitze, ist ein Morris Minor, Baujahr 1961, ein »2-Door Saloon«. Das erklärt mir die alte Frau stolz, als wir mit hundertzwanzig Sachen auf die Mittelspur wechseln und an allen Lastwagen vorbeiziehen.

»Und jetzt fahren wir bis nach Südfrankreich«, verkündet sie.

Wir.

Woher weiß sie, dass ich da auch hinwill?

Ich halte nichts von Magie und allem, was damit zu tun hat. Das habe ich aufgegeben, als ich mein Lieblingsplaymomännchen (den Piraten mit der Augenklappe und dem Säbel auf dem Pullover) im Ententeich versenkt habe, damit Mama endlich wieder zu uns zurückkommt. Der Pirat ist innerhalb von einer Sekunde im Wasser verschwunden, aber Mama blieb noch sechs Wochen weg.

Da konnte mir keiner erzählen, dass das noch irgendwie miteinander zusammenhing.

Von da an habe ich meine Playmomännchen lieber behalten und mich geduckt, wenn das Schicksal was von mir wollte.

Bis jetzt.

Und jetzt taucht diese himmelblaue Rennfahrerin auf und weiß meinen Weg.

Das kann nicht sein!

Oder?

»Wohin fahren Sie denn genau?«, frage ich vorsichtig.

Wenn jetzt »Avignon« kommt, kippe ich aus dem Auto. Samt Sitz.

»Irgendwohin ans Meer«, antwortet sie. »Wir wissen es noch nicht so genau. Wir fahren wegen der Luft hin. Ich hoffe, sie tut uns wirklich so gut, wie alle behaupten.«

Okay.

Mit dem »wir« war gar nicht ich gemeint. Anscheinend hat sie von ihrem Auto gesprochen. Vielleicht hat Seeluft ja auch einen Einfluss auf das Befinden von alten Kisten und tut ihrem Getriebe gut oder so was. Keine Ahnung. Bin ich Automechanikerin?

Dann ist es wirklich nur reiner Zufall, dass sie den gleichen Weg hat wie ich? Und kein so ein manipulierter Scheißzufall wie bei Norbert?

Ich habe ihr nichts von Avignon gesagt, nichts von Südfrankreich, noch nicht mal was von Süden (obwohl das ja klar ist, wenn man auf dieser Autobahn unterwegs ist, die führt nun mal dahin).

Habe ich jetzt einfach mal Riesenglück? Kann ich den ganzen Mist hinter mir lassen, Norbert und den verpeilten Kopftuchtypen und Studentinnen mit bescheuerten Liebestheorien, und Jackson muss in keinem Kofferraum mehr sitzen, sondern darf direkt hinter mir auf der Rückbank liegen?

Und heute Abend sehe ich Kolja wieder? Oder spätestens morgen früh?

Apropos Jackson.

Er hechelt.

Er kriegt sich vor lauter Hecheln gar nicht mehr ein.

Mist, verdammter.

Er hat immer noch nichts zu trinken gekriegt.

»Und, was hast du so im Urlaub gemacht, Nellie?«
»Och, nicht wirklich viel. Ich hab meinen Hund
verdursten lassen. Aber das war's dann auch.«

Super, echt!

»Mein Hund verdurstet«, sage ich verzweifelt. »Wir müssen irgendwo Wasser herkriegen.«

Die alte Frau nickt und legt den nächsten Autostunt hin: zieht den Wagen nach rechts, schlängelt sich zwischen zwei Lastwagen durch (begleitet von einer tiefen und einer sehr tiefen Hupe) und schleudert auf die Standspur.

Und dort bremst sie.

Auf null in null Komma nix.

Wow.

»Das geht natürlich gar nicht«, sagt sie energisch und steigt aus. Aus dem Kofferraum holt sie einen Kanister und ein kleines Plastikkännchen.

»Damit kühle ich immer die Bremsen«, erklärt sie. »Die laufen so schnell heiß, und dann schütte ich Wasser drüber, damit sie schneller wieder abkühlen. Ist ein alter Automechanikertrick. Das Wasser ist nur leider nicht mehr ganz frisch.«

Aber das ist Jackson in dem Moment völlig egal. Er springt über den Beifahrersitz rüber und aus dem Auto, noch bevor ich ihn anleinen kann, und stürzt sich auf das Plastikkännchen. Und während die Autos, Lastwagen und Motorräder an uns vorbeidonnern, steht er seelenruhig da, schlabbert das abgestandene Wasser und hört gar nicht mehr damit auf.

Die alte Frau streichelt ihm über den Kopf.

»Wie heißt er eigentlich?«, fragt sie.

»Jackson«, antworte ich. »Und ich bin Nellie!«

»Wie schön! Dann haben wir fast alle englische Namen. Morris kennst du ja schon und ich bin Miss Wedlock. Das ist der englische Begriff für die Echte Zaunwicke. Nur Leni hat einen durch und durch deutschen Namen, nicht?«

Ich nicke, auch wenn ich nicht weiß, was sie meint.

»Sind Sie Engländerin?«, frage ich.

»Nein. Nein«, sagt Miss Wedlock und füllt Jacksons Kännchen wieder auf. »Ich bin eigentlich aus Berlin. ›Wedlock‹ ist nicht mein richtiger Name. Den habe ich mir selbst gegeben, als ich zur Bühne gegangen bin.«

Sie stellt den Wasserkanister wieder weg und erzählt mit leuchtenden Augen von ihrem großen Idol, Audrey Wedlock, einem amerikanischen Filmstar.

»Ich habe sie nach dem Krieg im Kino gesehen, als sie die Tochter des Trollkönigs spielte. Du kennst sie wahrscheinlich nicht. Da waren ja noch nicht mal deine Eltern geboren. Nach ihr habe ich mich benannt. Aber meinen Vornamen habe ich nur ein wenig geändert, Maggie, nach Margarethe. Damit Leni nicht durcheinanderkommt, wenn sie mich sucht.«

Jackson hat inzwischen das zweite Kännchen leer geschlabbert und stupst Miss Wedlock mit der Schnauze an.

»In so einen Hund passt ja enorm viel Wasser«, sagt sie und füllt noch mal nach.

Als Jackson genug getrunken hat, lasse ich ihn in den Graben neben der Autobahn pinkeln und inspiziere dabei den Morris von außen.

Er ist wirklich wunderschön. Seine Kühlerhaube ist in der Mitte nach oben gewölbt und die Karosserie über den Reifen auch, und irgendwie erinnert mich das an die Pollenhöschen, die die Bienen nach ihren Blütenstaubtouren tragen. Und die runden Scheinwerfer sehen aus wie Stielaugen.

Ich weiß, Jungs hassen es, wenn man Autos so beschreibt, als ob man gleich ein Schleifchen drumbinden und sie als Spardose benutzen würde, aber so einem Wagen kann man einfach nicht mit Hubraumgröße und PS-Zahl gerecht werden. Wir spielen ja schließlich kein Autoquartett.

45

Als wir weiterfahren, erzähle ich Miss Wedlock, dass ich nach Avignon will, um meinen großen Bruder zu besuchen. »Suchen« wäre zwar richtiger als »besuchen« und noch richtiger wäre eigentlich »zurückholen«, aber ich habe keine Lust, die ganze Familienkiste zu erklären.

»Dann kommst du ja genau richtig zum Theaterfestival!«, sagt sie und wirft einen begeisterten Blick zu mir rüber. »Das muss wunderbar sein! Es findet jeden Juli in Avignon statt. Wochenlang gibt es unzählige Vorstellungen, Ballett und Tanz und Akrobatik und große Schauspiele. Vielleicht sogar Opern!

Und das nicht nur in den Theatern, sondern überall, auf der Straße, auf öffentlichen Plätzen, in den Parks!«

Sie hört gar nicht auf, von diesem Spektakel zu schwärmen, und mir rutscht das Herz in die Hose. Wie soll ich Kolja in einer Stadt finden, in der es wie beim Oktoberfest zugeht, nur ohne Bier?

»Leider war ich noch nie da«, erzählt Miss Wedlock weiter. »Aber einer unserer Bühnentechniker arbeitet dort jeden Sommer. Wenn Leni doch nur auch Lust hätte, sich das anzuschauen! Aber sie ist manchmal ein bisschen kompliziert.«

»Ich fände es toll, wenn Sie mitkommen«, entgegne ich. Wenn mir Miss Wedlock und Leni und vielleicht sogar der Bühnentechniker helfen, Kolja zu suchen, habe ich auf jeden Fall größere Chancen, ihn zu finden. »Wo treffen Sie sie denn?«

»Wen?«, fragt Miss Wedlock.

»Leni! Holen Sie Leni noch irgendwo ab?«

Vielleicht in der Schweiz. Leni klingt doch eigentlich noch mehr schweizerisch als deutsch.

Miss Wedlock lächelt mich freundlich an.

»Aber Leni ist doch schon dabei«, sagt sie.

Ach so.

???

Okay.

???

…

Vielleicht ist Leni eine Art unsichtbare Freundin, mit der Miss Wedlock Gespräche führt. So wie man mit seinen Puppen redet, wenn man klein ist.

Oder mit Jackson, wenn man größer ist und sich allein fühlt.

Oder …

Oder sie ist so was wie Miss Wedlocks anderes Ich.

Also praktisch ihr zweites Selbst, so wie bei Gollum. Den kennst Du nicht. Das ist ein mutierter Hobbit, der einen Ring gefunden hat, mit dem die dunklen Kräfte Macht über ihn gewinnen. Und dadurch spaltet er sich in zwei Persönlichkeiten auf, die eine ist freundlich und hilfsbereit und zeigt den Hobbits den Weg zum Ziel, die andere ist grausam und böse und versucht, sie unterwegs umzubringen. Aber sie überleben natürlich.

Schon deshalb, damit niemand mit verlaufener Wimperntusche aus dem Kino rennen muss oder sein Popcorn nicht mehr essen mag.

Aber in echt überlebt man blöderweise nicht so leicht. Weil es das Schicksal einfach nicht interessiert, wer ihm bei seinem miesen Geschäft zusieht und ob es jemandem damit den Appetit verdirbt.

Aber das hatten wir ja schon.

Ich meine ja nur: Womöglich geht mir das zweite böse Miss-Wedlock-Ich namens Leni noch vor Avignon an den Hals und das war's dann. Und keinen kümmert's so richtig.

Und das ganz Miese: Das gute Miss-Wedlock-Ich weiß es noch nicht mal.

Aus dem Polizeiprotokoll:
Polizist: Miss Wedlock, können Sie sich erklären, wie die Mädchenleiche auf Ihren Beifahrersitz gekommen ist?
MW: Keine Ahnung, Herr Wachtmeister. Eben saß das Kind noch vollkommen lebendig neben mir.
Polizist: Und der Hund?
MW: Der lag auf der Rückbank.
Polizist: Tot?
MW: Nein, gar nicht. Durstig. Aber nicht tot.
Polizist: Aber jetzt sind sie tot. Alle beide. Vollkommen hinüber sozusagen. Ist das nicht seltsam?

MW: Doch, sicher, ausgesprochen seltsam. Leni findet das übrigens auch.

(Hier bricht das Polizeiprotokoll ab, weil eine teuflisch grinsende Miss-Wedlock-Leni den ahnungslosen Polizisten erwürgt.)

Polizist 2 (kurze Zeit später): Miss Wedlock, können Sie sich erklären, wie die Leiche meines Kollegen in Ihren Kofferraum gekommen ist?
MW: Keine Ahnung, Herr Wachtmeister. Eben stand er noch völlig lebendig neben mir.

Und so weiter und so fort.

Bis endlich ein findiger, extrem gut aussehender und unverheirateter junger Kommissar kommt und die Sache aufklärt.

Leider bin ich dann schon entschieden zu tot für ihn.

Aber noch ist Miss Wedlocks gutes Ich am Ruder und schwärmt weiter vom Theaterfestival:

»Ein Fest, das Tag und Nacht dauert! Kannst du dir das vorstellen, eine ganze Stadt als Theaterbühne? Ist das nicht großartig? Doch. Doch, ich glaube, Leni wird mitkommen. Es wird ihr gefallen. Die Lichter! Und die Musik! Es muss ihr einfach gefallen!«

Ist Kolja deshalb nach Avignon? Um beim Theaterfestival dabei zu sein?

Als was?

Als Traumtänzer?

Vielleicht sollte ich Zettel schreiben, die ich an die avignonschen Bäume kleben kann:

WER KENNT DIESEN JUNGEN?

Und ein Foto von Kolja.

Und meine Handynummer. (Gleich ein paarmal. Zum Abreißen.)

Aber ohne Haare sieht Kolja aus wie ein Verbrecher. Bevor mir irgendwer sagt, wo er ist, liefert er ihn eher bei der Polizei ab.

Also vielleicht eher die familiäre Variante:

BRUDER VERMISST.

KOLJA, 18 JAHRE.

(Und Foto und Handynummer.)

Zu dramatisch.

Das kann man mit entlaufenen Katzen machen, aber nicht mit Brüdern.

Wahrscheinlich muss ich die Leute auf der Straße direkt ansprechen und ihnen ein Foto von Kolja zeigen. Eins mit Mütze, auf dem er nicht so gefährlich aussieht. Aber dann wissen sie nicht, dass sie nach einem Glatzkopf Ausschau halten müssen.

Echt vertrackt.

Und außerdem wird das auf Französisch tierisch kompliziert.

Und womöglich hat Kolja auch gar keine Glatze mehr.

Wie schnell wachsen eigentlich Haare auf Glatzköpfen?

»Du interessierst dich nicht so fürs Theater, oder?«, fragt Miss Wedlock und klingt so enttäuscht wie Mama, wenn sie mal wieder vergeblich versucht, mich für irgendein abstraktes Gemälde zu begeistern.

(»Das ist nicht einfach nur Weiß, Nellie. Im Grunde ist in diesem Bild das ganze Farbspektrum enthalten! Du musst dich da einfach nur mal richtig drauf einlassen.«

JA, MAMA.)

»Ich geh eigentlich lieber ins Kino«, sage ich.

Vielleicht lässt sie das ja als Antwort durchgehen. Immerhin hat sie sich nach einem Filmstar benannt. Und ins Kino gehe ich wirklich gern.

Im Theater war ich, glaube ich, das letzte Mal in der Grundschule. Da wurde »Am Samstag kam das Sams zurück« aufgeführt, und ich war tierisch enttäuscht, dass das Sams von einer Frau gespielt wurde und nicht echt war.

»Wahrscheinlich kennst du das Theater nur noch nicht richtig.« Miss Wedlock lässt nicht locker. »Ich bin mir sicher, es würde dir gefallen! Ich habe mein ganzes Leben lang damit zu tun gehabt. Ohne Theater könnte ich gar nicht existieren.«

Sie seufzt. Sehr tief und sehr schwer.

»Aber jetzt haben sie mich entlassen. Ich bin zu alt für den neuen Intendanten. So gesehen sind das meine allerletzten Theaterferien.«

Sie schaut mich an und ein kleines Lächeln huscht über ihr Gesicht.

»Und da treffe ich ausgerechnet dich und du fährst zum Theaterfestival nach Avignon! Was für ein wunderbarer Zufall!«

Na ja. Eigentlich nicht. Ich fahre zu Kolja.

Aber was soll's.

»Waren Sie Schauspielerin?«, frage ich.

Womöglich ist sie richtig berühmt und nur ich Theaternull habe noch nie von ihr gehört.

»Schauspielerin und Sängerin!«, sagt sie stolz. »Aber das ist sehr lange her. Möchtest du die Geschichte hören?«

Ich nicke.

Vielleicht erfahre ich dadurch auch mehr über Leni, den Geisterpassagier.

46

Leni geht's gut. Leni schläft. Und ihre Mutter auch. Sagen sie. Sie muss nur ganz leise und vorsichtig sein, dann wird alles wieder gut. Aber sie darf nicht schlafen. Sie muss wach bleiben, sagen sie, sie muss ja auf ihre Mutter aufpassen und auf Leni. Dabei ist sie so entsetzlich müde. Wie damals im Zug, als sie von Oma heimfuhren und sie bei ihrer Mutter im Arm schlafen durfte, die ganze Fahrt lang. Ihr Mantel roch nach dem Rauch vom Kartoffelfeuer. Jetzt riecht alles anders und ganz scharf. Aber die kleinen Leute sind immer noch da. Und bestimmt machen sie hier sauber.

Die kleinen Leute.
Du wirst sie bald kennenlernen.
Leider.

47

Das kriegen garantiert nur Schauspieler hin, dass ein altes Auto zur großen Bühne wird. Miss Wedlock zieht immer noch auf der Überholspur an unzähligen Lastern vorbei, aber als sie zu erzählen beginnt, ist es, als säße sie gleichzeitig in einem samtroten Sessel auf einer schwach ausgeleuchteten Theaterbühne, eine Märchenerzählerin mit schlohweißem Haar unter einem bizarren Federhut, deren Stimme in eine andere Welt entführt.

»Das Theater hat mich von Kindheit an begleitet«, fängt sie an und schaut kurz zu mir rüber, ob ich auch wirklich zuhöre. »Denn mein Vater war Kostümschneider an der Berliner Staatsoper. Er nähte die wundervollsten Kleider. Wenn er abends nach Hause kam, brachte er sie oft mit, weil er noch weiter daran arbeiten musste. Er breitete sie auf dem Küchentisch aus, und meine Schwester und ich schlichen ehrfürchtig darum herum und wagten nicht, sie zu berühren. Es waren Kleider wie Träume.«

Sie malt mit ihrer linken Hand Schemen in die Luft, Silhouetten von imaginären Kostümen, während sie gleichzeitig auf die rechte Spur wechselt, weil es ausnahmsweise keinen Lastwagen zu überholen gibt.

»Ich erinnere mich noch an den Umhang der Königin der Nacht, als wäre es gestern gewesen. Er hatte eine Schleppe aus silbernem Samt, bestickt mit Tausenden von weißen Perlen. Einmal durfte ich ihn in der Hand halten. Er war so schwer, dass ich ihn kaum anheben konnte. Eine ganze Melodie war darin eingefangen. Als mein Vater die Perlen auf den Samt stickte, durfte ich sie ihm anreichen. Perle für Perle, aus einer Schachtel, die mit blauer Seide bezogen war. Meine Schwester weinte, weil sie noch zu klein war, um zu helfen. Da schenkte er ihr eine Perle und nähte sie auf einen schmalen Rest des silbernen Samts. Sie trägt das Band noch immer um den Hals. Mit einer Perle der Königin der Nacht. Wie gerne hätte ich auch eine gehabt.«

Sie seufzt sehnsüchtig und setzt zum nächsten Überholvorgang an, ohne ihre Geschichte zu unterbrechen.

»Mein Vater hat das nicht vergessen. Als er die Blumen nähte für das Kostüm, das die Tochter des Trollkönigs tragen sollte, da nähte er auch eine für mich. Eine rote Blüte aus Filz mit dunkelgrünen Kelchblättern und einem honiggelben Punkt in der Mitte. ›Für meine Trollprinzessin‹, sagte er und überreichte sie mir mit einer tiefen Verbeugung. Von da an musste meine

Mutter die Blüte jeden Morgen in mein Haar flechten, sonst wäre ich nicht in den Kindergarten gegangen.«

Sie räuspert sich. Es dauert eine Zeit, bis sie weitererzählt.

»Trollprinzessin, das war sein Kosename für mich, weil ich rothaarig war und wild wie die Tochter des Trollkönigs in ›Peer Gynt‹. Das war seine Lieblingsoper. Die Geschichte von einem Bauernsohn, der sich sein Leben leichter und schöner lügt. Später habe ich die Rolle gesungen, nach dem Krieg, bei meinem ersten Engagement in der Kleinen Komödie.«

Sie schaut mich an und lächelt stolz.

»Wir führten dort die schönsten Opern auf. Nur ein Orchester hatten wir nicht, dafür war kein Platz da und kein Geld. Unsere Musik kam vom Tonband. Aber das Haus war immer ausverkauft!«

»Dann waren Sie ja richtig berühmt«, sage ich.

»Ach nein.« Plötzlich klingt sie ganz traurig. »Dafür habe ich leider nicht lange genug gesungen. Aber das Theater ist trotzdem mein Leben geblieben.«

»Und warum haben Sie aufgehört zu singen?«

»Leni wollte es nicht. Sie hat die kleinen Leute wieder mitgebracht.«

Weiter kommt sie nicht.

Denn –

Jackson baut Mist.

Riesenmist.

Weil er nämlich richtig gut drauf ist, nachdem er genug getrunken hat.

Und sich langweilt, dahinten auf der Rückbank.

Die Seitenfenster hat er so vollgeschlabbert, dass er nicht mehr gut rausschauen kann.

Und geschlafen hat er auch genug.

Aber da stehen ja noch die fünf Tüten.

Fünf prallvolle Plastiktüten, die so erstaunlich interessant riechen.

Nach …?

Schwierig.

Das muss untersucht werden.

Und zwar ganz genau.

Und dafür muss natürlich erst mal dieser Bändel weg, der die Henkel der Tüte zusammenhält, die da so verlockend direkt neben einem steht.

Müsste doch klappen.

Wozu hat man schließlich ein gutes Gebiss.

Doch wohl zum Nagen.

So lange, bis dieser Bändel –

ups –

abfällt,

einfach so –

und man endlich seinen dicken Kopf in die Tüte bohren kann.

Genau da schaut Miss Wedlock in den Rückspiegel. Ich merke es nicht, weil ich ihr zuhöre. Aber plötzlich wirft es mich nach vorne und ich knalle mit der Schläfe gegen die Kante des Ausstellfensters.

Aua.

Verdammt.

Miss Wedlock hat den Wagen nicht mehr unter Kontrolle. Er schleudert von links nach rechts. Und außerdem sieht sie komisch aus: aufgerissene Augen, die Finger ums Lenkrad gekrampft, dass die Fingerknöchel weiß hervortreten, offener Mund und, ja, dann höre ich ihn auch.

Aber zuerst sehe ich ihn nur:
ihren Schrei.

Vielleicht hat sie einen Schlaganfall, ich weiß ja überhaupt nicht, wie so was abgeht, ich war noch nie bei einem dabei, bestimmt hat sie einen Schlaganfall und jetzt rast sie volles Rohr in die Leitplanke, und wie klasse, dass es weder Kopfstützen noch Sicherheitsgurte in dieser Karre gibt, dann muss ich wenigstens nicht darüber nachdenken, wie schlimm die Schmerzen gleich werden, weil ich sie nämlich gar nicht mehr merke.
Weil ich ganz einfach gleich ganz schnell tot bin.

Und immer noch der Schrei.

Wie in »Scream«.
Kennst Du nicht.
Da gibt es die Szene, in der die Mutter aus dem Haus geht und ihre ermordete Tochter findet, die im Garten an einem Ast baumelt.
Kolja hat es mir beschrieben.
Ich habe nur gehört, wie sie schreit, schreit, schreit.
Also, so wie dieser Schrei klingt der von Miss Wedlock.
Abartig.

Und dann reagiere ich endlich und greife ins Lenkrad.
Ich habe noch nie ein Auto gelenkt, ehrlich. Papa hat manchmal zum Spaß das Steuer losgelassen und wollte, dass ich lenke, aber ich hab ihm nur den Vogel gezeigt. Es hat mich einfach nicht interessiert.
Und jetzt beuge ich mich bei hundertzwanzig Sachen mitten auf der Autobahn über eine Frau, die gerade – durchdreht (?),

hyperventiliert (?), stirbt (?), und versuche, ein außer Kontrolle geratenes Fahrzeug in den Griff zu kriegen.

Und ich schaffe es tatsächlich.

Hättest Du mir das zugetraut?

Also, ich mir nicht.

Urplötzlich sind wir ganz allein auf der Autobahn. Kein Wagen mehr neben uns. Wahrscheinlich haben die einen bei Miss Wedlocks Schleuderfahrt Gas gegeben und sind nach vorne weggeschossen und die anderen haben abgebremst.

Wir sind völlig allein.

Und so schaffe ich es, das Auto auf die Standspur zu lenken, und Miss Wedlock nimmt

ENDLICH

den Fuß vom Gas und bremst ab.

Und wir stehen wieder auf dem Seitenstreifen.

Aber keine von uns steigt aus.

Meine Beine fühlen sich so gummiartig an, dass ich garantiert nicht auf ihnen stehen könnte, selbst wenn ich wollte.

Und Miss Wedlock ist völlig zusammengesackt.

Erst nach einer Weile regt sie sich und sagt ganz leise »Danke«, mit einer Stimme, die heiser ist von ihrem Schrei.

»Was war denn das?«, flüstere ich.

Sie dreht sich langsam nach hinten um und schaut Jackson an. Er ist mit dem Hintern halb von der Rückbank gerutscht und guckt völlig bedröppelt.

»Er war an einer der Tüten«, flüstert sie zurück. »Das ist nicht gut.«

Das glaube ich jetzt einfach nicht.

Sind wir deshalb fast draufgegangen, weil Jackson seine Schnauze in eine Tüte gesteckt hat? Wo bitte ist da der Sinn?

Schon klar, man will nicht unbedingt Hundesabber an seinen Sachen haben, aber hallo, das ist trotzdem einfach nur Spucke. Garantiert nicht radioaktiv. Und frisch entwurmt ist Jackson auch.

Kein Grund, deshalb auszurasten.

48

Miss Wedlock kniet sich verkehrt herum auf den Vordersitz und beugt sich über ihre Tüten auf der Rückbank. Sie haben die Schleuderfahrt erstaunlicherweise gut überstanden. Sie sind so eng zwischen der Rückenlehne vom Vordersitz und der Rückbanklehne eingeklemmt, dass keine einzige umgekippt ist.

»Ein Bändel fehlt!« Miss Wedlock klingt schon wieder panisch.

Ich drehe mich um und suche fieberhaft den Fußboden danach ab.

Jetzt bitte nicht den nächsten Ausbruch. Das halte ich nicht aus.

Ich taste mit der Hand unter Jacksons Bauch.

Da ist er. Ein patschnasses, angekautes Stück Stoff.

Mann, Jackson!

»Entschuldigung«, sage ich zerknirscht und gebe es Miss Wedlock.

Sie sagt gar nichts. Sie knotet nur die Henkel der Tüte wieder zusammen.

Okay.

Das ist alles ziemlich seltsam.

Vielleicht war ja Leni schuld. Hat mal eben das Steuer übernommen und mich fast umgebracht.

Allerdings wäre Miss Wedlock dann auch draufgegangen und Leni gleich mit.

Das spricht eigentlich dagegen.

»Es ist vorbei«, sagt Miss Wedlock mit dumpfer Stimme und starrt vor sich hin. »Ihr müsst leider aussteigen.«

»Aber das geht nicht!«, sage ich verzweifelt. »Von hier kann ich gar nicht trampen! Könnten Sie uns nicht noch zur nächsten Raststätte bringen? Bitte?«

Ich bin nämlich total verrückt nach Raststätten. Besonders gerne renne ich dort vor bescheuerten Typen davon. Da kann man echt nichts machen.

»Ich pass auch total auf, dass Jackson an keine Tüte mehr geht!«

Anscheinend folgt es irgendeinem geheimen Plan, dass Jackson und ich uns jede Mitfahrgelegenheit versauen. Wir sind ein Spitzenteam, wir zwei.

Miss Wedlock schüttelt den Kopf.

»Ihr müsst hier raus«, sagt sie. »Jetzt! So schnell wie möglich. Sie werden bestimmt schon bald da sein.«

»Wer denn? Wer kommt denn? Jackson hat doch nur eine Plastiktüte aufgemacht!«

Meine Stimme klingt ganz schrill. Ich bin echt fertig mit den Nerven. Ich will doch ganz einfach nur nach Avignon zu meinem Bruder. Warum reite ich mich dabei andauernd in die Scheiße? Ich verstehe das nicht.

»Die kleinen Leute«, antwortet Miss Wedlock. »Sie haben uns entdeckt, als Jackson die Tüte geöffnet hat. Das Tor zu ihrer Welt sozusagen. Aber das konnte er natürlich nicht wissen.«

Okay.
Alles klar.
Es geht hier um … kleine Leute.
Also
Monster
oder so.

»Sind die da in der Tüte drin?«, frage ich.

Vielleicht hat Jackson sie gefressen. Dann wäre Ruhe im Karton.

Heldentat des Tages: Hund frisst Tütenmonster.

Miss Wedlock schüttelt den Kopf. »Sie sind noch zu Hause. Ich bin heimlich mit Leni weggefahren. Aber jetzt wissen sie, wo wir sind, und holen uns zurück.«

Sie sitzt ganz still da und hat die Hände im Schoß gefaltet.

»Ich hätte Leni so gerne ans Meer gebracht«, sagt sie traurig. »Sie hustet so viel. Und Seeluft soll doch helfen.«

Also. Wie würdest Du das finden?

Eine verwirrte alte Frau steht für die nächsten Stunden (Tage? Wochen?) auf dem Standstreifen einer Autobahn und wartet darauf, dass irgendwelche Monster sie holen kommen, und ein Mädchen mit Hund wandert derweil Kilometer um Kilometer an derselben Autobahn entlang und wird bei dem Versuch platt gewalzt, zur nächsten Raststätte zu kommen.

Geht gar nicht, oder?

»Sie dürfen hier nicht stehen bleiben«, sage ich. »Das ist viel zu gefährlich. Und außerdem kommt die Autobahnpolizei und Sie kriegen Ärger.«

Vielleicht sperren sie sie sogar weg.

Aber das sage ich lieber nicht.

»Wir müssen von der Autobahn runter«, schlage ich stattdessen vor. »Wir müssen erst mal Zeit gewinnen.«

Es muss mir doch irgendeine Möglichkeit einfallen, die Monster auszutricksen.

Und was ist überhaupt mit Leni?

»Sie dürfen nicht einfach aufgeben! Das können Sie Leni nicht antun! Wir tauchen unter! Wir hauen vor ihnen ab!«

»Ach, Kind. Ich habe schon so oft versucht, vor ihnen zu fliehen, aber sie haben mich immer gefunden. Und jetzt bin ich zu alt dafür. Zu alt und zu müde.«

»Wir vergraben die Tüten!«

Dann können sie den Rest ihres Monsterdaseins im Boden nach uns buddeln.

Miss Wedlock mobilisiert ihre letzten Energiereserven, um heftig den Kopf zu schütteln. »Ich darf sie auf keinen Fall aus den Augen lassen.«

Kapiert.

So einfach ist es nicht. Man kann sich nicht eben mal in die Wahnvorstellungen von jemand anders einklinken. Und Wahnvorstellungen sind es ja wohl.

Oder kannst Du Dir irgendwelche real existierenden Monster vorstellen, die Plastiktüten dazu benutzen, Leute zu orten?

Miss Wedlock legt ihre Hand auf meinen Arm.

»Ihr müsst jetzt wirklich aussteigen. Sie benutzen nämlich sehr schnelle Autos. Sie entern nur die Kofferräume von Sportwagen.«

»Und die Fahrer wissen das gar nicht?«, frage ich.

Seltsamerweise fällt es mir nicht schwer, ganz ernsthaft über Dinge zu reden, die es definitiv nicht gibt, und so zu tun, als wären sie wahr. Wahrscheinlich liegt es daran, dass Kolja mir früher so viele schräge Geschichten erzählt hat. Ich bin einfach daran gewöhnt.

Miss Wedlock klopft ungeduldig auf meinen Arm. »Natürlich wissen sie das nicht. Die kleinen Leute fahren doch als blinde Passagiere mit.«

»Aber wenn man den Kofferraum öffnen würde, könnte man sie sehen?«

»Sicher. Dann müssten sie sich eine neue Mitfahrgelegenheit suchen.«

Ganz klar: Irgendwer muss die Kofferräume kontrollieren und die Monster rausschmeißen. Dann können sie auf der Autobahn stehen bleiben und verrotten. Oder von mir aus auch wieder umdrehen. Ab nach Hause. Und Miss Wedlock fährt ans Meer.

Wo kriege ich jetzt jemanden her, der Kofferräume kontrolliert?

Die Autobahnpolizei?

Die kontrollieren höchstens uns, wenn wir hier noch länger stehen.

Aber …

Ja.

Doch.

Die Schweizer.

Wir sind schließlich schon ganz nah an der Grenze.

Die Schweizer Grenze ist die einzige Grenze, die ich kenne, wo man noch kontrolliert wird, wenn die Zöllner einen schlechten Tag haben.

Das behauptet zumindest Kolja, weil er da mal gefilzt worden ist.

Die Schweizer müssen die kleinen Leute aus dem Kofferraum fischen.

Sie müssen einfach.

49

Ganz so einfach ist es allerdings nicht.

Erst mal ist es harte Arbeit, Miss Wedlock so weit zu bringen, dass sie überhaupt bis zur Grenze fährt. Ich kenne das von Oma. Wenn alte Leute nicht wollen, wollen sie nicht. Und wenn man für ihr eines Problem eine Lösung findet, suchen sie sich ein neues. Da kann man sich echt dran abarbeiten. Und bei eingebildeten Problemen ist es noch schwerer.

»Wie lang brauchen die Monster, bis sie hier sind?«

»Nenn sie nicht Monster, Nellie, das mögen sie gar nicht.«

Also gut.

»Wie lange brauchen die kleinen Leute, bis sie hier sind?«

»Ich weiß nicht. Drei Stunden vielleicht. Oder zwei.«

»Bis dahin sind wir locker über die Grenze! Das schaffen wir sogar rückwärts!«

»Und wenn wir einen Unfall bauen?«

»Machen wir nicht. Bis jetzt ging doch auch alles gut.«

Also, fast zumindest.

Abgesehen von dem ein oder anderen Schock bei einem ihrer Fahrmanöver.

»Und wenn sie an der Grenze doch nicht kontrolliert werden? Dann holen sie uns in der Schweiz ein. Mitten im Ausland!«

»Die werden kontrolliert! Unter Garantie. Sportwagen werden von den Schweizern immer kontrolliert. Das geht gar nicht anders. Das ist so was wie ein Gesetz bei denen.«

»Und wenn es doch schiefgeht?«

»Aber was soll denn schiefgehen?«

»Wenn sie zu Fuß über die Grenze kommen?«

»Haben sie denn Personalausweise?«

»Nein.«

»Na also. Ohne Ausweis lässt die Schweiz keine Fußgänger rein.«

»Sicher?«

»Ganz sicher. Aber jetzt müssen wir wirklich losfahren. Wir brauchen einen Vorsprung.«

Und ich will endlich von diesem Seitenstreifen weg.

50

Als wir an der Grenze ankommen, sehe ich schon von Weitem, dass es gleich ein richtig fettes Problem gibt. Ganz ohne Einbildung. Wäre ja auch zu schön gewesen, wenn es einfach so geklappt hätte. Nellie schüttelt eine Lügengeschichte aus dem Hut und alle spielen mit.

Von wegen.

An der deutschen Grenze ist überhaupt kein Zöllner auf dem Posten. Auf der Schweizer Seite steht zwar tatsächlich einer, unübersehbar in seiner dunkelblauen Uniform, aber er scheint definitiv keinen schlechten Tag zu haben. Er guckt nur kurz durch die Windschutzscheiben der vorbeischleichenden Autos und winkt jedes einfach weiter.

Miss Wedlock bemerkt es leider auch. Und schon zittert ihre Stimme vor Panik und ihre Finger auf dem Lenkrad wackeln solidarisch mit. »Nellie! Die kontrollieren gar nicht«, sagt sie.

Ich lege vorsichtig meine Hand auf ihre. Jetzt geht es nur darum, Nerven zu bewahren.

»Das macht nichts, Miss Wedlock! Heute kontrollieren sie vielleicht wirklich nur die Fußgänger und die Sportwagen. Aber das reicht uns doch. Die kleinen Leute ziehen sie damit auf jeden Fall aus dem Verkehr.«

Ich komme mir fies vor, weil ich ihr so einen Mist erzähle.

Und dann sind wir an der Reihe und, nicht zu glauben, der Zöllner bedeutet uns tatsächlich anzuhalten. Er klopft gegen Miss Wedlocks Scheibe. Sie hört auf zu zittern, kurbelt das Fenster herunter und streckt ihm ihren Ausweis entgegen.

»Bitte«, sagt sie glücklich.

Leider macht der Beamte keinerlei Anstalten, ihn zu nehmen. Stattdessen sagt er: »Sie brauchen noch eine Vignette, Madame!«

»Warum?«, fragt Miss Wedlock.

»Sonst können Sie hier nicht weiterfahren. Das ist eine Schweizer Autobahn.«

»Ach so. Aber bitte kontrollieren Sie doch unsere Ausweise.«

»Sie dürfen auch so in die Schweiz. Allerdings nur mit Vignette.«

»Aber Sie müssen doch Ihre Arbeit richtig machen und die Leute kontrollieren«, beharrt Miss Wedlock und streckt ihren Ausweis noch immer in die Luft. »Sonst kann ja einfach jeder über die Grenze.«

Der Zollbeamte mustert sie genervt: »Das lassen Sie mal unsere Sorge sein, Madame! Und jetzt fahren Sie ein Stück vor, bitte schön, und besorgen sich eine Vignette bei den Kollegen im Büro.«

Miss Wedlock fängt wieder an zu zittern.

Gleich verliert sie die Fassung.

Wenn jetzt nicht alles den Bach runtergehen soll, muss ich improvisieren.

»Jetzt lass es doch gut sein, Oma«, raune ich ihr zu und versuche, konspirativ zu klingen und trotzdem laut genug zu sein, dass es der Zöllner auf jeden Fall hören muss. »Wenn du es dermaßen übertreibst, kontrolliert der uns wirklich. Das ist doch total leichtsinnig. Was sollen wir Joe denn sagen, wenn sie uns in ihrer Kartei finden?«

Die arme Miss Wedlock schaut mich völlig entgeistert an und macht keinen Mucks mehr.

Dafür reagiert unser Zöllner. »Halt! Moment!«, sagt er in schneidendem Ton.

Er hat tatsächlich angebissen. Oder er ist einfach nur sauer, weil er denkt, ich würde mich über ihn lustig machen. Dabei reitet mich die pure Not.

Auch egal. Hauptsache, er tut, was er muss, und kontrolliert uns endlich. Leider tut er noch mehr.

Er herrscht Miss Wedlock an: »Rechts ranfahren, aber dalli!«, und zeigt auf einen Parkplatz an der Seite.

Aber Miss Wedlock ist noch nicht so weit. »Wer ist Joe?«, fragt sie mich.

»Später!«, flüstere ich und flehe sie an, endlich zur Seite zu fahren.

Wenn wir hier festgenommen werden, war alles umsonst.

Miss Wedlock manövriert den Morris auf den Parkplatz. Wir stehen kaum, als eine junge Zollbeamtin auf uns zukommt. Sie bittet uns, auszusteigen und sie zum Zollgebäude zu begleiten. Jackson muss auch mit.

»Lassen Sie den Wagen offen und nehmen Sie Ihre Wertsachen mit«, befiehlt sie. Als sie noch hinzufügt: »Und vergessen Sie Ihre Ausweise nicht«, gleitet ein zufriedenes Lächeln über Miss Wedlocks Gesicht.

Im Zollgebäude kaufen wir eine Vignette, und unsere Ausweise werden so gründlich überprüft, dass Miss Wedlock gar nicht mehr aufhört zu strahlen.

Ich hab's geschafft, denke ich.

Aber ich freue mich zu früh.

51

Als wir zum Morris zurückkommen, ist das Drogenrollkommando in vollem Gange. Der Zollbeamte von vorhin sitzt auf dem Fahrersitz und starrt ratlos auf das Armaturenbrett, ein anderer ist damit beschäftigt, einen Terrier in den Kofferraum zu hieven. Jackson ist völlig außer sich, als er es mitkriegt. Er bellt und bellt und zieht wie blöd an der Leine.

»Können Sie den Hund da mal bitte entfernen?«, schnauzt mich der Beamte an, der das Armaturenbrett hypnotisiert und genervt ist, weil Jackson direkt neben ihm randaliert. »Und wo, verdammt noch mal, ist der Hebel für die Motorhaube?«

Miss Wedlock macht die Beifahrertür auf.

»Da gibt es einen kleinen Trick, junger Mann«, sagt sie freundlich und öffnet das Handschuhfach. »Hier ist der Knopf.«

»Wie soll man da draufkommen«, brummt der Zöllner.

»Das ist ein englisches Modell«, antwortet Miss Wedlock würdevoll.

Der kleine Terrier hat sich mittlerweile durch den Kofferraum geschnüffelt und ihn für drogenfrei erklärt. Ich ahne, was gleich kommt. Von wegen, ich hab's geschafft. Ich hab's total verkackt. Gleich ist die Rückbank dran und der nächste Hund hängt seine Schnauze in eine Tüte oder ein Beamter wühlt drin rum und Miss Wedlock flippt noch hundertmal mehr aus als bei Jackson.

Ich muss sie irgendwie vom Auto wegkriegen.

»Jackson muss pinkeln«, sage ich zu ihr und gehe zur Beifahrertür. »Ich kann nicht fort, weil ich die Hundepapiere noch mal vorzeigen muss. Könnten Sie ihn vielleicht zu der Wiese dahinten bringen?«

»Aber sicher«, sagt sie freundlich und nimmt Jacksons Leine. »Ruf mich, wenn du Hilfe brauchst.«

Miss Wedlock und Jackson verschwinden keine Minute zu früh. Der kleine Terrier ist völlig scharf auf die Rückbank. Sie sind noch nicht mal auf der Wiese angekommen, da hängt er schon über einer Tüte.

»Was ist da drin?«, fragt mich der Beamte, der zu ihm gehört.

»Ich weiß es nicht.«

»Die müssen wir öffnen!«

Ich nicke hilflos. Was soll ich sagen? Dass Miss Wedlock das auf keinen Fall will? Dann durchsuchen sie sie nur umso gründlicher.

Der Beamte ruft seinen Kollegen und gemeinsam reihen sie alle fünf Tüten vor dem Auto auf. Zum Glück stellen sie sie auf die Seite, die Miss Wedlock von der Wiese aus nicht sehen kann. Jeder der Beamten nimmt sich eine Tüte vor. Sie lösen die Bändel, öffnen die Tüten und –

Pause.

Ein trister Parkplatz hinter einem Schweizer Zollgebäude, zwei bewegungslose Zöllner mit abgeschabten Plastiktüten in den Händen und …

… und erst nach einer ganzen Weile guckt der eine seinen Kollegen mit großen Augen an.

»Alte Schuhe«, sagt er ungläubig. »Lauter alte Schuhe.«

Während der andere langsam nickt.

Sie packen alle fünf Plastiktüten aus. Schließlich liegen zweiundzwanzig Damenhalbschuhe auf einem Haufen neben dem Morris. Sie sind alt und abgetragen. Kein Schuh passt zum anderen. Sie sehen unendlich trostlos aus. Neben dem Schuhhaufen steht eine kleine, zierliche Puppentasse. Sie hat einen feinen goldenen Rand und ist mit Girlanden aus rosaroten Rosen bemalt. Sie ist wunderschön.

Die alte Bibel, die noch in einer der Tüten war, haben die

Zöllner nicht auf den Boden gelegt, sondern auf die Rückbank des Morris.

Ich schaue auf die Schuhe und schäme mich entsetzlich.

Ich will Miss Wedlocks Geheimnis nicht kennen.

52

Leni ist wieder wach. Sie kann sie husten hören. Aber sie kann sich immer noch nicht bewegen. Das Bein, das auf ihr liegt, ist so schwer. Es hat die Farbe von den Strümpfen, die ihre Mutter anhat. Eine Farbe wie die Pflaumen, die sie letzten Herbst bei Tante Martha gegessen haben. Vier pralle, runde Pflaumen für sie und vier für Leni. Eigentlich war das nicht gerecht, weil Leni kleiner ist. Aber jetzt ist sie froh, dass Leni alle vier gegessen hat. Und wenn sie sie erreichen könnte, würde sie ihr auch noch ihre Pflaumen geben. Denn Leni ist so klein und sie hustet so schwer.

Miss Wedlocks Geheimnis.

Wurde es mir da schon klar, dass ich auch eines hatte? Ich besaß ja noch nicht mal ein Spielzeug von Dir.

53

»An dieser Grenze werden die kleinen Leute scheitern«, sagt Miss Wedlock glücklich, als wir wieder auf der Autobahn sind und Richtung Frankreich fahren. »Aber es hätte genügt, einfach in den Kofferraum zu schauen. Sie hätten keinen Hund hineinsetzen müssen. Die sind wirklich sehr gründlich, diese Schweizer Beamten. Und wer ist eigentlich Joe?«

Ich winke erschöpft ab.

»Ich hätte dich nicht so lange allein lassen sollen«, sagt Miss Wedlock zerknirscht. »Die haben dir richtig zugesetzt.«

Oh ja.

Zum Schluss habe ich die Zollbeamten fast angeschrien, um sie dazu zu bringen, mich die Schuhe wieder in die Tüten stopfen zu lassen. Sie wollten erst noch alle Absätze kontrollieren. Miss Wedlock und Jackson waren schon auf dem Rückweg, als ich sie endlich einpacken konnte. Und während die Zöllner meinen Rucksack und Miss Wedlocks geblümte Reisetasche und ihr mit Nähutensilien vollgestopftes kariertes Köfferchen untersuchten, verstaute ich noch die Bibel und die kleine Tasse, band die Tüten wieder zu und stellte sie auf die Rückbank.

Und bekam plötzlich keine Luft mehr.

Erst als wir wieder im Auto saßen, wurde es besser.

54

Ich renne im Nachthemd durch den oberen Flur. Es ist dunkel, es ist kalt und ich habe Angst. Ich drücke mein Katzenkissen an mich und schreie. Ich schreie wie am Spieß. Ich schreie, bis ich keine Luft mehr bekomme.

»Ist ja gut«, sagt Kolja und nimmt mich an die Hand. »Ich bin da. Ich lass dich nicht allein.«

Von dieser Nacht an schlafe ich nur noch bei ihm im Bett.

55

Eine Autobahnraststätte, irgendwo in der Schweiz.

Ich sitze auf dem Bordstein unter einer Straßenlaterne. Im Hintergrund: die Toilettenanlage, der Tankstellenshop, die Zapfsäulen. Links von mir schnüffelt Jackson im Straßengraben. Rechts parkt der Morris mit offenen Türen. Miss Wedlock sitzt auf dem Fahrersitz und schnarcht.

Das Letzte, was ich von ihr gehört habe, war: »Ich muss mal ein Nickerchen machen, kleine Nellie. Dauert nicht lange. Nur ein Zwischenschläfchen. Und Morris braucht auch eine kurze Pause. Könntest du so lange auf die Tüten aufpassen?«

Das war vor fünf Stunden.

Jetzt ist es Nacht.

Tiefste Nacht auf einer Autobahnraststätte.

Was ist, wenn Norbert auftaucht? Wenn er wirklich nach Marseille wollte und mir hier wieder vor die Füße läuft? Und ich kann nicht abhauen, weil ich die Tüten bewachen muss?

Eigentlich müsste ich jetzt schon in Avignon sein. Wenn wir früher in die Ferien fuhren, dauerte es acht oder allerhöchstens zehn Stunden und wir waren in Südfrankreich. Mir war schlecht von den vielen Gummibärchen, die ich unterwegs gegessen hatte, und mein Kiefer tat vom Kauen weh, aber es ging mir trotzdem gut, weil ich diesen Gedanken liebte: dass ich am Morgen noch zu Hause aufgewacht war und am Abend schon die Füße ins Meer strecken konnte. Dass nur ein paar Stunden zwischen diesen beiden Leben lagen.

Jetzt ist mir auch schlecht, aber nicht von Gummibärchen.

Ich habe den ganzen langen Tag nichts gegessen. Ich habe nach Norberts blöder Cola nicht mal mehr was getrunken. Sobald Miss Wedlock wach ist, überfalle ich den Tankstellenshop.

Bis dahin passe ich auf die Tüten auf. Und auf Jackson und

Miss Wedlock und Morris und Leni. Natürlich auch auf Leni. Nicht dass sie heute Nacht doch noch auf mich losgeht. Und weil es beim Aufpassen nichts zu tun gibt, außer gegen die Müdigkeit anzukämpfen und in die Nacht zu horchen, schalte ich den Soundrekorder von meinem Handy an und nehme auf.

Eine laue Sommernacht.

Tonaufnahme Nellie und Jackson on the road. Die vierte:

Das hohe Zirpen der Grillen, Jacksons Schnüffeln (eine haarige Straßenkehrmaschine), das Klackern seiner Krallen auf dem Asphalt, das Rumpeln eines Lastwagens, der auf den Parkplatz einbiegt, und dann das Seufzen, als der Motor ausgestellt wird, die Stille danach und das hohe Zirpen, der leise Wind, Miss Wedlocks kleine Schnarcher und ihre leichten, schnellen Atemzüge danach, meine Schritte, wie ich zum Auto gehe, um ihr den Hut abzunehmen, der so tief gerutscht ist, dass die Federn ihr beinahe in die Augen stechen, ihr aufgeregtes Schnappen, als ich den Hut wegziehe, mein Flüstern: »Alles ist gut, alles gut, schlafen Sie weiter, alles ist gut«, und wieder meine Schritte, das Reiben von Stoff auf Asphalt, als ich mich setze, das hohe Zirpen, das kurze Schlagen einer Autotür in der Ferne, der Wind, das Zirpen, der Mond und

»Hi!«

eine Jungsstimme, von oben.

»Vermisst du einen Hund?«

Meine erste Begegnung mit Elias.

Aufnahme Ende.

56

ELIAS.

Was soll ich Dir über ihn erzählen?

Dass er ein Junge ist, auf dessen T-Shirt einmal quer rüber EMINƎM geschrieben steht und dessen Hose in den Kniekehlen hängt? Ein Junge, der ziemlich groß ist und ziemlich dünn, mit dunkelbraunen, halblangen Haaren, schmalem Gesicht und hohen Wangenknochen? Mit einem Hauch von Bart, mehr wächst da noch nicht, und braunen Augen. Kaffeebraun. Vollmilchschokoladenbraun. Ein Junge, aus dessen T-Shirt ein goldener Drache hervorkriecht, der sich über seine Oberarmmuskeln hinunterringelt und auf seinem Unterarm ein Feuer speit, das noch den Handrücken auflodern lässt.

Das ist Elias.

Er steht direkt vor mir.

Schaut auf mich runter und grinst.

Und er hält einen Hund am Halsband fest, dessen nie schlafende Augen selbst in der Dunkelheit leuchten.

Ganz klar.

Das ist meiner.

Jackson hat in seinem Rucksack gestöbert, als er gerade – keine Ahnung – pinkeln war? Krafttraining gemacht hat? Vor sich hin träumte? Er hat es mir nicht erzählt und ich habe ihn nicht gefragt. Auf jeden Fall war er nicht so weit anwesend, dass er auf seinen Rucksack hätte aufpassen können. Das erledigte dann Jackson, Tütenkiller und Rucksackräuber.

»Hat er dir was geklaut?«

Er lacht.

Es klingt wie kleine Gluckser, einmal die Tonleiter rauf.

»Ich hab eigentlich nichts zum Klauen dabei.«

»Jackson klaut auch Socken und frisst sie, wenn es hart auf hart kommt.«

»Oh, glaub mir, meine nicht. Dann wäre er jetzt tot. Ich hab die zwei Wochen am Stück angehabt.«

Und wieder diese Gluckser.

Ich rapple mich auf und bugsiere Jackson auf die Rückbank vom Morris. Damit er nicht wieder abhaut und Leute belästigt, mache ich beide Autotüren zu. Jackson drückt sich mit seinem Hintern an die Seitenscheibe und dreht den Kopf zu mir. Ich kann seine Augen nicht erkennen, so dunkel ist es im Auto, aber ich weiß genau, wie er mich ansieht. Diesen Blick hat er in jahrelanger Übung perfektioniert: von unten nach oben aus vor Enttäuschung glänzenden Augen unter einer in Falten gelegten Stirn.

Aber heute bettelt er umsonst.

Ich drehe mich um.

»Sorry. Ich habe ihn irgendwie aus den Augen verloren.«

»Ist wirklich kein Problem.« Das kommt ganz lässig. »Ich wollte nur sichergehen, dass er nicht überfahren wird. Der ist so schwarz, dass ihn die Nacht verschluckt.«

»Und woher wusstest du, dass er zu mir gehört?«

»Das wusste er schon selber!«

Er nimmt seinen riesigen Rucksack von der Schulter und lehnt ihn an den Morris.

»Ist das dein Auto?«

Was denkt er, wie alt ich bin?

»Ich fahr da bloß mit.«

»Cooles Teil.«

»Gehört einer alten Frau, die ich in Deutschland angehauen habe. Sie will ans Meer.«

»Echt schön.« Er streicht versonnen über den pfefferminzgrünen Lack der Kühlerhaube. »Das ist das erste Auto, das mir gefällt.«

»Trampst du auch?«

»Ja. Ich will weiter in den Süden.« Er macht eine vage Handbewegung, die irgendwas wie »weite Ferne« andeuten soll. »Marokko oder so. Mal sehen, wie weit ich komme. Und du?«

»Ich fahre nach Avignon. Zum Theaterfestival.«

Er guckt ganz interessiert.

»Kommst du mit, ein Bier trinken?«, fragt er.

Wie gern.

Theoretisch.

»Ich kann nicht. Ich muss auf die Sachen im Auto aufpassen.«

»Macht das nicht dein Hund?«

Ich schüttle den Kopf.

»Ich hab's versprochen.«

»Dann hole ich uns eins«, sagt er und macht sich auf den Weg in Richtung Tankstelle.

In dieser Nacht sitze ich mit einem wildfremden Jungen auf der Bordsteinkante einer Autobahnraststätte, und es gibt keinen Ort, an dem ich lieber wäre. Denn diese Nacht ist eine Zaubernacht im Niemandsland. Sogar für jemanden, der nicht an Magie glaubt.

Das sind die Bilder, die ich nie-niemals vergessen werde:

Wie wir uns seine Kopfhörer teilen und er mir irgendwelches Rapzeugs vorspielt (und wie mir manches davon sogar gefällt).

Wie er mir erzählt, dass er nächstes Jahr in den Karpaten wohnen will, um sich um Wölfe zu kümmern, und wie er währenddessen Rauchkringel in die Luft bläst (und ich dachte, das können nur alte Männer).

Wie ich behaupte, dass ich keine Zukunftspläne machen kann, weil ich bis morgen sowieso verhungert bin, und wie er noch einmal zur Tankstelle geht und mit noch mehr Bier und Sandwiches, Wasserflaschen und einer Packung Schokoladenkekse zurückkommt und wie wir »Schere, Stein, Papier« um den letzten Keks spielen und ich gewinne und wie ich ihm aber trotzdem fast die Hälfte davon abgebe, weil ich ihm etwas schenken will.

Wie ich mich auf seine nackten Füße setze und er mir seinen Pullover leiht (der nach Rauch riecht und nach Mann und nach Ziemlich-lange-getragen-worden-sein-ohne-gewaschen-zu-Werden und wie ich meine Nase darin vergrabe).

Wie ich ihn frage, was das Tattoo auf seinem Arm bedeutet, und er nur lacht (sein Gluckslachen) und sagt: »Warum müssen Tattoos immer was bedeuten?«, und wie ich mit meinem Zeigefinger langsam die Drachenflammen entlangfahre und vorsichtige Bahnen auf seinem Handgelenk ziehe.

Wie er mir beibringt, wie man Zigaretten dreht, und tapfer die allererste raucht, die ich bastle, ein windschiefes Gebilde.

Wie ich ihm das einzige Sternbild zeige, das ich kenne (den Großen Wagen), und er mir noch ein zweites zeigt (den Himmelsdrachen) und wie ich ihm nicht glaube, dass es wirklich existiert. Und wie er mir erzählt, dass die Drachenaugen direkt auf das Sternbild des Herkules gerichtet sind, der den Drachen besiegt haben soll. Dabei sieht man am Himmel ganz deutlich, dass der Kampf noch längst nicht entschieden ist.

Wie er mir sagt, dass es ein Missverständnis gegeben hat und dass er überhaupt nur deshalb hier sitzt.

»Was für ein Missverständnis?«

»Ich hab jemand von früher besucht. Ein Mädchen, das in die Schweiz gezogen ist. Wir waren ein paar Tage zusammen, war alles gut, aber als ich ihr heute Morgen erzählt habe, dass ich am nächsten Tag weiterreisen will, ist sie komplett ausgerastet und hat mich rausgeschmissen. Obwohl ich ihr immer gesagt habe, dass ich nur für ein paar Tage bleibe.«

Er klingt verwundert, als er das sagt.

»Wie? Darüber wunderst du dich?« Ich rege mich echt auf. »Das war doch total egoistisch von dir. Totaler Scheiß. Entweder man ist mit jemandem zusammen oder nicht. Und wenn man mit jemandem zusammen ist, kann man nicht einfach nach ein paar Tagen abhauen. Das geht dann eben nicht. Ist doch klar.«

»Aber ich will überhaupt mit niemandem zusammen sein«, sagt er ganz locker. »Ich will einfach nur eine gute Zeit haben. Das Letzte, worauf ich momentan Lust habe, ist, die Ansprüche von anderen Leuten zu erfüllen. Ich will niemandem wehtun, aber ich will mich auch nicht verbiegen.«

»Dabei tust du aber jemandem weh!«

»Dann muss er sich von mir fernhalten«, sagt er hart.

Ich schiebe meinen Hintern von seinen Füßen runter. Soll er doch erfrieren.

»Warum macht dich das so sauer?«, fragt er nach einer Weile und guckt traurig auf seine nackten Zehen. »Du weißt doch überhaupt nicht, wie es war. Ich hab sie nicht verarscht. Ich hab ihr von Anfang an gesagt, dass ich nichts Festes will. Es kann doch auch nicht sein, dass immer der, der mehr will, darüber bestimmt, wie eine Beziehung zu laufen hat.«

»Als ob es so wäre! In Wirklichkeit bestimmt doch immer der, der geht. Der haut einfach ab und lässt den anderen sitzen.«

»Bist du gerade verlassen worden?«, fragt er vorsichtig.

»Ich weiß nicht«, sage ich leiser. »Es fühlt sich zumindest so an.«

»Und jetzt?«

»Jetzt will ich nicht mehr drüber reden.«

Er rutscht näher und legt den Arm um mich.

Er sagt gar nichts, aber er streicht mir über den Rücken, ganz langsam und leicht, auf und ab, und ich lehne mich einfach an ihn an und schlafe ein.

Und ich wusste noch nicht mal seinen Namen.

57

Als ich aufwache, liegt mein Kopf auf einem riesigen Rucksack und es ist taghell. Die Türen vom Morris stehen offen und das Auto ist leer.

Wo sind Jackson und Miss Wedlock?

Ich springe auf die Füße und setze mich gleich wieder hin, weil mein Kopf brummt.

Wie viel Uhr ist es überhaupt?

»Keine Sorge, die kommen gleich wieder. Sie drehen nur eine Runde, um wach zu werden.«

Er sitzt neben mir und hat einen Kaffeebecher in der Hand.

»Für dich«, sagt er lächelnd.

Der Drache auf seinem Arm lodert in der Sonne, als er mir den Becher rüberschiebt.

58

Zugegeben, es war blöd von mir. Meine Schuld. Ich hätte ihn warnen müssen. Ich hätte ihm von den kleinen Leuten erzählen müssen, dann hätte er gewusst, worauf er sich einlässt, wenn er bei uns mitfährt, und die ganze Sache wäre nicht passiert und ich wäre … na ja, mindestens einen Tag früher in Avignon gewesen. Und vielleicht wäre dann alles anders gekommen. Aber ich habe es ihm nicht gesagt, ich war ja auch gar nicht dabei, als Miss Wedlock ihn gefragt hat, ob er mitfahren möchte. Ich war auf der Autobahntoilette und habe versucht, mich im Waschbecken zu duschen.

Und als ich zum Morris zurückkomme, ist die Sache zwischen den beiden schon geritzt. Miss Wedlock sagt freudestrahlend: »Elias fährt bei uns mit!«, und meine Meinung dazu braucht niemand mehr. Okay, denke ich, schließlich habe ich ja auch nichts gewusst, als ich bei Miss Wedlock eingestiegen bin, und ich war ganz allein, als ich mit den kleinen Leuten fertigwerden musste. Dann muss ich ihm jetzt auch nichts sagen. Die Monster sind Miss Wedlocks Ding, und ich habe überhaupt nicht das Recht, über sie rumzuquatschen.

Und außerdem war ich mir in dem Moment sicher, dass sie Ruhe geben. Dass der Rest der Reise problemlos verlaufen würde. Schließlich waren sie an der Grenze zerschellt.

Wir fahren von der Raststätte runter, und Elias, der vorne neben Miss Wedlock sitzt, kriegt schon den ersten Schock, als sie auf die Autobahn einschert.

»Das war aber knapp«, sagt er, als das Hupkonzert der Lkw-Fahrer verklungen ist.

»Es ist doch immer gut, einen Mann dabeizuhaben«, sagt Miss Wedlock fröhlich. »Frauen verstehen was von Musik und Männer was von Autos.«

»Ehrlich gesagt verstehe ich auch eher was von Musik«, meint Elias.

»Das ist noch besser!«, sagt Miss Wedlock.

Und während sie sich über Opern unterhalten und welche Gefühle man mit welcher Musik am besten ausdrücken kann und ob man eine Gesangsausbildung braucht, um richtig singen zu können, versuche ich, Jacksons Hintern so auf meinem Schoß zu platzieren, dass ich noch atmen kann. Es ist heiß hinten im Auto, weil sich die Seitenfenster nicht öffnen lassen. Und es ist total eng, mit den ganzen Tüten und meinem Rucksack. Ab und zu startet Jackson einen verzweifelten Versuch, in den Fußraum zu entkommen, aber dort ist noch weniger Platz, da würde höchstens ein Rehpinscher hinpassen.

Also landet er resigniert wieder auf meinem Schoß. Ich befürchte, wir beide werden zu einem haarigen Mensch-Hund-Klumpen verschmolzen sein, wenn wir in Avignon ankommen. Dann kann Elias uns aus dem Auto rollen. Trotzdem sitze ich gerne hier hinten. Miss Wedlock und Elias sind in ihrer Unterhaltung bei Peer Gynt angekommen und ich kann in Ruhe nachdenken.

Es gibt nämlich ein Problem. Oder besser: zwei Probleme.

Eine SMS von Mama. Und eine von Papa.

Mama hat ihre heute Nacht geschrieben. Oder genauer gesagt: heute Morgen um fünf Uhr. Da war mein Handy in einer Steckdose im Tankstellenshop eingestöpselt, um den Akku aufzuladen.

»Liebe Nellie, versuche dich seit gestern Abend zu Hause zu erreichen. Wo bist du? Wo ist Papa? Kuss, Mama.«

Und eine SMS von Papa.

Um 6:35 Uhr: »Mama erreicht dich nicht. Wo bist du? Melde dich bei ihr und bei mir! Küsse, Papa. PS: Denk dran: Sie weiß nicht, dass ich segeln bin!! PPS: Melanie kommt heute vorbei.«

Mist.

Wenn ich Mama und Papa anrufen muss, ist mein Handyguthaben ruck, zuck alle. Und was mache ich mit Melanie? Warum versucht Mama überhaupt, mich mitten in der Nacht zu erreichen?

Mist. Mist. Mist.

Ich schicke zwei Kurznachrichten:

»Lieber papa! Alles okay!! Pfeif melanie zurück! Ich komm wirklich alleine klar! Viel spaß beim segeln, küsse, nellie«

»Hallo, viktor, melanie-alarm! Hol so schnell wie möglich die post aus dem briefkasten! Danke! :-) Nellie«

Mama rufe ich an. Sie sagt nicht viel. Nur dass sie noch nicht nach Hause kommen kann.

Ich nicke, und weil sie das ja nicht hören kann, sage ich »Kein Problem« und »Gute Besserung« und »Gib auf dich acht«, und weil es mehr nicht zu sagen gibt, legen wir auf.

Mein Handy vibriert. Ich habe eine neue SMS von Viktor: »Nellie, hör auf mit dem scheiß und dreh um! Dein plan mit melanie ist schwachsinn!«

»Hol die post raus!«, schreibe ich zurück und schalte den Flugmodus ein.

Tut mir leid, extrem schlechter Empfang heute.

Wir fahren durch eine wunderschöne Landschaft, vorbei an einem riesengroßen See, im Hintergrund leuchten die Schneegipfel der Alpen, der Morris schnurrt tapfer die Kilometer runter und ich sitze da und fühle mich elend. Ich bin müde, ich habe einen Kater, ich will mal wieder was Anständiges essen, Jackson sabbert mir den Arm voll, der Morris stinkt nach Öl und mein T-Shirt riecht auch nicht mehr gut, ich will frische Klamotten und ein Bett, ich will mir keine Sorgen mehr um Mama machen, und vor allem habe ich tierisch Angst, dass meine ganze Rückholaktion auffliegt, wenn Viktor sich nicht an unsere Abmachung hält.

Fahre ich dann ohne Kolja nach Hause und Mama versteckt sich in einer Klinik und Papa und ich schleichen in einem totenstillen Haus umeinander herum und sind froh, wenn Jackson schnarcht, weil es das einzige Lebenszeichen ist, das es bei uns noch gibt?

Aber Kolja ist nicht tot. Kolja lebt. Ich muss ihn nur zurückholen.

Als ob das Haus dann lebendiger wäre. Als ob Mama und Papa dann weniger still herumschleichen würden. Das hat selbst Kolja nicht fertiggebracht.

Aber er hat ab und zu ein Fenster aufgemacht und es kam Luft rein. Und wenn auch das nichts mehr geholfen hat, ist er mit mir rausgesprungen und in großen Sätzen über die Felder gerannt.

Bis er nicht mehr umkehren konnte.

Und deshalb hole ich ihn zurück.

59

Wir passieren die Grenze zwischen der Schweiz und Frankreich ohne Zwischenfälle. Miss Wedlock verzichtet darauf, ihren Ausweis vorzeigen zu wollen, der Schweizer Zöllner winkt uns durch und ein französischer ist gar nicht erst zu sehen. Alles im grünen Bereich.

Bis wir das Schild kurz hinter der Autobahnauffahrt sehen. Es zeigt in die entgegengesetzte Richtung und führt zu einer anderen Autobahn. »Strasbourg« steht darauf und »Karlsruhe«. Miss Wedlock entdeckt es sofort.

»Nellie, sieh mal! Es gibt auch noch andere Wege aus Deutschland hierher«, sagt sie.

Ich höre den Anflug von Panik in ihrer Stimme.

Ja, und deshalb hätte ich Elias gestern Nacht oder spätestens heute Morgen doch von Leni und den kleinen Leuten erzählen sollen, statt mit ihm in die Sterne zu starren und an seiner Schulter einzuschlafen, denn jetzt sagt er tatsächlich: »Klar, man kann auch direkt von Deutschland nach Frankreich fahren. Das geht sogar schneller!«

Oh, danke, Elias. Vielen Dank auch!

Denn natürlich flippt Miss Wedlock sofort aus, als sie das hört. Sie wird kreidebleich und beginnt, hektisch zu atmen, stößt ein »Nellie!« hervor und guckt mich mit riesengroßen Augen über den Rückspiegel an.

»Nimm das Steuer!«, rufe ich Elias zu, aber er begreift nicht, was ich meine. Entsetzt schaut er auf Miss Wedlock, die das Lenkrad ruckartig hin und her bewegt und verzweifelt nach Luft schnappt.

»Du musst lenken!«, brülle ich und greife nach vorne, um zu verhindern, dass wir in die Leitplanke rasen. Und da versteht er mich endlich und fasst ins Lenkrad. Während er versucht, den Morris einigermaßen in der Spur zu halten, umklammere ich Miss Wedlocks Arme (so schmale Arme, so zart und zerbrechlich wie Vogelknochen) und rede auf sie ein.

»Miss Wedlock, die haben unsere Fährte verloren, die wissen nicht, wo wir sind. Die denken doch, wir sind in der Schweiz. Warum sollten sie uns denn in Frankreich suchen? Miss Wedlock! Die haben uns ganz bestimmt verloren!«

Immer und immer wieder: warum denn, ganz sicher, bestimmt, ich schwöre, unter Garantie, alles ist gut, alles ist gut, alles ist gut.

Elias lenkt immer noch, und wenn die Situation nicht so gefährlich wäre, wäre es sogar zum Lachen, wie sein verstörter Blick immer abwechselnd zwischen mir, Miss Wedlock und der Straße hin und her irrt, während er den Morris auf den Standstreifen lenkt, wo er langsam ausrollt, weil Miss Wedlock ENDLICH vom Gas runtergegangen ist.

Tandem-Fahren, das neue Vergnügen mit dem Morris Minor.
Nicht geeignet für Magenschwache, Nervenarme und Menschen mit Herzschrittmacher.
ACHTUNG!
Es kann sich ein Gewöhnungseffekt einstellen.

Bei mir zum Beispiel. Wer sagt, dass ein Auto immer stur und spießig geradeaus fahren muss? Schlangenlinien sind viel kreativer. Und warum erhebt keiner Parkplatzgebühren auf dem Standstreifen? Bei uns würde sich das allmählich rentieren.

»Wir fahren Landstraße«, sage ich energisch, während wir mit laufendem Motor auf dem Standstreifen stehen und darauf warten, dass Miss Wedlocks Gesicht wieder Farbe annimmt. »Miss Wedlock, ich bin mir ganz sicher, auf der Landstraße suchen sie uns nicht. Wir nehmen die kleinsten Straßen. Ich verspreche es Ihnen, Sie schaffen es bis zum Meer.«

»Was ist eigentlich los?«, fragt Elias und sieht immer noch ziemlich geschockt aus.

»Die kleinen Leute sind hinter uns her«, sagt Miss Wedlock. Ich bin froh, dass ihre Stimme wieder fast normal klingt. Sogar ihre Bäckchen sind wieder ein bisschen rosa. »Aber Nellie hat recht. Dieses Mal kriegen sie uns nicht. Wir sind schon so weit gekommen, wie wir noch nie waren. Sonst hatten sie uns jedes Mal schon am Abend eingeholt.«

Sie lächelt mich tapfer an, während sie langsam wieder Gas gibt und auf die Autobahn einschert. »Da hatten wir Nellie noch nicht dabei!«

Und dann schaut sie zum Glück auf die Straße und startet richtig durch, weil das Hupkonzert der ausgebremsten Lastwagenfahrer schon wieder losgeht.

Bei der nächsten Ausfahrt fahren wir von der Autobahn ab und steuern eine Tankstelle am Ortsrand an. Miss Wedlock betankt den Morris und Elias und ich suchen im dazugehörenden Shop nach Proviant und einer Straßenkarte.

»Kannst du mich mal aufklären?«, flüstert Elias mir zu, während wir an dem Drehständer mit den Landkarten stehen. »Was sind das für kleine Leute?«

»Das sind die Hirnmonster von Miss Wedlock. Feindselige Fantasiewesen, die bei ihr zu Hause wohnen und sie verfolgen. Sie ist vor ihnen abgehauen, mit Leni. Die macht mir ehrlich gesagt mehr Sorgen als die kleinen Leute.«

»Wo ist die denn?«

»Gute Frage. Sie fährt irgendwie mit uns mit.«

Elias guckt mich groß an.

»Sie ist mit dabei, verstehst du?«, erkläre ich ihm. »Ne, vergiss es. Ich verstehe es ja selber nicht. Sie sagt, sie hat Leni bei sich. Ich denke mal, als innere Stimme oder so. Oder als Voodoopuppe, was weiß ich. Vielleicht ist sie auch ihr zweites böses Ich. Wie bei Gollum.«

»Und warum ist sie böse?«

»Ich dachte, das ist so, wenn man sich in zwei Personen teilt. Die eine ist böse und die andere ist gut. Und Miss Wedlock ist auf jeden Fall der gute Teil.«

»Ganz schön irre«, sagt Elias.

»Kennst du das Symptom, dass die Leute seltsame Sachen sammeln? Zum Beispiel lauter altes Zeug? Alte Klamotten und so?«

»Wie kommst du denn jetzt darauf?«

»Also, auf jeden Fall müssen wir sie im Auge behalten«, sage ich und gehe zur Kasse, weil Miss Wedlock von draußen winkt, um uns mitzuteilen, dass sie fertig getankt hat.

60

Als wir weiterfahren, drückt sich Elias zu Jackson auf die Rückbank. Ich setze mich mit seinem Riesenrucksack zwischen den Beinen neben Miss Wedlock und breite die Straßenkarte aus.

»Die kleinsten Straßen, Nellie!«, sagt sie, während wir aus der Stadt rausfahren.

Ich suche auf der Landkarte die allerdünnsten Straßenfäden aus und dirigiere uns durch eine Unmenge von Kreisverkehren.

»Ich glaube, mir wird jetzt schon schlecht«, unkt Elias. »Wie wird das bloß in den Bergen?«

Denn durch die Berge müssen wir, wenn wir die kleinen Straßen nehmen wollen. Das wird uns klar, sobald wir die Stadt hinter uns gelassen haben.

Unser Weg führt uns parallel zur Autobahn durch die Alpen.

Und, oh Mann, kleine Straßen in den Alpen sind wirklich …

… verdammt kleine Straßen.

Enge, steile, in Serpentinen ansteigende Sträßchen, in dunkle Schluchten hineinstoßende Holperwege, die auf dem höchsten Punkt nicht langsam nach unten führen, nein, die im Gegenteil extrem steil in die Tiefe stürzen, fallen, abreißen, um sich dann wieder in Haarnadelkurven in die Höhe zu schrauben, und dabei auf jede Straßenbefestigung verzichten.

Dazwischen Ziegen, die irgendwo in die Landschaft gestellt sind, einzelne kleine Gehöfte, dunkelgraue Häuser, die keine Sonne sehen, menschenleere Unorte vor Bergen, die sich wie Zähne am Horizont abzeichnen und immer nur eines signalisieren:

Hier.Bist.Du.Am.Ende.Der.Welt.

Ganz selten kommt uns ein Auto entgegen, aber wenn, ist

es eine mittlere Katastrophe, Rückwärtsfahren am Berg, rein in die Kurve und eine Miss Wedlock, die fragt: »Elias, kannst du mal aus dem Rückfenster schauen, ob das Hinterrad schon in der Luft hängt?«, oder die seitwärts ausweicht in einen Graben, den es nicht gibt.

Straßengraben? Wozu? Der ist doch da unten. Also, ganz unten. Man könnte ihn auch Grab nennen.

Aber Miss Wedlock schafft es. Schwer konzentriert lenkt sie den Morris durch die Berge, über zwei Pässe und plötzlich: ein wunderschöner Blick über eine weite grüne Wiese, auf Berggipfel, die in der Sonne leuchten, und eine schnurgerade Straße, die uns quer über ein Hochplateau führt.

»Kommen wir überhaupt voran?«, fragt Elias, als ich endlich wieder auf die Karte schauen kann, ohne dass mir schlecht wird.

»Na ja.« Ich zeige ihm auf der Karte, wo wir sind. Wir kurven seit fünf Stunden durch die Berge und sind noch keine zwanzig Zentimeter von der Autobahn entfernt. Mindestens genauso viele liegen noch vor uns, bis wir das Gebirge hinter uns lassen können. Die Kurven nicht mitgerechnet.

»Ich hab das Gefühl, wir kommen nie an«, sagt er.

»Auf jeden Fall brauchen wir dafür noch ein paar Jahre.«

Wahrscheinlich trägt Kolja Vollbart und hat fünf Kinder, bis ich in Avignon bin.

»Unterschätzt den Morris nicht!«, sagt Miss Wedlock. »Der ist prima am Berg! Ein echtes Kurvenfahrzeug.«

Dem leider das Bremsen nicht liegt.

Nach unserer kurzen Fahrt über die Hochebene fallen wir wieder. Wir fallen und fallen und fallen, in viel zu engen Kurven, die sich wie Spirallocken den Berg hinunterringeln und Miss Wedlock zu Radikalbremsungen zwingen.

»Ich wusste gar nicht, dass einem so übel werden kann«, stöhnt Elias von hinten, und ich hoffe nur, dass er nicht auf die Idee kommt, in eine von Miss Wedlocks Tüten zu brechen.

Es riecht schon so komisch.

Nur dass es nicht von Elias kommt. Auch nicht von Jackson.

Es stinkt total verbrannt.

Und das kommt leider vom Morris.

»Jetzt sind die Bremsen heiß gelaufen«, sagt Miss Wedlock resigniert und parkt den Morris in einer kleinen Ausbuchtung, direkt neben dem Steilhang.

»Wir brauchen Wasser zum Kühlen«, sagt sie.

Aber alles Wasser, das wir dabeihaben, ist fast so heiß wie die Trommelbremsen vom Morris. Wir haben Hochsommer und das Auto hat keine Klimaanlage. Woher sollen wir da kaltes Wasser kriegen?

»Am besten steigen wir in die Schlucht hinunter«, schlägt Miss Wedlock vor. »Dort gibt es bestimmt einen Gebirgsbach. Ich war mal auf Tournee im Schwarzwald. Da war das auch immer so. Und die Bäche waren eiskalt.«

»Kein Problem.« Elias schnappt sich eine leere Wasserflasche. »Wir gehen suchen und Sie ruhen sich ein bisschen aus.«

Ich schaue ihn zweifelnd an. Wie der Oberpfadfinder kommt er mir jetzt nicht vor.

»Guck nicht so kritisch, Nellie«, sagt er. »Oder soll ich dich tragen?«

Nerven hat er ja.

Immerhin habe ich Stiefel an und er nur vollkommen löchrige Stoffschuhe ohne Schnürsenkel, die nicht mal mehr eine komplette Sohle aufweisen.

»Wetten, dass ich vor dir unten bin?«, sage ich und pfeife nach Jackson.

Zu dritt klettern wir die Schlucht hinunter. Das heißt, ich klettere, Elias schlittert und krallt sich ab und zu an einem Busch fest und Jackson rennt.

Mit seiner Abrutschtechnik ist Elias allerdings wesentlich schneller als ich. Ich bin immer noch beim Abstieg, da steht er schon in T-Shirt und Boxershorts im kniehohen Wasser. Denn ein Bach fließt hier tatsächlich. Ein ziemlich großer sogar und kalt ist er auch, zumindest Elias' Gesicht nach zu urteilen, das sich schmerzhaft verzieht, als er sich ins Bachbett setzt. Jackson steht neben ihm und trinkt so endlos und gierig wie ein Kamel an einem Wüstenbrunnen.

»Na, Nellie«, ruft Elias in meine Richtung. »Wird das heute noch was oder muss ich dich doch tragen?«

»Ich warte, bis du erfroren bist, dann bin ich zumindest als Erste wieder oben!«, rufe ich zurück.

Elias rappelt sich auf. Er wirft einen großen Stock bachaufwärts und feuert Jackson an, als der ihm hinterherjagt. Vorsichtig pirsche ich mich durch die Büsche ans Ufer und ziehe meine Schuhe aus. Mit einem Satz lande ich im Wasser, direkt neben Elias, und spritze ihn über und über nass. Wir ringen in dem eiskalten Bach und versuchen, uns gegenseitig ins Wasser zu drücken, aber keinem gelingt es so richtig. Obwohl ich schon glaube, dass Elias Sieger geworden wäre, wenn er es wirklich darauf angelegt hätte.

Als wir vor Kälte schlottern und komplett nass sind, einigen wir uns darauf, dass es keinen Gewinner gibt, und waten zum Ufer zurück. Ich ziehe meine Jeans aus und hänge sie über einen Ast, um sie zu trocknen. Als ich mich zu Elias umdrehe, zucke ich zusammen. Er sitzt mit nacktem Oberkörper auf einem Stein. Seine Muskeln glänzen vom Wasser. Er sieht wunderschön aus. Aber seine Haut ist übersät mit Dutzenden,

Hunderten von kleinen Narben. Fadendünne weiße Striche, halb so lang wie mein kleiner Finger vielleicht. Sie überziehen seinen ganzen Oberkörper bis hoch zur Brust wie ein archaisches Muster.

»Was ist das?«, frage ich und setze mich neben ihn auf den Stein.

Nein, es ist keine blöde Frage. Ich weiß es wirklich nicht. Ich habe so was noch nie gesehen.

»Ritznarben«, sagt Elias und klingt ganz selbstverständlich. Und als ich ihn immer noch irritiert ansehe: »Das sind Narben vom Ritzen. Verstehst du?«

»Hast du dich da überall geritzt?«, frage ich fassungslos, und ja, diese Frage ist jetzt wirklich blöd. (Aber, oh Mann, das sind so viele Narben, dass man sie kaum zählen kann.)

»Nicht nur da«, sagt Elias und zeigt auf den goldenen Drachen, der sich seinen linken Arm hinunterschlängelt.

Ich schaue ihn mir genauer an. Unter dem Rot und Gold des Drachenkörpers sind die gleichen fadendünnen Narben zu erkennen. Narbe an Narbe an Narbe. Sie laufen quer über seinen ganzen Arm.

»Scheiße«, sage ich erschrocken. »Ich dachte immer, ritzen tun sich nur Mädchen.«

Das ist so ein Satz, bei dem ich, schon als ich ihn ausspreche, weiß, dass er völlig daneben ist.

Elias klingt auch gut genervt, als er mir darauf antwortet: »Ja, klar, Mädchen ritzen sich und Jungs schlagen zu, wenn sie Probleme haben. Wie ist die Welt doch schön geordnet.«

»Tut mir leid«, flüstere ich. »Ich kenne es eben nicht.«

»Kommt das in deiner heilen Welt nicht vor?«, fragt Elias und klingt plötzlich richtig brutal. »Es gibt eben Leute, die haben ein größeres Problem als das, dass sie keine Zigaretten drehen können.«

Was soll das denn jetzt bitte? Was weiß er denn schon von meinen Problemen?

»Und es gibt Leute, die tragen ihre Probleme nicht gleich auf dem Tablett vor sich her und haben trotzdem welche«, gebe ich böse zurück.

Ich weiß, dass das fies ist. Aber er hat angefangen. Er hat unsere Nacht kaputt gemacht. Die Zaubernacht.

Und das darf er nicht.

Elias zieht sich sein T-Shirt wieder über und schlingt die Arme um die Knie. Ganz in sich zusammengezogen sitzt er da und starrt finster ins Wasser.

»Kann ja sein, dass du Probleme hast«, sage ich nach einer Weile und versuche, etwas versöhnlicher zu klingen, »aber das gibt dir nicht das Recht, über andere zu urteilen. Du weißt doch überhaupt nichts von mir!«

»Tut mir leid«, sagt Elias leise. »Aber es ist auch nicht gerade schön, wenn ein Mädchen schreckstarre Augen kriegt, weil es dich mit nacktem Oberkörper sieht, und denkt, du wärst ein Zombie.«

»Aber ich finde die Narben doch gar nicht schlimm!«, sage ich. »Also, ich meine, ich finde es schon schlimm, dass du dich geritzt hast, dass du Probleme hast, wegen denen du dich geritzt hast, meine ich, aber ich finde sie nicht hässlich oder so, überhaupt nicht, ich finde die schön, also dich … doch …«

Ich stammle noch ein bisschen weiter, dann gebe ich auf. Sonst gestehe ich ihm gleich noch, dass ich auf seine Muskeln stehe.

Mann, Nellie.

»Ich hab damit aufgehört«, sagt Elias, und jetzt grinst er sogar ein bisschen. Kein Wunder nach dem, was ich gerade abgelassen habe. »Schon vor zwei Jahren. Aber die Narben gehen nicht mehr weg. Deshalb hab ich mir den Drachen tätowieren lassen. Damit mich nicht jeder fragt, ob ich einen Unfall hatte. Oder mich gleich in die Psychokiste packt. Ich hab mit dem Ritzen angefangen, als meine Eltern sich scheiden ließen. Die haben drei Jahre lang um das Haus und um mich gekämpft. Das war echt nicht auszuhalten.«

»Und wer hat dich dann gekriegt?«, frage ich.

»Das ist die falsche Frage.« Elias lacht bitter. »Die richtige Frage wäre, wer mich nehmen musste. Sie wollten beide das Haus, aber keiner wollte mich und schließlich bekam meine Mutter beides.«

Kannst Du Dir das vorstellen? Du hast zwei Eltern und keiner will Dich haben?

»Und das hast du ausgehalten?«, flüstere ich.

»Na ja, fast. Ich habe mich so lange geritzt, bis ich in die Psychiatrie gekommen bin und von dort ins betreute Wohnen. Da bin ich immer noch. Aber seit einem Jahr lebe ich in einer eigenen Wohnung. Alle paar Tage kommt ein Sozialarbeiter vorbei, guckt, ob es läuft, und damit hat es sich. Seitdem geht es mir gut.«

Wir sitzen schweigend nebeneinander und schauen Jackson zu, der am Bachufer patrouilliert.

»Der Drache auf meinem Arm ist ein Glücksdrache«, sagt Elias plötzlich, ganz leise. »In China ist er ein Symbol für Glück und Reichtum, und für mich bedeutet er einfach, dass die Scheißzeit vorbei ist. Ich habe ihn tätowieren lassen, als ich in meine eigene Wohnung gezogen bin.«

Ich fahre vorsichtig mit den Fingerspitzen über seine Tätowierung. Gestern Abend habe ich das schon einmal gemacht. Ganz zaghaft nur, nur über die Feuerzungen auf seinem Handgelenk. Jetzt streichle ich sanft über den Drachenkörper, der rot-golden seinen Oberarm entlangkriecht, über den Feuer speienden Kopf auf seinem Unterarm bis zu den letzten Flammenausläufern auf seinem Handrücken. Unter meiner Berührung zucken seine Muskeln und die Härchen auf seinem Unterarm stellen sich auf. Es sieht aus, als ob seinem Drachen ein silbernes Fell wächst.

Ich glaube nicht an Magie, das weißt Du ja.

Aber dieser Drache ist … wunderschön.

Elias lächelt mich an.

»Jetzt weißt du so viel von mir und ich überhaupt nichts von dir«, sagt er und hält meine Hand fest, die über seinen Unterarm wandert.

»Wir sollten zu Miss Wedlock zurück«, sage ich leise und streichle mit meiner freien Hand ein letztes Mal über den Drachenkopf. »Sie fährt ohne uns weiter, wenn wir nicht bald kommen.«

Ich mache mich los und stehe auf.

»Schade«, sagt Elias und stemmt sich mit einem Seufzer hoch.

61

Miss Wedlock ist weg.

Wir stehen ratlos vor dem Morris.

Die fünf Tüten auf der Rückbank sind auch verschwunden.

Der Wagen ist abgeschlossen und vor der Fahrertür liegt ein einzelner senfgelber Lederhandschuh mit Lochmuster.

»Vielleicht ist sie nur kurz pinkeln«, sage ich. Aber ich glaube selber nicht daran. Es ist zu still um uns herum.

»Kann man von nicht existierenden Wesen entführt werden?«, fragt Elias.

Ich zucke mit den Schultern. Es kommt drauf an, wie man Entführung definiert. Wenn einen die eigenen Schrecken wie Furien vor sich hertreiben, dann: ja.

Dann ist man Jäger und Gejagter zugleich und kann sich niemals in Sicherheit bringen.

Die Vorstellung ist zu schrecklich: eine Miss Wedlock, die mit aufgerissenen Augen durch den Wald jagt, mit verrutschtem Federhut und fünf Tüten, die sich in den Ästen verheddern und sie zu Fall bringen.

Sie wird abstürzen, bevor wir die Chance haben, sie zu finden.

Miss Wedlock – verletzt, verdurstet, vor Panik gestorben, abgestürzt und …

»Gibt's hier Wölfe?«

»Bestimmt.«

… von Wölfen gefressen.

»Wir sollten die Polizei anrufen«, sagt Elias.

»Dann stecken sie sie in die Psychiatrie. Lass uns erst mal selber suchen.«

»Vielleicht kann Jackson ihre Fährte aufnehmen?«

Elias wedelt mit Miss Wedlocks Handschuh vor Jacksons Nase herum und feuert ihn mit »Such!«-Befehlen an. Jackson versucht begeistert, den Handschuh zu schnappen, aber als Elias ihn wegzieht, denkt er gar nicht daran, sich irgendwohin auf den Weg zu machen. Stattdessen widmet er sich den Salamandern, die im Straßengraben herumhuschen.

»Bestimmt ist sie weggelaufen, weil sie Angst gekriegt hat«, sage ich zu Elias. »Wir haben sie zu lange allein gelassen.«

»Aber dann wäre sie doch zu uns gekommen. Runter in die

Schlucht«, antwortet Elias und sucht sicherheitshalber mit den Augen den Berghang ab, den wir gerade heraufgekommen sind.

Doch das glaube ich nicht. Als Jackson die Tüte geknackt hatte, wollte Miss Wedlock auch, dass wir uns ohne sie in Sicherheit brachten. Autos, die mit hundert Sachen im Abstand von einem Meter an einem vorbeirasen, waren in ihren Augen weniger gefährlich als die kleinen Leute.

»Wenn sie wirklich Angst vor ihren Monstern gehabt hat, ist sie von uns weggerannt«, erkläre ich ihm. »Damit uns nichts passiert.«

»Also?«

»Also den Berg hoch.«

»Wir suchen eine Stunde, und wenn wir sie bis dahin nicht gefunden haben, rufen wir die Polizei, okay?«, sagt Elias.

Er begutachtet skeptisch den Steilhang, der über der Straße ansteigt.

»Zum Glück hab ich meine anderen Schuhe zu Hause vergessen«, sagt er und wackelt mit dem großen Zeh, der aus seinem kaputten Turnschuh schaut. »Sonst müsste ich mich jetzt ärgern, dass sie im Auto eingeschlossen sind.«

Es gibt keinen Weg, den wir hochsteigen könnten. Wir klettern querfeldein, immer weiter nach oben, ziehen uns an kleinen Bäumen hoch, krallen uns an vorspringenden Steinen fest und rutschen immer wieder ab. Es ist unendlich mühsam. Selbst Jackson kommt nur langsam voran, weil ihm die Hitze zu schaffen macht.

Es riecht nach Kiefernnadeln und heißen Steinen. Ab und zu bleiben wir stehen, atmen schwer und trinken einen Schluck vom Bachwasser, das eigentlich für die Trommelbremsen gedacht war. Dann rufen wir nach Miss Wedlock und warten einige bange Sekunden lang auf eine Antwort. Doch wir hören nur das Surren der Insekten und das Knacken von trockenem Holz, wenn wir müde weitergehen.

62

Die Stunde ist längst um, aber wir kehren nicht zum Auto zurück und wir rufen auch nicht die Polizei. Denn wir haben etwas gefunden. Einen Beweis dafür, dass Miss Wedlock hier gewesen sein muss. Jackson hat ihn entdeckt. Plötzlich kam er aus dem Unterholz gesprungen und hatte ein gelbes Etwas im Maul. Eine Feder von Miss Wedlocks Hut.

Und deshalb suchen wir weiter.

Wir klettern in die Richtung, aus der Jackson gekommen ist. Wir kämpfen uns durch dichtes Unterholz, steigen über tote Äste und verfangen uns in Dornenranken, die unsichtbar aus den Büschen ragen und uns die Arme aufreißen.

Schließlich öffnet sich der Wald zu einer größeren Lichtung. Sie wird fast völlig von einem riesigen Felsbrocken eingenommen. Am Rand der Lichtung entdecken wir den Rest von Miss Wedlocks Hut. Er baumelt auf Kniehöhe an einem Ast, hellblau und zerbeult, mit einer abgeknickten gelben Feder. Jackson läuft direkt darauf zu und schnuppert begeistert daran. Es bricht mir fast das Herz, als ich mir vorstelle, dass Miss Wedlock hier entlanggeirrt ist. Ich schiebe Jackson weg und pflücke den Hut vom Ast.

»Wie lange waren wir am Bach?«, frage ich Elias verzweifelt. »Wie weit kann sie denn noch gelaufen sein?«

»Wenigstens wissen wir jetzt, dass wir wirklich in der richtigen Richtung suchen«, sagt er.

Als ich versuche, die abgeknickte Feder wieder aufzurichten, bricht sie ab.

Mist.

Aber wer nichts von Magie hält, darf auch nicht an ungute Vorzeichen glauben.

Ich verstaue die Feder in meiner Hosentasche. Elias nimmt mir den Hut ab und startet einen neuen Versuch, Jackson zum Fährtesuchen zu animieren.

Er hält ihm unser Beutestück vor die Nase. »Jackson, such! Such Miss Wedlock!«

Das muss er aus irgendeinem Film haben. Da klappt das wahrscheinlich. Aber mein Hund schnuppert nur an Miss Wedlocks Hut und beginnt, verlegen den Federstumpf abzunagen, der noch dran ist.

Elias gibt es auf. Er setzt sich den Hut auf den Kopf und verlegt sich darauf, nach Miss Wedlock zu rufen. Seine Stimme prallt an den Bergwänden ab und gibt ein dumpfes Echo.

Danach ist es wieder still.

Es gibt niemanden, der sein Rufen beantwortet.

Ich setze mich unter den Baum, an dem wir den Hut gefunden haben. Hier war sie. Garantiert erschöpft. Wie ist sie weitergegangen? Was hat sie gedacht? Hat sie den einfachsten Weg genommen, um den Felsbrocken herum, oder wollte sie den kleinen Leuten die Verfolgung schwerer machen und ist über den Felsen geklettert? Mit fast achtzig Jahren und fünf Tüten? Welche Kräfte setzt reine Panik in einem frei?

Bei uns in der Straße war mal ein Hund weggelaufen. Er war ganz neu aus Rumänien gekommen und vollkommen durcheinander. »Das ist ein Angsthund«, sagte die Frau, die ihn in Pflege hatte. Er sprang über ihren Zaun und rannte davon, rannte und rannte. Niemand konnte ihn einfangen. Zweimal raste er auch an unserem Küchenfenster vorbei. Ich erinnere mich an seinen gehetzten Blick. Er rannte einen ganzen Tag und eine ganze Nacht und dann brach er zusammen.

Der Hund hat sich schließlich zu einem Obdachlosen in einer Unterführung verkrochen, als er nicht mehr konnte.

Wohin verkriecht sich eine alte Frau in den Bergen?

63

Und dann summt noch etwas. Erst ist es ganz in ihrem Kopf. Kopfsummenbrummen wie von Bienen, mitten im Ohr. Und sie will den Kopf schütteln, um die Bienen zu vertreiben, bevor sie sie stechen können. Aber wenn sie den Kopf bewegt, sieht sie die Pflaumenbeine, die unbeweglichen, schweren, und die Schuhe, die ihrer Mutter gehören. Die sie nicht mehr gebunden hat, bevor sie in den Keller gerannt sind. Denn sie sind doch in den Keller gerannt, über den Hof, ins Hinterhaus, ihre Mutter mit Leni auf dem Arm und den offenen Schnürsenkeln und sie. Und über ihnen hing das Heulen der Sirenen. Ihre Mutter wollte die Schuhe nicht binden, obwohl sie es ihr immer wieder zugerufen hat, »Mama, die Bändel!«, und mit Leni auf dem Arm war das doch viel zu gefährlich. Jetzt liegen die Schuhe da mit den offenen Schnürsenkeln und mit den pflaumenfarbenen Beinen darin und ihre Mutter rennt überhaupt nicht mehr. Und sie auch nicht. Sie schon mal gar nicht. Weil die Beine ja auf ihr draufliegen. Und weil sie wieder vergessen hat, ob `der Fuß dort zu ihr gehört. Und dann ist da noch das Summen im Kopf. Aber Leni hustet nicht mehr.`

Ich wusste das alles nicht von Miss Wedlock. Ich wusste nicht, dass sie auch ein Höhlenmensch war und noch viel schlimmer als ich.

64

Es ist stockdunkel und wir hängen immer noch am Berg. Es ist unmöglich, in der Nacht den Weg zum Auto zurückzufinden, und außerdem wäre eine Umkehr eine so schreckliche Niederlage, dass wir es sowieso nicht fertigbringen würden. Wenn Miss Wedlock hier oben in den Bergen ist, wollen wir auch bleiben. Vielleicht finden wir sie morgen früh. Vielleicht gibt es einen gnädigen Mond, der uns leuchtet, und wir können heute Nacht noch weitersuchen. Vielleicht hören wir die Wölfe, wenn sie zu ihr schleichen.

Vielleicht können wir sie irgendwie noch retten.

Elias und ich tasten uns zu dem Felsbrocken zurück, in dessen Nähe wir den Hut gefunden haben. Es ist kühl geworden. Wir haben keine Pullover dabei und Elias hat noch nicht mal Socken. Wir frieren, wir haben Hunger, wir sind müde. Ein paar blasse Sterne stehen am Himmel und die Nacht macht seltsame Geräusche.

»Warte mal«, sage ich zu Elias und setze mich auf den Stein, der die Wärme des Tages noch gespeichert hat.

»Was machst du?«, fragt er in die Dunkelheit.

»Kurze Pause«, sage ich und schalte mein Handy an für die Geräusche dieser Nacht.

Tonaufnahme Nellie und Jackson, die fünfte. Diesmal mit special guest.

Der einsame Schrei eines Käuzchens, das schnelle Wischen der Fledermäuse und irgendwo ein trockener Schlag, der Atem von Elias und das Reiben von Stoff, als er sich neben mich setzt, Jacksons leises Hecheln, der Wind, das Käuzchen, das schwere Flattern eines großen Vogels, ein leises Husten von Elias und das Knistern von Plastik, als er den Tabak aus seiner Hosentasche zieht, der Wind, ein fernes Knacken, ausgelöst von irgendeinem großen Tier, das trockene Rascheln von Papier und Tabak, das Zischen eines Streichholzes und das Geräusch, wie Elias den Zigarettenrauch inhaliert und wieder ausatmet. Ein weit entferntes Hundebellen von irgendeinem Hof, ein kurzes Rascheln ganz nah und das leise Reiben von Haut auf Stoff, als Elias seinen Arm um mich legt. Sein tiefes Atmen, beinah ein Seufzen, und mein pochendes Herz, das Reiben von Haut auf Haut, als ich meine Nase in seiner Halsbeuge vergrabe, und seine Hand in meinen Haaren, mehr ein Flattern als ein Geräusch. Und eine Träne, die mir plötzlich über die Wange rinnt.

Unhörbar.

Aber das kann gar nicht sein.

Ich weine nämlich nicht. Ich weine nie.

Das Weinen habe ich mir mit fünf Jahren abgewöhnt, als Kolja sagte, dass es nichts bringt.

Es bringt ungefähr genauso viel wie das Opfern von Playmobilpiraten.

Es gibt nichts gegen den Schmerz.

Keine Tränen, die heilen. Keine Magie, die wirkt. Es gibt nichts gegen die Dunkelheit, wenn sie fällt.

Komm mir bloß nicht damit, dass man eine Kerze anzünden

kann. Diesen Spruch hab ich hundertmal gehört. Eine Kerze ist einfach nur eine Scheißkerze, windanfällig und von begrenzter Brenndauer. Die Dunkelheit dauert länger.

Also bitte.

Du weißt das ja wohl.

Mit einem ratschenden Geräusch verabschiedet sich mein Handy. Es rutscht den Felsen hinunter und landet im dunklen Irgendwo.

Es ist mir aus der Hand geglitten, als ich die Träne wegwischen wollte.

»Mist!« Ich springe auf und krabble über den Felsbrocken.

»Was ist?«, fragt Elias irritiert.

»Mein Handy ist mir runtergefallen!«

»Warum fummeln Mädchen eigentlich ständig an ihrem Handy rum?«, fragt Elias genervt. »Sogar in so einer Nacht!«

»Hilf mir lieber suchen!«

Und dann passiert es.

Klar.

Es ist stockdunkel, und ich habe keine Ahnung, wie groß und steil dieser Felsbrocken ist. Ich krieche zu weit nach vorne, und plötzlich ist da nichts Festes mehr, sondern – Luft. Einfach nur Luft.

Und ich kippe kopfüber vom Felsen.

Das ist ungefähr alles, was ich noch weiß.

Außer dass ich einen mörderischen Schrei ausstoße, so laut, dass ich noch im Fallen davon beeindruckt bin. Und dass es ein beschissenes Gefühl ist, den Halt zu verlieren, wenn es so dunkel ist, dass man überhaupt keine Idee davon hat, wann und wo man wieder landet.

Okay.

Im Prinzip könnte der nächste Augenblick richtig romantisch sein. Wenn ich mich nur bewegen könnte.

Denn Elias beugt sich über mich. Er hat immer noch Miss Wedlocks Hut auf. Vorhin dachte ich noch, dass er damit den Geißenpeter bei Heidi geben könnte, aber jetzt sieht er seltsamerweise richtig gut aus damit. Er schaut mich irgendwie besorgt an und total lieb. Ich kann es genau erkennen, weil der Mond inzwischen aufgegangen ist und ein bleiches Licht wirft.

Doch, wirklich, das bilde ich mir nicht ein.

Jackson ist auch da, ich spüre es. Bestimmt liegt er mit gerecktem Kopf neben mir und beobachtet mich und sieht dabei aus wie dieser ägyptische Hundegott. Ich kann ihn aber leider nicht anschauen, weil ich mich nicht drehen kann. Und außerdem kann ich mich nicht von Elias' Augen losreißen.

Ich wusste nicht, dass es wirklich warme Augen gibt. Ich habe das immer für romantisches Geschwätz gehalten. Aber diese Augen sind warm.

Definitiv.

Das Nächste, was ich weiß, ist, dass ich mit ausgestreckten Beinen auf dem Boden sitze. Ich lehne mit dem Rücken an einem Felsen und mir tut ziemlich viel ziemlich sehr weh. Meine Hände, das rechte Knie und mein ganzer Rücken. Elias sitzt neben mir und presst ein Taschentuch auf meine blutenden Handflächen.

»Mann, Nellie«, sagt er. »Dass dein Handy weg ist, ist doch kein Grund, dich umzubringen.«

Den Hut hat er nicht mehr auf.

Ich will lachen, aber schon der Versuch schmerzt tierisch.

»Ich glaube, ich hab mir die Rippen gebrochen.«

»Wenigstens bist du nicht auf dem Kopf gelandet. Das meiste hast du mit den Händen abgefangen.«

»Und mein Handy?«

»Wie ist deine Nummer? Ich ruf dich an. Dann wissen wir ja, wo es ist.«

»Es klingelt aber nicht«, sage ich kläglich. »Ich hab den Flugmodus eingeschaltet.«

»Das passt ja«, sagt Elias trocken.

Als die Wunden auf meinen Handflächen endlich aufgehört haben zu bluten, schiebe ich mich vorsichtig mit dem Hintern vom Felsen weg und drehe mich auf den Bauch, um den Boden nach meinem Handy abzusuchen. Es tut verdammt weh. Jackson beobachtet mich interessiert und schnuppert an meinen Haaren. Ich muss mein Handy wiederfinden, sonst ist die Reise hier zu Ende. Dann muss ich sofort nach Hause zurück. Denn Mama und Papa rasten aus, wenn sie mich nicht mehr erreichen können. So viele Lügen kann nicht mal ich erfinden, um sie dann noch zu beruhigen.

»Setz dich wieder hin, Nellie!«, sagt Elias streng, als ich wie ein gestrandeter Wal auf dem Boden liege und nicht weiß, wie ich vorwärtskommen soll, ohne dass meine aufgeschlagenen Handflächen den Boden berühren.

Er hilft mir, mich wieder umzudrehen und aufzusetzen, und ich stöhne extrem unschön vor mich hin.

»Ich such dein Handy und du bleibst hier und bewegst dich nicht. Klar? Und bevor du wieder ohnmächtig wirst, rufst du mich.«

»Mach ich.«

So wie ich mich fühle, bewege ich mich die nächsten Monate überhaupt nicht mehr. Ich werde bis zum Wintereinbruch wie angeklatscht an diesem Felsbrocken kleben bleiben. Miss

Wedlock hängt derweil irgendwo anders fest und wir können die Tage damit zubringen, uns Witze ohne Pointe zuzurufen.

Elias kniet neben mir und sucht den Boden ab.

»Hast du gesehen, in welche Richtung es gerutscht ist?«

»Nein«, antworte ich deprimiert. »Da war es noch stockdunkel. Ich hab gar nichts gesehen.«

»Bleib ja sitzen!«, sagt er noch mal und kriecht am Felsen entlang weiter, gefolgt von Jackson. »Das kann nicht weit weg sein. Das finde ich schon.«

Eine ganze Weile höre ich nichts mehr von ihm. Die Nacht ist still geworden. Sogar das Käuzchen hat aufgehört zu rufen. Nur ab und zu raschelt etwas, ganz in der Nähe. Vielleicht eine Maus. Oder eine Ratte.

Oder ein Typ mit Hockeymaske. Taucht gleich mit einer Machete in der Hand aus dem Dunkel auf und …

… was auch immer. Ich hab mal wieder nur die Schreie gehört und ihr langsames Ersterben, ein Jammern und das Knistern von Feuer.

»Elias?!!«, rufe ich in die Nacht.

Da bellt Jackson. Ganz tief. So bellt er, wenn er will, dass man zu ihm kommt.

Was ist mit Jackson?, will ich rufen, aber noch bevor ich dazu komme, höre ich Elias: »Miss Wedlock?! Sind Sie da unten? Miss Wedlock?!«

Und wieder Jackson, der fiept.

»Elias?«, rufe ich wieder.

Aber er antwortet mir nicht. Ich höre nur Jackson, der wieder angefangen hat zu bellen. Heller dieses Mal, aufgeregt.

Ich rapple mich langsam auf. Mir ist schwindlig, und ich habe das Gefühl, als würde ich in einem Film mitspielen, so unwirklich sieht alles im Mondlicht aus. Der Wald steht da wie eine dunkle Kulisse, und der Fels wirkt, als wäre er aus Pappmaschee geformt. Ich taste mich vorwärts, immer mit einer Hand am Fels, in die Richtung, aus der Jacksons Bellen kommt.

Als ich um den Felsbrocken herumgehe, sehe ich ihn: Er steht vor dem Felsen, wedelt mit dem Schwanz und bellt noch immer.

Aber Elias ist nicht mehr da.

65

Erst als ich neben Jackson niederknie, sehe ich die Höhle, die sich direkt vor uns unter dem Felsen verbirgt. Ein ziemlich schmaler Spalt, gerade mal so breit, dass ein Mensch knapp hindurchpasst. Dahinter ist es stockdunkel.

Ich rutsche näher und versuche, irgendetwas zu erkennen.

»Elias?«

Ich flüstere mehr, als ich rufe.

»Nellie?«, kommt es aus dem Spalt. Es hallt. »Nellie, ich hab sie gefunden! Wir sind hier unten!«

Dann ist Elias' Stimme plötzlich ganz nah.

»Bist du da?«, fragt er.

Wenigstens schemenhaft kann ich ihn jetzt erkennen. Er steht praktisch direkt neben mir. Nur zwei Meter tiefer.

»Was ist mit Miss Wedlock?«, frage ich. »Ist sie okay?«

»Na ja, sie muss erst mal hier raus. Kannst du ein, zwei große Steine herrollen? Wir brauchen irgendwas, worauf sie stehen kann. Sonst ist es für sie zu schwierig, zum Ausgang zu klettern. Geht das mit deinen kaputten Händen?«, ruft er mir noch nach.

Aber ich höre gar nicht hin. Es muss gehen. Schließlich kann ich die beiden nicht in der Höhle sitzen lassen.

Ich suche fieberhaft die Gegend um den Felsen herum ab. Weiter will ich mich nicht entfernen. Ich weiß nicht, wie das Gelände beschaffen ist, und noch mal will ich garantiert nicht abstürzen.

Am Fuß einer großen Tanne, gar nicht weit entfernt von der Stelle, wo ich so unsanft gelandet bin, entdecke ich endlich einen großen runden Stein. Und nicht nur das. Mein Handy liegt direkt daneben, vom Mondlicht angestrahlt, als hätte es jemand extra dorthin drapiert.

Ich löse die Tastensperre. Es funktioniert und ich bin unendlich erleichtert. Als ich den Flugmodus ausschalte, erscheint die Meldung, dass ich sieben neue Nachrichten habe. Aber darum kann ich mich jetzt nicht kümmern.

Ich drücke auf die Ausschalttaste und stecke das Handy in die Hosentasche.

Mühsam rolle ich den Stein in Richtung Höhleneingang. Meine Hände bluten wieder, und mein Körper fühlt sich an, als ob er gleich in tausend Stücke bricht.

Ein Herbst im Jahr 32 999.
Mutter und Kind beim Atompilzesammeln.
Kind: Mama, guck mal, was ich eben gefunden hab!
Mutter: Nicht zu fassen, Obi Vandingsda. Mein Allesscanner sagt, dass das ein Stück einer Lendenwirbelsäule ist. Vom Homo sapiens. Anscheinend hat diese Spezies hier früher mal gehaust.
Drei Meter weiter.
Kind: Mama, da ist noch mal was!
Mutter: Nicht zu glauben, Kind, ein paar Halswirbel von derselben Spezies.
Fünf Meter weiter.
Kind: Und das hier?

Mutter: Ein Beckenknochen. Ich glaube, diese Spezies bestand aus extrem unordentlichen Kannibalen. Es handelt sich hier augenscheinlich um eine sehr niedere Lebensform.

Als ich vor dem Eingang ankomme, hat Elias schon die Tüten nach oben gehievt. Sie stehen in einer Reihe am Rand des Höhleneingangs.

»Jackson bewacht sie ganz sicher«, sagt er von unten.

Und dann höre ich die Stimme von Miss Wedlock, die aus der Höhle dringt, und erschrecke. »Wirklich?«, fragt sie, und sie klingt dabei so leise und zerbrechlich, als ob sie nur noch ein Hauch wäre, kaum mehr vorhanden. Ich beuge mich hinunter zum Höhleneingang und sehe ihr weißes Haar in der Dunkelheit aufschimmern.

»Miss Wedlock?«, flüstere ich, um sie nicht zu erschrecken. »Sie müssen zur Seite gehen, ich rolle jetzt einen Stein runter!«

Mit einem dumpfen Knall schlägt der Stein auf dem Boden der Höhle auf.

»Sehr gut!«, sagt Elias. »Der reicht schon! Nellie, ich schiebe Miss Wedlock jetzt nach oben. Kannst du ein bisschen ziehen, wenn du an sie rankommst?«

Ich rutsche noch näher an den Höhleneingang und halte mich bereit. Es sieht seltsam gruselig aus, wie Miss Wedlocks weiße Löckchen aus dem Spalt auftauchen und sich ihr Kopf langsam höher schiebt. Einen kurzen Augenblick habe ich das Gefühl, ich bin schon in Avignon und bei einem sehr schrägen Theaterstück gelandet. Aber dann erkenne ich Miss Wedlocks Gesicht, ganz zart und wächsern im Mondlicht. Und unendlich müde.

Elias klettert allein aus der Höhle, und ich bin echt froh, dass ich ihn nicht hochziehen muss. Ich glaube, das hätte ich nicht mehr geschafft.

66

Miss Wedlock liegt in sicherem Abstand zur Höhle auf dem Boden und schläft neben ihren Tüten auf einem Kissen aus Moos. Wir haben sie in ihren blauen Mantel gewickelt und ihr unseren letzten Rest Wasser zu trinken gegeben. Zum Glück hat sie sich nicht verletzt. Nur ihr Mantel ist dreckig geworden, weil sie auf ihm in die Höhle hinuntergerutscht ist. Jackson hat sich direkt neben ihr zusammengerollt, seine Schnauze liegt auf ihrem Arm. Jetzt hoffen wir, dass sie sich so weit erholt, dass wir zum Auto absteigen können, wenn es hell wird.

Elias sitzt ganz in ihrer Nähe auf dem Boden, den Rücken an eine Kiefer gelehnt. Er hat die Augen geschlossen. Ich liege mit meinem Kopf auf seinem linken Bein und schaue in den Mond. Ich kann nicht schlafen. Die Nacht ist zu seltsam. Und außerdem tut mir mein Rücken viel zu weh.

Als wir Miss Wedlock endlich aus der Höhle gehievt hatten, war sie stumm, und sie blieb stumm, bis sie eingeschlafen war. Jetzt murmelt sie unzusammenhängende Worte im Schlaf, aber ich kann sie nicht verstehen. Manchmal glaube ich, sie ruft nach Leni. Aber ich bin mir nicht sicher.

Wenn sie zu unruhig wird, stehe ich mühsam auf und gehe zu ihr. Ich streiche ihr über die Wange. »Leni ist da«, sage ich, und sie entspannt sich langsam wieder. Einmal lächelt sie sogar im Schlaf, und es tut mir leid, dass ich sie anlüge.

»Hat sie was gesagt, als du sie gefunden hast?«, frage ich Elias, als ich mal wieder von Miss Wedlock zurückkomme und er mich mit halb offenen Augen beobachtet.

»Ja. Dass Leni im Keller ist.«

Ich bleibe vor Elias stehen.

»Wie ›im Keller‹?«

»In der Höhle. Sie hat die Höhle wohl für einen Keller gehalten. Sie lag ganz hinten, zusammengerollt in einer Ecke, und redete irgendwas vor sich hin. Ich habe sie erst gar nicht gehört. Erst als Jackson vor dem Eingang stehen blieb und bellte. Ohne Jackson hätten wir sie niemals gefunden. Nellie, sie wäre da drin gestorben!« Elias fährt sich über die Augen, als ob er das Bild von Miss Wedlock in der Höhle wegwischen wollte. »Sie wäre einfach gestorben und niemand hätte sie jemals gefunden.«

Erschöpft schließt er wieder die Augen.

Ich drehe mich um und gehe in den Wald.

Dorthin, wo es ganz dunkel ist.

Wo mich niemand sieht.

Kein Machetenmörder mit Hockeymaske macht mir so viel Angst wie das, was ich anrichte.

67

Und Schwesterchen saß im Wald und wartete auf Brüderchen, das kein Reh geworden war, sondern ein Wolf und es fressen wollte. Aber der Wolf kam nicht. Stattdessen erschienen drei Feen. Die erste sagte: Du bist schuld. Die zweite sagte: Du bist schuld. Und die dritte sagte: Du bist schuld. Und vor lauter Verzweiflung aß sich Schwesterchen selber auf.

68

Du bist zu klein für Märchen.

69

Ich bin schuld, dass Miss Wedlock fast gestorben wäre.

Als mir klar wurde, wie verrückt sie ist, hätte ich sie zurückschicken müssen. Oder Hilfe holen. Stattdessen habe ich sie überredet, nach Südfrankreich zu fahren, weil ich nicht wieder allein auf einer Autobahnraststätte stehen wollte. Nach dem Mist mit Norbert. Ohne mich wäre sie umgekehrt. So wie sonst immer. Ohne mich wäre sie längst wieder zu Hause und ganz bequem verrückt in ihren eigenen vier Wänden.

Ich dachte, ich hätte es im Griff.

Anscheinend lerne ich nicht dazu.

Es gab eine Nacht mit Kolja, in der er fast genauso verrückt war wie Miss Wedlock. Auch da habe ich keine Hilfe geholt. Auch da endete es in einer Katastrophe.

Ich meine die Sache mit den russischen Busfahrern, als Mama und Papa übers Wochenende verreist waren und wir allein zu Hause blieben. Ich war dreizehn damals und ich schlief schon längst, als Kolja zu mir ins Zimmer kam und behauptete, er wüsste nicht mehr, wer er sei. »Du bist Kolja, wer sonst?«, sagte ich und wollte weiterschlafen. Ich dachte, er wollte mich nur nerven. Aber er wusste es wirklich nicht mehr. Es war so gruselig. Er erzählte völligen Blödsinn. Dass er gerne mehr von diesem Kolja wüsste. Und ob das vielleicht dieser russische Adlige sei, der die Olympiade auf Holzskiern gewonnen hatte.

Ich wusste nicht, was ich machen sollte. Ich konnte doch

nicht unsere Eltern anrufen und ihnen sagen, dass Kolja verrückt geworden war. Da wären sie gleich auch noch durchgedreht.

Also holte ich keine Hilfe, sondern versuchte, allein mit ihm fertig zu werden. Ich schleppte ihn zu seinem Bett, weil ich hoffte, er würde dort Ruhe geben und einschlafen. Aber Kolja wollte sich auf keinen Fall hinlegen. Er rastete total aus und warf das Bücherregal um, das neben dem Bett stand. Mit aufgerissenen Augen saß er zwischen seinen Büchern, die auf dem Boden verstreut waren, und erzählte weiter irres Zeug, von irgendwelchen Busfahrern, die vor unserem Haus stünden und ihn mitnehmen wollten. Weil sie nämlich auch Russen wären. Und dass er auf keinen Fall mit ihnen mitfahren würde. Ich versuchte, ihm zu erklären, dass überhaupt niemand vor der Haustür stand, aber er brüllte nur: »Ich sehe sie doch, verdammt!« Aus den Büchern auf dem Boden und den Regalbrettern baute er eine Barrikade vor seine Tür. Ich war mit ihm im Zimmer gefangen und hatte eine Riesenangst, dass er gleich auf mich losgehen würde, weil er mich in seinem wirren Kopf für einen Busfahrer hielt. Ich verkroch mich in seinem Bett, und er zerlegte derweil das zweite Regal, weil er auch noch das Fenster verbarrikadieren wollte. Mittendrin wurde er endlich müde, legte sich auf den Boden und schlief ein.

Ich schuftete die ganze Nacht, um sein Zimmer wieder in Ordnung zu bringen.

Am nächsten Tag verlor er kein Wort darüber. Kurz darauf kam die Sache mit den Drogen raus und er flog von der Schule.

Alles wäre anders gekommen, wenn ich Mama und Papa damals Bescheid gesagt hätte. Vielleicht hätten sie endlich angefangen, sich um ihn zu kümmern.

70

»Hier bist du!«, sagt Elias erleichtert und setzt sich neben mich. »Ich hatte schon Angst, du wärst wieder irgendwo abgestürzt.«

»Du musst mich nicht immer retten«, sage ich leise.

»Ich hab dich noch gar nicht gerettet«, sagt Elias und lacht ein winzig kleines Gluckslachen. »Das ist es ja gerade. Du hast mich gerettet, als ich an der Raststätte gestrandet bin. Jetzt muss ich dich ganz dringend mal retten, damit ich mich besser fühle.«

Ich sage nichts.

»Was ist los, Nellie?«, fragt Elias und ist wieder ernst.

Ich will nicht mit ihm sprechen. Aber ich schiebe meine Hand in seine und er hält sie fest.

Ich schaue in die dunklen Bäume und stelle mir vor, wie ein paar Glücksdrachenfunken von seiner Hand auf meine herunterregnen.

Ich könnte sie so gut gebrauchen.

71

Und irgendwann erzähle ich ihm von Kolja.

Von einem großen Bruder, der immer für mich da war.

Als das Haus noch nicht aus Glas war, sondern viel schlimmer noch, eine Höhle aus Stein. Ein Iglu aus Felsengeröll, und darunter begraben saß eine zusammengeschrumpfte Familie, klein, nie mehr groß, in der Dunkelheit, Rücken an Rücken, ohne sich zu berühren, die Augen auf die Steinwände gerichtet.

Ich habe es nicht verstanden.

Aber so hat es sich angefühlt.

Und Kolja hat gegraben, hat mit den Händen gegraben und die Steine weggeräumt, bis wir die Höhle verlassen konnten. Und wir kehrten erst abends zurück und krochen unter die Steine, wo Mama und Papa immer noch bewegungslos saßen. Bis Mama aufstand und ging und Papa aufstand und unsere Erinnerungen davonschleppte. Das Haus wurde zu Glas und Mama kam wieder und stand am Herd und kochte und Papa schlug spitze Nägel in die Wand und hängte die Vorhänge auf. Nur dass die Fenster blind waren und keine Luft zum Atmen blieb. Und Kolja rettete mich immer noch. Tag für Tag. Bis er nicht mehr wollte. Und dann bis er nicht mehr konnte.

Aber das erzähle ich Elias nicht.
Das erzähle ich nur Dir.
Denn es ist Deine Geschichte.

Elias erzähle ich das, was man verstehen kann.

Von einem Bruder, der mir morgens mein Brot schmierte und mich in den Kindergarten brachte und der mich trug, wenn ich müde war. Der mir Zöpfe flocht und mir zeigte, wie man mit Wasserfarben malt, der mir Werfen beibrachte und freihändig Fahrradfahren und die drei wichtigsten Judotricks. Der meine Schreibübungen im Erstklässlerheft kontrollierte und abends mit mir lesen übte.

Der mich zu seinem Freund mitnahm, damit ich nicht allein zu Hause war, und der mich fest an der Hand hielt, den ganzen Weg über, und aufpasste, dass ich nicht in Hundehaufen trat. Der mich vor dem Fernseher schlafen ließ, wenn er Horrorfilme schaute, und der mir die Augen zuhielt, wenn der Mörder kam.

Der immer da war für mich.

Und dann bin ich wieder still.

»Und wo waren deine Eltern?«, fragt Elias nach einer langen Pause.

»Die waren nicht wichtig«, sage ich.

Den zweiten Teil der Kolja-Geschichte behalte ich für mich.

Die lange Zeit, in der er mich verließ: ganz gnadenlos und schnell zunächst, als er aus seinem Ferienlager zurückkam und mich nicht mehr bei sich schlafen ließ, und dann langsamer, aber nicht weniger gnadenlos die Monate und Jahre, in denen er jeden Tag noch ein Stück weiter von mir wegrückte, die Zeit, in der ich einfach stehen blieb und nur beobachten konnte, wie er sich immer weiter entfernte, sich immer weniger für mich interessierte und unsere Geschichten vergaß, wie er kein Lachen mehr für mich hatte, keine Scherze mehr, keine Worte, nichts.

Ich kann es Elias nicht erzählen, weil ich es nicht hören will.

Dafür erzähle ich ihm von Miss Wedlock. Der zweiten Schuld, die ich auf mich geladen habe.

Der dritten eigentlich, wenn man chronologisch vorgeht.

Denn meine erste Schuld warst Du.

Dass ich niemanden gerufen habe, als ich sah, wie schlecht es Dir ging.

»Miss Wedlock ist noch viel verrückter, als du denkst«, sage ich.

Ich erzähle Elias, wie ich sie kennengelernt habe. Dass sie mich vor Norbert und dem Kopftuchrocker gerettet hat, dass alles total okay war, bis Jackson die Plastiktüte knackte und sie auf einmal völlig ausflippte, von der Schweizer Grenze und der Ausweiskontrolle, die uns fast um Kopf und Kragen brachte. Und obwohl alles ziemlich schrecklich ist, was ich erzähle, muss Elias lachen, als ich ihm vormache, wie Miss Wedlock den Zollbeamten bis aufs Blut gereizt hat, und sein Lachen gluckst als kleine Tonfolge in die Nacht.

Aber dann komme ich zu der Stelle mit den Tüten und sein Lachen erstirbt. Fünf Tüten voller abgetragener Schuhe sind definitiv nicht lustig.

»Ich glaube, wir müssen sie zurückbringen«, sagt Elias unglücklich. »Ich glaube, sie ist wirklich zu durcheinander, um allein ans Meer zu fahren.«

»Aber wo soll sie denn hin? Wir wissen nicht mal, wo sie wohnt.«

»Hat sie keine Familie?«

»Sie hat eine Schwester, irgendwo«, sage ich und erzähle ihm von der Perle der Königin der Nacht, die ihre kleine Schwester noch immer trägt. Es ist eine so schöne Geschichte.

»Vielleicht gibt es in den Tüten irgendeinen Hinweis, wo sie lebt«, sagt Elias.

Aber an der Grenze habe ich alle Tüten gepackt. Außer den Schuhen waren da nur die alte Bibel und die kleine Tasse mit dem Rosenmuster.

»Dann sehen wir in der Bibel nach«, schlägt Elias vor. »Könnte doch sein, dass da irgendeine Adresse drinsteht.«

»Nein«, sage ich. »Auf gar keinen Fall!«

Ich ziehe meine Hand aus seiner und schlinge meine Arme um die Knie. Ich will nicht mehr an die Tüten rühren. Ich habe das Gefühl, dass sich eine schreckliche Geschichte dahinter verbirgt, und ich will sie nicht kennen. Ich kann mich nicht um die Probleme der ganzen Welt kümmern. Ich muss Kolja zurückholen. Meinen Bruder, der von zu Hause weggelaufen ist. Der eine Menge Mist gebaut hat, aber alles wird wieder gut. Ich bringe alles in Ordnung. Ich hole ihn zurück, weil es sonst eine Katastrophe gibt. Die Zeit drängt. Die Welt wackelt schon, tektonische Verschiebungen in gigantischem Ausmaß, und ich muss mich an die auseinanderdriftenden Kontinentalplatten klammern, doch lange halte ich das nicht mehr aus. Es zerreißt mich.

Aber das ist auch wieder so was, was ich Elias nicht erzählen kann.

Stattdessen sage ich: »Ich kann Miss Wedlock sowieso nicht zurückbringen. Ich muss direkt nach Avignon.«

Elias sieht mich erstaunt an.

»Du verpasst maximal einen Theaterabend. Wir bringen sie zusammen zurück und morgen trampe ich wieder los mit dir. Versprochen.«

»Nein.«

»Warum nicht?«

»Ich kann eben nicht!«, fahre ich ihn an, und dann sage ich gar nichts mehr.

Irgendwann steht Elias auf und geht.

72

Doch. Ich hätte ihm gerne mehr erzählt. Mehr erklärt. Dass das Theaterfestival mich einen Dreck interessiert, dass es darum geht, dass Kolja fort ist, dass ich zu ihm nach Avignon fahre. Aber um zu verstehen, was es bedeutet, dass Kolja weg ist, hätte er erst verstehen müssen, was es wirklich bedeutet hat, dass er da war.

Ich hätte ihm von Dir erzählen müssen.

Und das konnte ich nicht.

Ich konnte ja nicht mal an Dich denken.

73

Als ich zum Felsen zurückkomme, bricht der Tag an. Die Luft ist noch kühl, aber es riecht schon nach Sommer. Gigantisch viele Vögel singen, pfeifen, tröten durcheinander. Es ist ein Spektakel, so krass anders als die Geräusche der Nacht. Das ganze Drama der letzten Stunden kommt mir vor, als sei es einfach nur ein schlechter Traum gewesen.

Aber dann sehe ich Elias. Er sitzt neben der schlafenden Miss Wedlock und hat die alte Bibel in der Hand. Seine Augen sind rot, als hätte er geweint. Vielleicht kommt es von der Müdigkeit, sage ich mir. Aber ich weiß, dass es nicht stimmt. Er kennt die Geschichte, die ich nicht kennen will. Die ich aber geahnt habe. Mit meinem Gespür für nicht erzählte Tragödien, das ich in jahrelanger Beobachtung entwickelt habe.

»Also«, sage ich resigniert und setze mich umständlich neben ihn. Mein Rücken hasst immer noch jede Art von Bewegung. Jacksons Schwanz klopft müde auf den Boden, als er meine Stimme hört. Dann schläft er weiter, sanft und selig, neben Miss Wedlock, deren Gesichtszüge sich in der Nacht entspannt haben. Sie schnarcht leise und gleichmäßig.

Elias schlägt die Bibel auf, blättert die erste Seite um und schiebt mir das Buch zu. Auf der zweiten Seite steht kein gedruckter Text. In unterschiedlichen Handschriften sind dort ganz säuberlich mindestens zwanzig Namen und Zahlen in eine Tabelle eingetragen. Ich kann sie nicht entziffern, weil sie in einer alten Schrift festgehalten sind. Bis auf die vier letzten Namen. Sie sind in unserer Schrift geschrieben:

Wiegandt, Anton, Schneidermeister; geb. 5. Februar 1910 in Berlin; 1943 in Stalingrad vermißt

Wiegandt, Klara; geb. 23. November 1913 in Dessau; gest. 8. Mai 1944 beim Bombenangriff auf Berlin

Wiegandt, Margarethe; geb. 4. August 1937 in Berlin
Wiegandt, Helene; geb. 15. Januar 1940 in Berlin;
gest. 8. Mai 1944 beim Bombenangriff auf Berlin

»Wiegandt ist ihr richtiger Name«, flüstert Elias.

»Und Helene ist Leni«, sage ich dumpf.

Elias vergräbt seinen Kopf in den Händen. Ich klappe die Bibel zu und lege sie vor uns auf den Boden. Ganz vorsichtig.

»Tut mir leid wegen vorhin«, sage ich.

Aber er reagiert nicht.

74

Das sind die Geschichten, die keiner kennen will.

Glaub mir.

Ich habe Erfahrung damit.

75

Ich renne im Nachthemd durch den oberen Flur. Es ist dunkel, es ist kalt und ich habe Angst. Ich drücke mein Katzenkissen an mich und schreie. Ich schreie nach Mama und nach Papa. Ich schreie, bis ich keine Luft mehr bekomme. Kolja nimmt mich an die Hand. »Ist ja gut«, sagt er. »Ich bin da. Ich lass dich nicht allein.«

In dieser Nacht haben Mama und Papa Dich zum letzten Mal ins Krankenhaus gebracht.

76

Ich weiß nicht, wie lange wir so sitzen, vor uns die Bibel, hinter uns die schnarchende Miss Wedlock und wir dazwischen, vollkommen ratlos. Irgendwann erwacht Elias aus seiner Erstarrung.

»Also, was machen wir?«, flüstert er.

»Wir brauchen einen Plan«, sage ich genauso leise, um Miss Wedlock nicht zu wecken. »Oder mehrere Pläne. Und den besten nehmen wir.«

Im Plänemachen bin ich nämlich echt gut. Immerhin bin ich so auch mit Viktor fertig geworden. Und mit Melanie. Glaube ich zumindest.

Plan A:

Wir versuchen, möglichst schnell aus den Bergen rauszukommen, und fahren auf die Autobahn zurück. Jackson und ich steigen irgendwo aus, wo wir gut weitertrampen können, und Elias bringt Miss Wedlock zurück nach Hause.

»Und wenn sie mir nicht verrät, in welcher Straße sie wohnt, bringe ich sie zum Theater. Das finde ich ja wohl«, sagt Elias.

»Das hat aber Ferien. Und außerdem ist sie gekündigt.«

Die einzig realistische Lösung wäre dann, sie in einem Pflegeheim abzugeben, und das wollen wir nicht.

Also Plan B:

Wir fahren mit ihr nach Avignon und suchen den Theatertechniker, den sie dort kennt.

»Aber der arbeitet wahrscheinlich die ganze Zeit«, wirft Elias ein. »Der kann sich nicht kümmern.«

»Du passt ein, zwei Tage auf sie auf und dann fahre ich mit ihr zurück.«

»Ich denke, du willst das Theaterfestival mitkriegen?«

»Vielleicht reichen mir dafür ja zwei Tage.«

»Und dann?«

Und wieder fällt uns nur das Pflegeheim ein. Diesmal bei meinen Eltern um die Ecke.

Plan C:

Elias und Miss Wedlock setzen mich in Avignon ab und fahren dann weiter ans Meer.

»Ich kann sie aber doch nicht nach Marokko mitnehmen!«

»Und wenn sie am Meer bleibt?«

»Ohne irgendwen, der sich um sie kümmert?«

Und wieder das Pflegeheim. Diesmal am Meer.

So ein Mist.

Nicht mal mir fällt ein Plan ein, mit dem wir glücklich wären.

Und haben wir überhaupt das Recht, uns in ihr Leben einzumischen?

Also sitzen wir wieder da, blinzeln müde in den Morgen und warten darauf, dass sich hinter uns etwas regt. Die Sonne gewinnt an Kraft, es wird ein strahlender Hochsommertag werden, das ist jetzt schon klar. Ein Tag, den man am Strand verbringen sollte, faul auf einem Handtuch ausgestreckt, die Füße im heißen Sand vergraben, nur um dann irgendwann loszurennen, hinein ins Meer, so weit, bis man irgendwann umfällt und prustend und lachend im Salzwasser versinkt, während man versucht, noch im Fallen nach den Beinen seines Bruders zu schnappen.

Oder nach einer Hand, auf der ein Glücksdrachenfeuer lodert.

Aber das will ich eigentlich gar nicht denken.

Miss Wedlock wird allmählich wach. Sie wälzt sich unruhig herum und murmelt vor sich hin. Während Elias mich verdeckt, angle ich nach der offenen Tüte, um die Bibel darin verschwinden zu lassen, die immer noch vor uns auf dem Boden liegt. Als ich sie hochhebe, klappt sie auf und ein Briefkuvert rutscht heraus. »Für Margarethe« ist in unregelmäßigen Großbuchstaben darauf gekritzelt. Ich hebe es auf und verstaue es schnell in der Hosentasche, neben meinem Handy. Vielleicht erfahren wir aus seinem Inhalt mehr über Miss Wedlock und wie wir ihr helfen können.

Aber das war nicht der einzige Grund, warum ich das Kuvert an mich nahm. Das wurde mir später erst klar. Der andere Grund war, dass ich es einfach nicht verstand. Eine tote Schwester, die in einem weiterlebt. Ich musste mehr darüber wissen.

Elias bindet die Tüte wieder zu. Gerade als er sie neben die anderen zurückstellt, wird Miss Wedlock endgültig wach. Sie setzt sich auf und lächelt ihn freundlich an.

»Vielen Dank, dass ihr auf meine Tüten aufgepasst habt«, sagt sie.

Ihre Haare sind verwuschelt und die weißen Löckchen kringeln sich wild um ihr Gesicht, aber ihr Blick ist klar. Auch Jackson merkt, dass die Nacht endgültig zu Ende ist. Er steht auf und stakst mit steifen Beinen zu mir rüber. Als er sich auf den Rücken rollt, damit ich ihn am Bauch kraule, bin ich froh, dass ich einen Grund habe, Miss Wedlock nicht anzuschauen. Ich habe Angst, sie könnte mir ansehen, dass ich von Lenis Tod weiß.

Aber Elias setzt sich neben sie und sagt, dass er mit ihr nach Hause zurückfährt, wenn sie es möchte. Dass er mit den kleinen Leuten spricht, wenn sie ihr noch böse sind. Dass er es zumindest versucht.

»Das ist wirklich lieb von dir!«, sagt Miss Wedlock. »Aber wir fahren auf jeden Fall ans Meer. Jetzt, wo ich Leni wiedergefunden habe. Sie freut sich schon so darauf. Und sie ist sogar damit einverstanden, dass wir zuvor noch ein paar Tage in Avignon bleiben.«

Ich drehe mich zu ihnen um.

»Und was ist, wenn die kleinen Leute wiederkommen und Sie sind allein?«, frage ich zögernd.

Sie lächelt mich an. »Mach dir keine Sorgen«, sagt sie. »Leni ist ja wieder da. Und wir waren dann immerhin am Meer!«

Miss Wedlock braucht uns nicht. Sie meistert ihr Leben auf ihre ganz eigene Art. Allmählich fange ich an, das zu begreifen.

Obwohl sie noch erschöpft aussieht, wirkt sie schon wieder heiter, so wie vorgestern, als ich sie kennengelernt habe. Die zwei Gesichter von Miss Wedlock.

Vielleicht liegt es auch daran, dass die Sonne jetzt richtig loslegt und das Licht in den Bergen so klar ist, dass alles wie frisch gewaschen aussieht. Alles außer mir. Ich bin ein Wrack. Mein Rücken tut noch immer so weh, dass ich mich kaum bewegen kann, und nach der mehr oder weniger durchwachten Nacht fühle ich mich, als ob ich gar nicht mehr richtig vorhanden wäre. Wie betrunken. Ganz leicht und gleichzeitig erdenschwer. Und ungewaschen. Und außerdem kurz vorm Verdursten. Ich stehe mühsam auf und schleppe mich mit krummem Rücken um den Felsen herum. Ich will nicht, dass mich jemand beobachtet, wie ich meine Gliedmaßen zusammensuche. Und außerdem muss ich pinkeln.

Als ich zurückkomme, sind Elias und Miss Wedlock zum Abmarsch bereit. »Meinst du, du schaffst es runter?«, fragt Elias. Als ob ich hier der Problemfall wäre.

»Klar«, sage ich.

Etwas anderes bleibt mir sowieso nicht übrig. Ich gehe gleich ein vor Durst.

Zum Glück ist das Gestrüpp unterhalb des Felsens nicht mehr so dicht. Wir entdecken sogar eine Art Trampelpfad und kommen wesentlich besser voran als beim Aufstieg. Miss Wedlock verlässt sich vor allem auf die Abrutschtechnik. Wenn es ihr zu schnell wird, schlingt sie ihre Arme um einen Baumstamm und bremst kurz ab. Die Schuhe in ihren Tüten klackern gegen das Holz, und ich habe Angst, dass die Rosentasse zerbricht.

Elias bleibt alle paar Meter stehen, um auf mich zu warten, weil ich wegen meiner Rückenschmerzen nur langsam absteigen kann. Miss Wedlock ist so viel schneller als wir, dass sie schon bald zwischen den Bäumen verschwunden ist. Nur ab und zu schimmert ein hellblauer Fleck im dichten Grün auf und versichert uns, dass sie noch nicht verlorengegangen ist.

Der arme Jackson versucht angestrengt, die Kontrolle über alle seine Schäfchen zu behalten, und rennt unermüdlich zwischen ihr und uns hin und her.

»Wenn wir sie noch mal suchen müssen, breche ich zusammen«, drohe ich Elias. »Oder ich murkse alle kleinen Monster ab.«

»Dabei waren die gar nicht schuld«, verteidigt er sie. »Leni ist nämlich von allein abgehauen, als wir unten am Wasser waren. Miss Wedlock hat es mir eben erzählt. Sie ist im Auto eingeschlafen, und als sie aufwachte, war Leni verschwunden. Sie dachte, die kleinen Leute hätten sie entführt, und hat sich auf die Suche gemacht. Und in der Höhle hat sie sie wiedergefunden.«

»Wie? Die Monster hatten überhaupt nichts damit zu tun?«

»Nein. Leni ist von allein abgehauen, weil sie wieder nach Hause wollte. Aber anscheinend haben sie das jetzt geklärt und sie kommt weiter mit.«

»Das heißt, die kleinen Leute haben uns noch gar nicht entdeckt? Dann haben wir sie an der Schweizer Grenze also doch abgeschüttelt?«

Elias guckt mich an und legt die Stirn in Falten wie ein besorgter Arzt.

»Das wird jetzt sehr schwer für dich, Nellie«, sagt er. »Aber irgendwer muss es dir einfach mal sagen. Also: Es gibt in Wirklichkeit gar keine kleinen Leute! Die sind nicht echt. Verstehst du?«

Er blitzt mich an und lacht sein kleines fröhliches Glucks-lachen, und es tut so unendlich gut, es nach dieser Nacht zu hören.

Ich will ihn treten, aber ich bin nicht beweglich genug. Er springt davon, den Berg hinunter – bis er über eine Wurzel stolpert, eine grandiose Hechtrolle hinlegt und auf dem Rücken liegen bleibt.

Ich renne zu ihm, werfe mich auf ihn und – küsse ihn.

Ein einziger langer tiefer Kuss.

Er fasst mit seinen starken Händen um meine Taille und hält mich fest.

Für diesen endlosen Kuss.

Und es gibt keine gruseligen Tüten mehr, keine Brüder, die davonlaufen, und keine Bibeln mit Totenlisten.

Es gibt nur einen Jungen mit einem Glücksdrachen
und mich.

Nein, okay.

Gelogen.

Vergiss es.

So war es nicht.

Streich es einfach durch.

Ja, ich gebe es zu. Ich hätte ihn gern geküsst. Eigentlich

wollte ich ihn schon küssen, als wir zusammen am Bach waren. Seit ich gesehen habe, dass sein rotgoldener Glücksdrache silbrig wird, wenn ich ihn berühre.

Aber das geht Dich wirklich nichts an.

Vergiss es wieder, ja?

Also: Ich küsse ihn nicht.

Morgen ist er weg. Ich werde ihn nie wiedersehen, und Herzschmerzen wegen einem Jungen, der mit niemandem zusammen sein will, sind das Letzte, was ich brauchen kann. Auch wenn er einen Glücksdrachen hat. Gar nicht erst anfangen damit.

Und außerdem bin ich ungewaschen und ungekämmt.

Und zu ihm rennen kann ich sowieso nicht.

Stattdessen humple ich den Berg hinunter, baue mich vor ihm auf und trete ihn in die Seite. Nur ein bisschen.

Das muss reichen.

»Zieh mich hoch!«, bettelt Elias und streckt die Arme nach mir aus.

Aber da bin ich schon weitergehumpelt.

77

Leider.

78

Elias und Miss Wedlock breiten die Landkarte auf der Kühlerhaube aus und überlegen, wie wir weiterfahren sollen.

Eins ist klar: Wir müssen dringend auf größere Straßen kommen, sonst haben wir das Problem mit den Bremsen bald wieder. Außerdem ist der Tank fast leer und hier oben in der Einöde taucht garantiert niemals eine Tankstelle auf. Etwas zu essen wäre auch nicht schlecht. Ein hartes Baguette, ein paar Kekse und zwei halb volle Flaschen mit abgestandenem lauwarmem Mineralwasser sind alles, was wir noch im Auto haben.

Ich verziehe mich in den Schatten hinter dem Morris und checke endlich die Nachrichten auf meinem Handy. Mittlerweile sind sie auf dreizehn angewachsen. Das kann nur Probleme bedeuten.

Und hier die Berichte aus dem Katastrophengebiet in zeitlicher Reihenfolge:

Mama: »Nellie, kannst du mir die weinrote Strickjacke schicken? Liegt im Schlafzimmer. Kuss, Mama«

Mama: »Und die Kuschelsocken!! Danke!«

Papa: »Hallo, Nellie! Melanie bringt dir Kuchen vorbei. Wann bist du zu Hause?«

Papa: »Melanie kommt um 17:00!!«

Papa: »Melanie hat dich nicht angetroffen. Melde dich bitte bei ihr! Kuss, Papa«

Mama: »Nellie, wo bist du????«

Mama: »Ruf mich an!«

Das sind die Nachrichten von gestern.

Die von heute früh sind noch besser:

Papa: »Ich weiß, dass du nicht zu Hause bist. Aber wo bist du?«

Papa: »Wenn du dich bis um 10:00 nicht meldest, benachrichtige ich die Polizei!«

Viktor: »Vor deiner haustür steht kuchen. Ich nehm den mit, okay?«

Viktor: »Brief ist auch dabei: melanie kommt um 8:30. Was machen wir?«

Mama: »Hast du meine Nachrichten bekommen??? Mama«

Welcher Idiot hat eigentlich das Handy erfunden?

Als Erstes simse ich Papa, damit er nicht wirklich auf die bescheuerte Idee kommt, die Polizei zu alarmieren: »Alles okay. Akku war alle. Mach dir keine sorgen. Jackson und mir gehts gut. Genieß den urlaub! Kuss, nellie«

(Und bitte stalke mich nicht jeden Tag!!!)

Und Mama: »Jacke und socken kommen! Küsse, nellie!«

(Und bitte frag nicht noch nach irgendwelchen Dessous!!)

»Ist alles in Ordnung?«, fragt Elias und kommt zu mir in den Schatten. Vermutlich ist er unruhig geworden, weil ich seit einer Ewigkeit hinter dem Morris sitze.

»Ich brauche noch fünf Minuten!«, gebe ich ihm zur Antwort. So wie ich klinge, merkt er wohl, dass ich dafür allein sein muss, und geht wieder.

Keine Ahnung, ob fünf Minuten reichen. Denn jetzt muss ich mich um Viktor kümmern. Und dafür brauche ich Zeit. Es liegt an Viktor, ob meine Mission so kurz vor dem Ziel scheitert.

Ich erreiche ihn im Lieferwagen. Er ist auf dem Weg zu einem Wasserrohrbruch. Und das ist schon mal schlecht.

»Du musst leider einen Umweg machen«, eröffne ich ihm. »Melanie kommt vorbei.«

»Soll ich mich vielleicht für den Kuchen bedanken?«, sagt Viktor und klingt jetzt schon genervt. Dabei weiß er noch gar nicht, was kommt.

»Du musst bei mir vorbeifahren und die Dusche anstellen. Und das Fenster aufmachen. Dann denkt Melanie, ich bin im Bad und kann deshalb nicht zur Tür kommen.«

»Und wenn sie wartet?«

»Die wartet nicht! Die hat es immer eilig. Oder, halt! Schreib ihr einfach noch einen Zettel und leg ihn vors Haus auf den leeren Kuchenteller. Schreib, dass der Kuchen lecker war und vielen Dank und so. Dann ist sie bestimmt zufrieden.«

»Aber der war knochentrocken«, sagt Viktor. »Und außerdem kann ich das erst in der Mittagspause machen.«

Aber das geht natürlich gar nicht. Melanie kommt um halb neun. Bis dahin sind es noch genau dreiundzwanzig Minuten.

»Das muss gleich sein. Sorry!«

»Verdammt, Nellie, wegen dir riskiere ich noch meinen Job.«

»Bitte, Viktor!!!«

Pause.

»Bitte!!!«

»Ich warte aber nur fünf Minuten. Danach bin ich wieder weg. Dann musst du sehen, wie du das regelst.«

»Danke, Viktor!!!«

Dass er außerdem noch Mamas Strickjacke und die Kuschelsocken suchen und ihr schicken muss, teile ich ihm lieber per SMS mit. Ich habe Angst, dass er mich sonst durchs Telefon erwürgt.

Danach schalte ich wieder den Flugmodus ein. Schließlich muss ich Akku sparen, falls die nächsten Komplikationen anstehen.

Kurz darauf sind wir wieder auf der Straße. Miss Wedlock hat sich umgezogen und trägt ein kurzärmliges dottergelbes Sommerkleid mit rosaroten Punkten. Auf ihrem Kopf sitzt ein seltsamer Hut im gleichen Gelb, dessen getüpfelter Schleier ihr halb über die Augen hängt. Sie sieht aus, als könnte sie mit ihren Farben alles Dunkel und alles Grau dieser Welt einfach überstrahlen. Selbst ich fühle mich in ihrer Nähe nicht mehr ganz so zombiemäßig.

Und immerhin habe ich auch meine Klamotten gewechselt.

Kurze Jeans und weißes Top und schon fühle ich mich wie frisch gewaschen. Na ja. Grobe Übertreibung. Aber ich breche wenigstens nicht mehr zusammen, wenn ich mich im Seitenspiegel sehe. Elias hat immer noch die gleichen Klamotten an und sieht aus wie immer, aber das macht er richtig gut. Jedes Mal, wenn ich mich zu ihm nach hinten drehe, erschüttert mich irgendetwas ganz tief innen. Ich weiß nicht, ob es an seinen dunkelbraunen Augen liegt oder an seinem Glücksdrachen oder womöglich an den Muskeln an seinen Oberarmen, keine Ahnung, aber weil ich das unbedingt herausfinden muss, drehe ich mich ständig zu ihm um, auch wenn mir dabei jedes Mal fast der Rücken bricht. Dann gucke ich ihn an und tue so, als müsste ich kontrollieren, ob Jackson sich anständig benimmt.

»Alles okay?«, frage ich, und er nickt und grinst, und weil es keinen vernünftigen Grund gibt, ihn noch weiter anzustarren, drehe ich mich wieder um.

Bis zum nächsten Mal.

Dass wir uns wieder menschenfreundlicheren Gegenden nähern, merke ich zuallererst an den Kühen. Sie stehen hinter einem Elektrozaun am Straßenrand und schauen uns interessiert nach. Wo Kühe sind, sind Menschen, die sie melken oder zumindest an Melkmaschinen anschließen, da gibt es Läden und Tankstellen und bestimmt sogar eine kleine Bar, vor der im Schatten einer Linde oder Platane oder was weiß ich ganz postkartenmäßig Holzklappstühle um runde Metalltische aufgestellt sind, wo Milchkaffee in großen weißen Schalen serviert wird und Croissants und Cola und kaltes Wasser und noch viel mehr, aber das würde mir eigentlich schon völlig reichen.

Und mit dieser Bar, die wir tatsächlich finden und die fast genauso aussieht, wie ich sie mir vorgestellt habe, nur dass wir statt auf Holzklappstühlen auf weißen Plastiksesseln sitzen, mit dieser Bar beginnt endlich der leichtere Teil der Reise. Die größere Straße, auf die wir stoßen, führt uns aus den Bergen hinaus, immer an einem kleinen Fluss entlang, an noch mehr Kühen, an Schafen und immer wieder an Ziegen vorbei, durch sanfte Hügel mit niedrigen Büschen und steinigem Boden und schließlich durch eine Ebene mit riesigen Weinbergen und einzeln stehenden großen Gehöften. Aber da ist es schon fast dunkel, und ich dämmere auf der Rückbank vor mich hin, hypnotisiert von dem leichten Quietschen, das der Morris von sich gibt, und dem gleichmäßigen Schnarchen von Jackson, der sich quer über meine Beine gelegt hat wie eine besonders haarige und sehr warme Decke.

Elias hat seine Kopfhörer aufgesetzt und wirkt, als ob er in ganz andere Welten abgetaucht wäre, während Miss Wedlock ab und zu vor sich hin spricht, und ich weiß nicht, ob sie nicht registriert, dass Elias sie gar nicht hören kann, oder ob es ihr egal ist, weil sie sowieso mit Leni redet. Auf jeden Fall wirkt sie ruhig und zufrieden, und ich denke, ich kann jetzt einfach mal die Augen zumachen und muss auf niemanden mehr aufpassen, auf keinen Hund und kein Auto, keine alte Frau und keine Tüten, und das ist ein wirklich gutes Gefühl.

79

Es ist tiefe Nacht, als wir in Avignon ankommen. Elias rüttelt mich vorsichtig an der Schulter, und ich brauche eine ganze Weile, bis ich wach genug bin, um zu wissen, was ich hier eigentlich will. Miss Wedlock hat den Morris auf einem großen beleuchteten Parkplatz direkt vor der Stadtmauer abgestellt. Dahinter beginnt die Altstadt mit ihrer Unmenge an verwirrenden Gässchen. Keine Straße verläuft hier gerade, man geht und geht und kommt garantiert nie da an, wo man gedacht hat, aber irgendwie und irgendwann doch dort, wo man eigentlich hinwollte.

Ich weiß das noch von den vorletzten Pfingstferien, als ich mit Mama und Papa und Kolja hier war. Unser letzter Familienurlaub. Wir irrten durch die Gässchen auf der Suche nach irgendeiner kleinen Kirche und standen plötzlich vor dem Pont d'Avignon, dieser Brücke, die halb in den Fluss hineinragt. Die Kirche fanden wir schließlich auch noch, ein uralter Bau, in dem Mama und Papa eine Kerze anzündeten, so wie sie es in jeder katholischen Kirche machen, die wir besichtigen: Mama hält die Kerze, Papa zündet sie an, und Mama steckt sie auf ein Gestell, auf dem schon hundert andere Kerzen brennen. Flackernde Lichter über fast durchsichtigem weißem Wachs, das so schnell herunterbrennt. Seelenlichter, dachte ich, die nur so lange leben, wie sie leuchten, und die dann für immer verschwinden. Ich habe fluchtartig die Kirche verlassen, aus Angst, ich könnte sehen, wie das kleine Licht ihrer Kerze zu Ende geht.

Mama und Papa waren danach noch im Papstpalast, aber ich hatte genug von alten Gebäuden und blieb mit Jackson und Kolja draußen. Wir saßen auf einem riesengroßen Platz, es war gleißend hell und brütend heiß, und Kolja schaffte es, anderthalb Stunden lang kein einziges Wort mit mir zu reden, sondern nur auf sein Handy zu starren. Das hatte er damals noch.

Vielleicht muss ich mich einfach nur mit Jackson auf diesen großen Platz setzen und Kolja kommt irgendwann vorbei.

»Bist du wach, Nellie?«, fragt Miss Wedlock und dreht sich zu mir um. »Oder willst du lieber noch weiterschlafen, bis wir das Theater von Ben gefunden haben, und wir holen dich dann ab?« Aber natürlich bin ich wach, natürlich will ich mit und das Theater suchen, vielleicht finde ich heute Nacht schon Kolja, vielleicht läuft er mir gleich über den Weg, mitten in der Nacht, mein Bruder.

Wie wird er mich anschauen, wenn er mich sieht?

Wir gehen durch ein kleines Tor in der Stadtmauer und ich erkenne nichts wieder. Die Stadt sieht völlig anders aus als damals. Jede Hauswand ist mit Hunderten von Plakaten und Zetteln beklebt. Mit Comics, Fotos, sogar mit handgeschriebenen Aushängen und alle weisen auf irgendwelche Theateraufführungen hin. Falls ich je ernsthaft überlegt haben sollte, nach Kolja mit Handzetteln zu fahnden – hier wird mir klar, dass das komplett sinnlos ist. Hier geht jede Nachricht unter.

Genauso sinnlos erscheint mir allerdings auch der Plan, Kolja auf den Straßen zu suchen. Denn die Stadt quillt über vor Menschen. Es ist spät am Abend, aber wir sind noch keine fünfzig Meter hinter der Stadtmauer und schon umzingeln uns Heerscharen von Touristen, alle laut, alle lachend. In den Ladeneingängen liegen Obdachlose, von der Menschenmenge auf den Straßen nur durch die Plastiktüten getrennt, die sie neben sich aufgestellt haben. Ist Kolja unter ihnen? Jedes Mal, wenn Jackson ruckartig nach vorne zieht oder abrupt stehen bleibt, klopft mein Herz bis zum Hals, weil ich denke, er hat Kolja entdeckt. Aber immer ist es nur eine Taube oder eine Straßenlaterne, die ihn interessiert.

In der engen Gasse, zwischen den Hausmauern, die noch aufgeheizt sind von der Hitze des Tages, steht die Luft, und die arme Miss Wedlock hat große Mühe, mit ihren vielen Tüten vorwärtszukommen. Und plötzlich habe ich sie verloren. Und Elias auch.

Ich biege in eine noch kleinere Straße ab und lande auf einem großen Platz, auf dem sich ein Restaurant ans andere reiht. Über die ganze Fläche sind Tische und Stühle verteilt, dazwischen drängen sich die Menschen, balancieren Kellner volle Tabletts über den Köpfen – und plötzlich ertönt ein hoher, spitzer Schrei, so direkt neben mir, dass ich fast zu Tode erschrecke. Ein Vogeltyp starrt mich an. Ein Mann in einem schillernd grünen Overall und einer Maske mit spitzem Schnabel, die aus unzähligen Spiegelsplittern gefertigt ist. Jeder einzelne Splitter zeigt mein entsetztes Gesicht. Und mit einem Mal ertönen die hohen Schreie von überall her auf dem Platz und die Spiegelmasken blitzen immer wieder an einer anderen Stelle über der Menge auf, weil ihre Träger hoch in die Luft springen, während sie ihre schauderhaften Schreie ausstoßen.

Ich dränge mich an dem Vogelmenschen vorbei, zerre Jackson hinter mir her, durch die Tischreihen und Menschengruppen, zu dem einzigen Ort, der Ruhe verspricht: einem großen alten Karussell. Wie vergessen steht es mitten auf dem Platz und alles Geschrei und Gewühle und Geschiebe brandet an ihm an. Denn es bewegt sich nicht. Die Holzpferde und goldenen Kutschen, die rosaroten Muscheln mit Sitzbänken, die von Nymphen getragen werden, die antiken Göttinnen, die von der Decke winken, die Hügellandschaften, die an die Umrandung außen gemalt sind – alles steht still.

Jackson und ich steigen auf die Treppe und stellen uns vor die Holzpferde in der ersten Etage und kommen endlich zur Ruhe. Weiter nach oben können wir ohnehin nicht gehen, denn eine rot-weiße Plastikkette riegelt den Weg ab.

So gut es geht überblicke ich die Menschenmenge.

Wo ist Kolja?

Ich wünsche mir Stelzen, ich wünsche mir Sprungfedern, ich wünsche mir, dass ich so hoch und spitz »Kolja« schreien kann wie die Vogelmenschen. Ich wünsche mir ein Flugzeug an den Himmel, das eine Banderole hinter sich herzieht: »Lieber Kolja! Nellie ist hier.«

Nellie ist hier.

Aber wo ist Kolja?

Und während ich die Menschenmenge auf dem Platz nach einem glatzköpfigen Jungen absuche, für den ich mich bis hierher durchgekämpft habe, nehme ich die Geräusche dieser Nacht auf. Einer Nacht, in der ich endlich wieder dort bin, wo Kolja ist.

Tonaufnahme Nellie und Jackson on the road, die sechste: das große Spektakel. Das große Finale vielleicht. Das Ende des Wegs.

(Wie kann man sich täuschen.)

Das Brummen und Summen unzähliger Gespräche, Wortfetzen auf Französisch, auf Spanisch, ein tiefes Lachen und ein schrilles Gelächter, das darauf antwortet, eine hohe Stimme wie eine Kreissäge, die vorbeizieht und das Wortgewaber abschneidet, eine laute Männerstimme, die »René« ruft, immer wieder »René«, wildes Geschrei, von weit weg, ganz kurz nur, und dann verhalten wieder Gelächter, ein Hund, der in der Ferne bellt, und gleich darauf ein anderer, viel näher. Und Musik. Trommeln, dumpf und schwer liegen sie unter den Worten, darüber tanzt eine Flöte und verwoben, dazwischen, irgendwo Popmusik, ein französischer Text, eine schnulzige Stimme, unverständlich, und dann ein Tonleiterglucksen, weil Jackson heimlich unter der Absperrkette durchgetaucht ist und gegen ein Holzpferdebein pinkelt.

Aufnahme Ende.

Ich schaue Elias verwirrt an. Ich hatte Miss Wedlock und ihn völlig vergessen.

»Mann, Nellie, ich hatte schon Angst, wir finden dich nie wieder!«, sagt er erleichtert und streichelt Jackson über den

Kopf. Sein Glücksdrache schillert in allen Farben, weil die bunten Glühbirnen, die den Kassenstand des Karussells beleuchten, ihr Licht darauf werfen.

Doch.

Es ist schön, dass er da ist.

Als auch Miss Wedlock endlich am Karussell ankommt, setzt sie sich auf die unterste Treppenstufe, baut ihre Plastiktüten wie eine Mauer vor sich auf und erklärt, dass sie keinen Meter weitergeht.

»Ben muss uns abholen«, sagt sie. »Für so viel Trubel zu nachtschlafender Zeit bin ich zu alt.«

Ich gebe ihr mein Handy und hoffe nur, dass dieser Ben es mit Fassung trägt, wenn er mitten in der Nacht angerufen und hierherbeordert wird, um uns bei sich aufzunehmen.

Aber anscheinend hat er wirklich kein Problem damit. Miss Wedlock sagt nur »Wir sind da«, »zu dritt und Jackson« und »am Karussell« und legt wieder auf. Sie gibt mir mein Handy zurück und guckt sehr zufrieden.

»Gleich ist er hier«, sagt sie.

Und wirklich. Keine zehn Minuten später pflügt ein großer Mann mit Vollbart quer durch die Menge bis zu unserer Karusselltreppe und nimmt Miss Wedlock so fest in die Arme, dass sie vom Boden abhebt.

»Ich hab schon nicht mehr dran geglaubt, dass Sie das mal schaffen«, sagt er und drückt ihr einen Kuss auf die Backe.

Und weil Miss Wedlock behauptet, dass es ohne Elias und mich niemals geklappt hätte, umarmt er uns einfach auch noch.

»Seit mindestens zehn Jahren versuche ich, sie nach Avignon zu kriegen«, erklärt er. »Aber die kleinen Leute haben sie nie gehen lassen!«

Ich bin so perplex, dass Ben die kleinen Leute auch kennt,

dass ich gar nichts sage. Noch perplexer bin ich allerdings, als wir zum Morris zurückgehen, um unsere Taschen zu holen, und er Miss Wedlocks Tüten tragen darf. Alle fünf.

Unterwegs zeige ich ihm ein Foto von Kolja, das ich auf meinem Handy habe, aber er hat ihn noch nie zuvor gesehen. Und obwohl ich damit gerechnet habe, deprimiert es mich unendlich.

80

Jetzt liege ich in Elias' Schlafsack.

Miss Wedlock und Jackson schlafen in Bens ausgebautem VW-Bus, der in dem großen, ummauerten Hof neben dem Theater steht. Ben hat ihr seine Matratze und Jackson den Fußraum überlassen und ist selbst bei einem Freund untergekrochen. Elias und ich dürfen auf der Bühne übernachten. Wir liegen in den Kulissen einer Tanztheaterkompanie. Vom Schnürboden, wo die Scheinwerfer befestigt sind, hängen lange, mit Zeitungsartikeln bedruckte Plakate herunter, die die Bühne in unterschiedliche Zonen teilen. Zwischen einem Plakat mit der Artikelüberschrift »Audiard revoit Raphael« und einem anderen, auf dem »Le Sud-Africain« steht, haben Elias und ich unser Lager aufgeschlagen. Für ein, zwei Nächte können wir hierbleiben. Ben hat uns sogar zwei Gymnastikmatten organisiert, die die Tänzer für die Probe brauchen. Darauf liegen wir jetzt. Und teilen uns Elias' Schlafsack, weil ich nicht daran gedacht habe, selbst einen mitzunehmen.

»Ich bin so froh, dass wir hier sind«, sagt Elias. »Jetzt mache ich mir nicht mehr so viele Sorgen um Miss Wedlock.«

Ich antworte nicht, sondern starre in den dunklen Bühnenraum, in dem nur ein Notlicht brennt.

Wir liegen ineinandergeschachtelt, weil der Schlafsack so eng ist. Elias hat den Arm um meinen Bauch gelegt und ich bin glücklich und unglücklich zugleich. Glücklich, weil er da ist, und unglücklich, weil Ben mir bestätigt hat, was ich schon die ganze Zeit befürchtet habe: dass es fast unmöglich sein wird, Kolja in der Stadt zu finden.

»Alles okay?«, fragt Elias.

»Ich weiß nicht«, sage ich leise.

Er streichelt ganz sacht über meinen Bauch und malt kleine, verschlungene Kreise um meinen Nabel. Ich spüre seinen Atem in meinem Nacken so überraschend vertraut, und ich erzähle in die schwarze Dunkelheit des Bühnenraums, erzähle den Plakaten mit den Zeitungsartikeln, den Gymnastikmatten und den Scheinwerfern oben am Schnürboden und ein bisschen auch Elias, dass Kolja abgehauen ist. Dass er mich im Stich gelassen hat. Dass ich ihn hier finden muss.

»Und dann?«, fragt Elias leise.

»Dann fahre ich mit ihm nach Hause«, sage ich.

Er hört auf, meinen Bauch zu streicheln, und zieht vorsichtig seine Hand zurück.

Eine Weile liegen wir stumm nebeneinander. Wahrscheinlich freut er sich schon, dass er uns dann beide los ist und weiter nach Marokko trampen kann.

»Dann klebt dir endlich keine mehr am Bein«, flüstere ich und drehe mich mühsam zu ihm um.

Es geht schwer, in dem engen Schlafsack und mit meinem lädierten Rücken.

»Ich mag das aber ganz gern, wenn du an meinem Bein klebst«, flüstert Elias und lacht ein kleines Gluckslachen.

Wir schauen uns an.

(Seine schokoladenfarbenen Augen. Nur zu erahnen im Halbdunkel der Bühne, die Wärme, die darin liegt.)

Wenn ich Kolja gefunden habe, fahre ich nach Hause, immer Richtung Norden.

Und Marokko liegt im Süden.

(Sein wunderschön geschwungener Mund. Die Mundwinkel nach oben gebogen.)

Wir driften immer weiter auseinander.

Zwei Kontinentalplatten in einem riesengroßen Meer.

(Sein kleines Lachen. Lächeln.)

Vielleicht habe ich nur noch diese eine Nacht mit ihm.

(Seine Hand, die langsam über mein Gesicht streicht …)

Eine Nacht, um den Glücksdrachen zu berühren,

(… über meine Lippen.)

um zu spüren, wie sich die Härchen über den rot-goldenen Drachenschuppen aufstellen,

(Seine Lippen auf meinen Lippen.)

und mit jeder Faser zu spüren, wie feine goldene Glücksdrachenfunken auf mich herunterregnen.

81

Mehr erfährst Du nicht!

82

Als ich aufwache, sind unsere Arme und Beine so fest ineinander verschlungen, dass ich das Gefühl habe, wir sind zusammengewachsen. Ganz langsam löse ich mich von Elias. Ich krieche aus dem Schlafsack und stelle erleichtert fest, dass mein Rücken sich inzwischen erholt hat. Er tut fast nicht mehr weh. Leise schlüpfe ich in meine Jeans und ziehe meine Schuhe an. Ich will in den morgenleeren Straßen nach Kolja Ausschau halten. Und außerdem muss Jackson raus.

Elias schläft weiter, als ich ihn verlasse. Ich werfe einen Blick zurück auf diesen Jungen, der im Schlaf gelächelt hat, als ich nur deshalb aufgewacht bin, damit ich ihn anschauen konnte.

83

Ich wusste nicht, dass man jemanden so schnell so gern haben kann.

84

Miss Wedlock schläft auch noch, als ich Jackson bei ihr abhole. Es muss noch richtig früh sein, außer meinem Hund und mir ist kaum jemand auf der Straße. Nur die Obdachlosen liegen noch in den Hauseingängen, neben den Läden, vor deren Schaufenstern schwere Eisengitter heruntergelassen sind. Als ich um die Ecke biege, sehe ich einen Wagen der Stadtreinigung. Zwei Arbeiter spritzen die Straßen und Gehwege ab. Mit großen Wasserschläuchen treiben sie jede Menge Papier und anderen Abfall und ein paar protestierende Tauben vor sich her. Ich zeige ihnen das Foto von Kolja, aber sie schütteln nur den Kopf und arbeiten weiter.

Was macht Kolja in dieser Stadt?

Ist er vielleicht doch wegen des Theaterfestivals hier? Oder weil er die Stadt schon kannte? Hat er Freunde hier? Eine Freundin?

Ich weiß so wenig von ihm.

So gut wie nichts.

Ich muss Viktor fragen. Wenn Viktor mir sagen kann, warum Kolja nach Avignon gegangen ist, habe ich vielleicht einen Anhaltspunkt, wo ich ihn suchen muss.

Ich setze mich auf einen Poller, der eine Einfahrt versperrt, und stelle den Flugmodus an meinem Handy aus. Bestimmt ist Viktor schon wach. Handwerker fangen schließlich früh mit der Arbeit an.

»Endlich meldest du dich!«, sagt Viktor aufgeregt, noch bevor ich zu Wort komme. »Die Kacke ist total am Dampfen. Die ist echt nicht ganz dicht, diese Melanie!«

»Was ist denn los?«, frage ich alarmiert.

»Hast du meine Nachrichten nicht gelesen? Mann, Nellie! Das war echt ein Scheißplan von dir. Die Tante hat sich nicht abwimmeln lassen, von wegen du duschst und so. Die ging einfach nicht von der Tür weg.«

»Und was hast du dann gemacht?«

»Na, was wohl? Ich musste zur Arbeit. Ich hab das Schockverfahren angewendet. Bin nackt zur Tür und hab gesagt, dass wir duschen. Ich dachte, das zieht.«

»Du hast ihr nackt die Tür aufgemacht??«

»Ne, ich hatte schon ein Handtuch drüber. So schlimm auch nicht. Aber ich dachte, wenn sie sieht, dass du Männerbesuch hast, macht sie sich vom Acker. Hat sie ja auch. Aber was macht die Kuh dann? Ruft direkt deinen Vater an und erzählt ihm irgendeinen Schwachsinn von Sexorgien bei euch zu Hause.«

»Das ist jetzt nicht wahr, oder?«

»Doch. Dein Vater ist auf eurem Anrufbeantworter. Du sollst dich sofort bei ihm melden.«

»Das war doch schon gestern! Warum sagst du mir das erst jetzt?«

»Vielleicht weil du dein Handy nie anhast?«

Mist.

Verdammter Mist.

Mist.

Mein Handyguthaben geht den Bach runter, ich habe keine Ahnung, wo ich das in Frankreich aufladen kann, und ich habe diesen Mist am Hals. Warum kann Papa nicht einfach segeln und mich in Ruhe lassen? Ich lasse ihn doch auch machen, was er will.

Noch mal Mist.

Nach dem Telefonat mit Viktor checke ich meine SMS. Keine neue Nachricht von Mama, anscheinend hat sie alle Klamotten, die sie braucht, drei Alarmmeldungen von Viktor und sieben SMS von Papa.

Die von Papa sind alle noch von gestern. Er hat sie geschrieben, nachdem Melanie ihm von meiner Nacktbekanntschaft berichtet hat. Die ersten vier klingen alle ungefähr gleich: »Ruf mich an, sonst gibt es Ärger!« So in der Art. Nummer fünf ist schon schlimmer. Anschiss, Drohung und erstes Ultimatum: »Wenn du dich nicht sofort meldest, leite ich weitere Schritte ein.« Ultimatum zwei steht in der nächsten SMS: »Wenn du nicht bis heute Abend anrufst, alarmiere ich die Polizei.« Und schließlich Ultimatum drei: »Wenn du dich bis um zehn Uhr morgen früh nicht gemeldet hast, steht die Polizei vor der Tür.«

Ultimatum drei läuft in zweidreiviertel Stunden ab. Und mehr als drei Ultimaten stellt Papa nicht. Das weiß ich.

Psychologisch gesehen reicht eine SMS jetzt eher nicht mehr.

Ich rufe ihn an.

Ehrlich gesagt weiß ich nicht, warum er sich so aufregt. Ich finde die Idee von Viktor ja auch nicht gerade brillant, nackt vor Melanie rumzuturnen, aber, hallo, ich bin fünfzehneinhalb, es wäre jetzt auch nicht gerade der Megagau, wenn ein Typ bei mir übernachten würde.

Papa sieht das anders. Papa sitzt auf seinem Segelboot irgendwo in der Ägäis und hält mir Vorträge über Männer und ihre mangelhafte Moral.

Und als er damit fertig ist, kommt eine Abhandlung über die Pille.

Nicht zu fassen.

Gespräche, die man lieber nie geführt hätte. Und dafür geht mein Handyguthaben drauf.

»Der hat nur bei mir geschlafen, Papa, ich hab nichts mit dem, der hat hier nur geduscht«, ist alles, was ich litaneimäßig zur Antwort gebe, aber besonders überzeugend ist das natürlich nicht. Mein Glück ist nur, dass Papas Boot gerade so weit von jedem Flughafen entfernt ist, dass es ein Riesenaufwand für ihn wäre, wenn er jetzt heimfliegen würde. Also muss er wohl oder übel meinen Beteuerungen glauben, dass ich erstens nie wieder eine Orgie veranstalten werde und schon gar keine mit Sex und dass ich zweitens auch noch nie eine veranstaltet habe.

Gespräch Ende.

Handyguthaben fast am Ende.

Was mache ich, wenn Mama auch noch Betreuung braucht?

Und außerdem habe ich vergessen, Viktor nach Avignon zu fragen.

»Was will kolja eigentlich in avignon?«, simse ich ihm.

»Keine ahnung«, simst er zurück.

Danke auch.

Langsam gehe ich mit Jackson weiter. Inzwischen sind mehr Menschen auf den Straßen unterwegs. Jedem einzelnen zeige ich Koljas Foto und frage ihn, ob er meinen Bruder gesehen hat. Eine junge Frau in einem weißen Arztkittel schaut sich Koljas Bild lange an. Ich hoffe schon, dass sie ihn kennt, aber dann schüttelt sie doch den Kopf und lächelt bedauernd. »Mais il est joli, ton frère«, sagt sie und geht weiter. Ich frage in den Bäckereien, an den Zeitungskiosken, in den Cafés und am Bahnhof. Niemand kennt meinen Bruder.

Vor einer Bar in einer kleinen Seitenstraße, in der es keine Geschäfte mehr gibt, sondern nur noch schäbige Wohnblöcke, sitzen zwei junge Männer. Sie trinken Espresso und unterhalten sich laut. Als ich ihnen Koljas Foto zeige, verstummen sie so plötzlich, als hätte ihnen jemand den Ton abgedreht. Der größere von beiden, ein hagerer Typ mit ziemlich vielen Pickeln, nimmt mir mein Handy ab und spaziert damit in die Bar. Ich will hinter ihm hergehen, aber sein Freund hält mich zurück.

»Assieds-toi«, sagt er in scharfem Ton. Er runzelt seine meterdicken Augenbrauen und deutet auf den dritten Stuhl am Tisch. Ich traue mich nicht, ihm zu widersprechen, und setze mich.

»C'est ton frère?«, fragt er mich wieder und wieder, und jedes Mal nicke ich, ja, das ist mein Bruder, und frage, ob er ihn kennt. Aber darauf antwortet er mir nicht.

Irgendwann kommt der andere Typ aus der Bar zurück, drückt mir mein Handy in die Hand, sagt: »Je n'ai aucune idée, keine Ahnung«, das sagt er sogar auf Deutsch und wedelt mit der Hand, als ob er mich wie eine lästige Fliege verscheuchen wollte.

Idioten.

85

Von einer Minute auf die andere platzt die Stadt wieder aus allen Nähten. Ich irre durch die engen Gassen, durch die sich die Touristen schieben, und suche die kleine Straße mit Bens Theater.

Das Gedränge geht mir noch mehr auf die Nerven als am Abend vorher. Die ganze Zeit denke ich, dass Kolja vielleicht direkt in meiner Nähe vorbeiläuft, jetzt gerade, in diesem Moment, und ich kann ihn nur wegen der vielen Menschen um mich herum nicht sehen und Jackson kann ihn nicht riechen, weil die Luft geschwängert ist von zigtausend Gerüchen.

Völlig frustriert komme ich am Theater an. Ben sitzt in dem ummauerten Hof unter einem großen Oleander, der seinen Schatten auf einen wackligen runden Blechtisch wirft, und schraubt an einem Scheinwerfer.

»Miss Wedlock und Elias sind kurz in die Stadt«, sagt er, als er mich sieht. »Irgendwas besorgen, womit sie ihren Hut reparieren kann.«

Ich setze mich zu ihm und nicke müde. Jackson lässt sich zufrieden in den Schatten fallen.

»Kein Erfolg?«, fragt er.

»Keine Chance«, antworte ich, und er sieht mich mitleidig an.

Vielleicht will Ben mich nur ablenken, aber eigentlich glaube ich, es interessiert ihn wirklich, auf jeden Fall fragt er plötzlich, wie wir es geschafft haben, Miss Wedlock bis hierher zu bringen. Als ich ihm die Geschichte von der Schweizer Grenze erzähle, kann er es nicht fassen.

»Jetzt habe ich schon so lange mit den kleinen Leuten zu tun, aber auf die Idee, dass man sie einfach an der Grenze abschütteln kann, bin ich noch nie gekommen. Vielleicht hätten wir uns auch mal überlegen sollen, wie wir sie von ihren Plagegeistern befreien können, anstatt ihr immer nur zu helfen, dass sie damit leben kann.«

»Vielleicht wollte sie es gar nicht anders.«

Ben zuckt mit den Schultern.

»Ich kenne sie seit dreißig Jahren und kann dir nicht mal sagen, ob das stimmt.«

»So lange lebt sie schon mit ihren Monstern?«, frage ich fassungslos. Ein dreißigjähriger Horrortrip. Entsetzlich.

»Noch viel länger.« Ben legt den Scheinwerfer zur Seite und packt seine Schraubenzieher zusammen. »Deshalb ist es auch so irre, dass sie jetzt tatsächlich hier ist. Dass euch das gelungen ist.«

»Vielleicht ist es auch ein Riesenfehler. Sie hätte echt sterben können unterwegs. Und ich weiß nicht, wie es jetzt weitergehen soll.«

Ich seufze schwer, weil mir die Nacht wieder vor Augen steht, in der wir Miss Wedlock aus der Höhle gezogen haben. Komplett verwirrt, dreckig und verzweifelt.

»Das wird schon alles«, sagt Ben und tätschelt meinen Arm. »Sie ist viel zäher, als du denkst, und hat schon verdammt viel mitgemacht.«

»Sie hat ihre Familie verloren, oder?«

Ben nickt.

»Sie ist im Waisenhaus aufgewachsen. Und dann hat sie ein Freund ihres Vaters adoptiert. Das ist eine typische Miss-Wedlock-Geschichte. Sie hatte irgendwie mitgekriegt, dass er nach Westdeutschland geht und dort ›Peer Gynt‹ inszeniert, Mitte der fünfziger Jahre war das, und weil sie unbedingt singen wollte, ist sie in der Nacht aus dem Heim abgehauen und hat so lange bei ihm gebettelt und gefleht, bis er sie mitgenommen hat. Sie war noch nicht mal volljährig, deshalb musste er sie adoptieren. Und er hat ihr tatsächlich eine Rolle gegeben.

Die Rothaarige. Genau die Figur, die sie haben wollte. Daran siehst du schon, wie sie kämpfen kann. Und dass sie nie aufgibt, auch wenn es ihr richtig schlecht geht. Das war auch so mit dem Typen. Der ist später nämlich leider aufdringlich geworden, der hat das Vater-Tochter-Ding wohl nur als Formsache betrachtet, und sie ist unter dieser ganzen Geschichte völlig zusammengebrochen. Die haben sie gleich für ein paar Jahre in die Psychiatrie gesteckt. Aber sie hat sich da wieder rausgekämpft und es geschafft, ans Theater zurückzukommen, als Souffleuse. Singen konnte sie leider nicht mehr.«

»Und der Typ?«

»War längst weg. Intendant in Berlin. Aber er hat ihr die Wohnung und den Morris überlassen.«

»Und so lange gibt es auch schon die kleinen Leute?«, frage ich.

»Noch viel länger. Und solange sie Leni als Druckmittel haben, wird sich da auch nichts ändern.«

Ben steht auf und klemmt sich den Scheinwerfer unter den Arm.

»Ich muss mal weiterarbeiten«, sagt er und verschwindet Richtung Theater.

Ich bin noch dabei, Bens Geschichte zu verdauen, als das Tor, das vom Hof auf die Straße führt, quietscht. Elias und Miss Wedlock kommen von ihrem Einkauf zurück. Miss Wedlock balanciert zwei knallbunte Schmetterlinge aus Plastik auf ihrer Handfläche.

»Die kommen an meinen blauen Hut!«, verkündet sie begeistert.

Elias schlappt hinter ihr her. »Und?«, fragt er erwartungsvoll.

Ich bin mit meinen Gedanken so weit weg, dass ich zuerst gar nicht weiß, was er meint. Aber dann ist alles wieder da: Die übervolle Stadt, die blöden Typen in der Bar, all die Menschen, die Kolja noch nie gesehen haben.

»Gar nichts«, antworte ich.

»Das war doch nur ein erster Versuch«, sagt Elias tröstend. »Wir gehen gleich noch mal zusammen los und klappern die Hostels ab.«

Ich nicke kraftlos.

86

Schließlich ist es Jackson, der Kolja findet.

Wir stehen eingeklemmt mitten auf der Straße und kommen nicht weiter, weil vier Männer mit großen blauen Tonnen den Durchgang versperren. Sie bauen sich hinter ihren Tonnen auf und beginnen, darauf zu trommeln. Es dröhnt laut durch die enge Gasse.

Gerade als die Trommler so richtig aufdrehen, reißt sich Jackson mit einem Ruck von mir los und verschwindet mit hinterherschleifender Leine in der Menschenmenge. Ich drehe mich suchend nach ihm um – und bleibe an einem blauen Augenpaar hängen. Die lang geschwungenen schwarzen Brauen, die dunklen Schatten unter den Augen, der kahl rasierte Kopf – ich kenne das alles.

Kolja.

Mitten aus der Menschenmenge starrt er mich fassungslos an.

Und ich starre zurück.

Wir bahnen uns einen Weg durch das Gewühl. Schritt für Schritt aufeinander zu, während die Trommler immer lauter schlagen.

»Was machst du hier?«, brüllt Kolja gegen den Lärm an, als

wir uns endlich gegenüberstehen. Er hält Jackson an der Leine, der völlig begeistert an seinem Hosenbein schnuppert.

Die Trommeln verstummen. Noch bevor ich ihm antworten kann, redet Kolja schon weiter. Jetzt flüstert er fast und schaut mich finster an. »Du musst von hier weg, Nellie, und zwar so schnell es geht.«

Er freut sich nicht, mich zu sehen. Das steht schon mal fest.

Elias taucht hinter mir auf und nimmt meine Hand.

»Wer ist das?«, fragt Kolja misstrauisch.

»Elias«, sage ich.

»Und was wollt ihr?«

»Freust du dich denn gar nicht?«, ist das Einzige, was ich herausbringe.

Ich habe das Gefühl, der Boden rutscht mir unter den Füßen weg und ich stürze in ein schwarzes Nichts.

87

Ich renne im Nachthemd durch den oberen Flur. Es ist dunkel, es ist kalt und ich habe Angst. Ich schreie. Ich schreie wie am Spieß. Ich schreie, bis ich keine Luft mehr bekomme.

»Ist ja gut«, sagt Kolja und nimmt mich an die Hand. »Ich bin da. Ich lass dich nicht allein.«

In dieser Nacht haben Mama und Papa Dich wieder ins Krankenhaus gebracht.

Von da an gibt es nur noch Kolja und mich.

88

Ich schaue Kolja hilflos an und ringe nach Luft. Elias hält noch immer meine Hand fest. Sie ist schweißnass, und ich bin so fertig, dass mir das nicht mal peinlich ist.

»Ihr solltet hier weg!«, sagt Kolja zu Elias. »Das ist gerade ein ziemlich schlechter Moment.«

»Ich bin doch aber extra wegen dir hergekommen«, stoße ich endlich hervor. Ich ziehe meine Hand aus der von Elias und halte Kolja am Arm fest. »Du musst mit mir nach Hause kommen.« Ich klinge wie ein kleines Kind, das um ein Eis bettelt. Beschämend.

Elias guckt mir traurig zu.

»Okay«, sagt Kolja schließlich gequält. »Lass uns in Ruhe reden. Aber nur kurz. Und allein«, fügt er noch hinzu und wirft einen schnellen Blick zu Elias hinüber.

Die Trommler haben die Straße inzwischen freigegeben und der Menschenstrom fließt weiter.

»Wir gehen in die Bar an der Ecke«, sagt er und verschwindet mit Jackson in der Menge.

Ich bleibe bei Elias stehen.

Ich habe keinen Plan mehr.

»Ich warte im Theater«, sagt Elias und versucht ein aufmunterndes Lächeln. »Wir sehen uns auf jeden Fall noch mal.«

»Ja«, sage ich leise und schaue auf seinen Glücksdrachen.

Wie schnell verflüchtigt sich sein Staub.

Dann gehe ich hinter Kolja her.

Wir sitzen in der hintersten Ecke der Bar. Es ist dunkel und stickig. Kolja hat mir eine Cola bestellt. Er selbst trinkt nichts.

»Warum bist du hier, Nellie?«, fragt er und starrt mich an.

Was für eine bescheuerte Frage. Und außerdem habe ich sie schon beantwortet.

Ich sage nichts.

»Ich kann nicht mit dir zurück«, sagt Kolja schließlich und hört endlich auf, mich anzustarren. Er beugt sich zu Jackson runter und krault ihn hinter dem Ohr. »Wissen Mama und Papa überhaupt, dass du hier bist?«

Ich schüttle den Kopf.

»Was hast du denen denn gesagt?«, fragt Kolja.

»Gar nichts. Die sind selber beide weg.«

»Und dann hast du dir den Typen geschnappt und bist einfach hierhergefahren?«

Als ich Kolja erkläre, dass ich getrampt bin und Elias erst unterwegs kennengelernt habe, rastet er richtig aus. In seinen Augen bin ich für so was noch zu klein. Oder zu doof. Auch wenn er das nicht direkt sagt, sondern mich nur »abartig naiv« nennt. Dabei habe ich es schließlich wohlbehalten bis hierher geschafft. Er will mein Handy haben, um Viktor fertigzumachen, weil er mir das mit Avignon verraten hat. Aber das gebe ich ihm garantiert nicht. Wenn Viktor wegen mir Streit mit Kolja kriegt, hilft er mir bestimmt nicht mehr, wenn Melanie wieder nervt.

»Viktor kann nichts dafür. Ich habe ihn erpresst«, sage ich.

»Womit?«

Aber das kann ich ihm wirklich nicht sagen.

Um ihn abzulenken, erzähle ich von Miss Wedlock. Einer alten Frau, die ganz und gar nicht gefährlich ist, sondern höchstens ein bisschen verrückt. Die mich noch vor der Grenze aufgelesen und bis hierher gefahren hat.

»Sie bringt ihre tote Schwester ans Meer«, sage ich, und Kolja guckt mich groß an.

»Weil sie hustet«, erkläre ich.

»Und das findest du nicht gefährlich?«, fragt er ungläubig.

»Mein Gott, Kolja! Was hätte ich denn machen sollen? Du

bist einfach abgehauen und ich konnte dich nicht mal anrufen. Zu dir muss man ja hinfahren! Sonst hätte ich dir schon am Telefon gesagt, dass es Quatsch ist, was du in deinem Brief geschrieben hast. Von wegen, dass du nicht der Sohn bist, den Mama und Papa haben wollten.«

Kolja starrt auf seine Hände, die langsam und sorgfältig einen versifften Bierdeckel zerreißen, der auf unserem Tisch vergessen worden ist.

»Du weißt genau, dass es stimmt, Nellie«, sagt er nach einer Weile und stapelt die Bierdeckelschnipsel fein säuberlich aufeinander. »Wir wissen es beide. In dieser Familie ist kein Platz für mich.«

Aber dein Platz ist doch bei mir!, möchte ich sagen. Doch ich weiß, dass ihm das nichts hilft. Wenn Kolja keinen Platz in dieser Familie hat, habe ich auch keinen. Was soll ich ihm dann anbieten?

»Ich gehe in die USA. Sobald ich das Geld zusammenhabe.«

»Aber du kannst nicht einfach so abhauen! Du musst es Mama und Papa wenigstens erklären! Und mir auch.«

»Ich habe alles gesagt, was ich zu sagen hatte.«

Ganz toll.

King Kolja hat gesagt, was er zu sagen hatte, und der Rest der Welt darf es zur Kenntnis nehmen.

»Dir ist völlig egal, was aus uns wird«, sage ich böse.

»Nein, ist es mir nicht«, widerspricht Kolja energisch. »Ich halte es nur einfach nicht mehr aus. Ich hab mich jahrelang um dich gekümmert. Aber ich hab dich nicht gebeten, hier aufzutauchen, und es ist im Moment einfach nicht günstig. Ich muss ein paar Sachen abchecken und dabei kann ich dich nicht brauchen. Wir gehen jetzt zum Bahnhof, ich kaufe für Jackson und dich eine Fahrkarte und du fährst nach Hause zurück. Ist das klar?«

»Du kannst nicht über mich bestimmen! Entweder du bist raus oder du bist nicht raus. Und wenn du raus bist, kann es dir scheißegal sein, was ich mache!« Ich stemme meine Hände auf den Tisch und beuge mich zu ihm rüber. Ganz langsam und deutlich sage ich: »Ich fahre nur nach Hause, wenn du mitkommst!«

Jackson verkrümelt sich unter dem Tisch, während Kolja und ich uns anblitzen.

Keiner von uns hat bemerkt, wie die beiden Typen in die Bar gekommen sind. Es sind dieselben, die ich heute Morgen nach Kolja gefragt habe. Der mit den dicken Augenbrauen bleibt am Tresen stehen, während der Picklige, der mir mein Handy weggenommen hat, langsam zu unserem Tisch schlendert.

»Kleines Familientreffen?«, fragt er auf Deutsch mit schwerem französischem Akzent.

»Was willst du?«, fragt Kolja zurück.

Die beiden mustern sich wie zwei Boxer im Ring.

Gleich knallt es.

Gleich schlägt einer von beiden zu.

Aber dann fängt der Typ an zu grinsen und sagt einfach nur: »Schöne Grüße von Antoine. Auch an die Hübsche hier.«

Er klopft zweimal mit den Fingerknöcheln auf unseren Tisch, dreht sich um und geht aus der Bar. Der mit den Augenbrauen folgt ihm.

Sobald sie weg sind, steht Kolja auf. »Ich bringe dich jetzt sofort zum Bus!«

89

Eine kleine Seitengasse, so schmal, dass sich noch nicht einmal ein Tourist hineinverirrt. Ein junger kahlköpfiger Mann mit Unterlippenpiercing und eine junge Frau, die ihre braunen Haare zu einem losen Dutt hochgesteckt hat, stehen sich gegenüber und starren sich böse an. Neben ihnen sitzt ein schwarzer Hund. Er hat den Kopf eingezogen und guckt bedröppelt. Er riecht den Streit, noch bevor er richtig losgebrochen ist.

»Wer ist Antoine?«

»Antoine ist scheißegal.«

»Was hast du mit dem zu tun?«

»Wir gehen jetzt zum Bus, Nellie.«

»Vergiss es. Ich gehe keinen Schritt weiter, bevor du mir nicht sagst, was los ist.«

»Wenn ich dir von Antoine erzähle, fährst du?«

»Ja«, sage ich.

Aber das hat nichts zu bedeuten.

90

Antoine.

Kolja hat ihn in Besançon getroffen. Bis dorthin war er gekommen, nachdem Viktor ihn an der Trampstelle abgesetzt hatte. Eine Mitfahrgelegenheit direkt bis in die Innenstadt von Besançon und dort saß Kolja dann und suchte eine billige Übernachtungsmöglichkeit. Er wollte erst am nächsten Tag weiter nach Avignon, seinen Anlaufpunkt im Süden, eine Stadt, die er kannte, vor der großen Reise ins Unbekannte. Denn als Kolja mich verließ, war ihm schon klar, wohin er eigentlich wollte: mit einem Frachtschiff in die USA. Von irgendeinem Hafen im Mittelmeer aus, als Hilfsarbeiter, Mädchen für alles, was auch immer. Antoine lachte ihn aus, als er ihm davon erzählte. »Jungsträume«, sagte er.

Antoine war nicht naiv. Er war ein echter Typ, Mitte zwanzig vielleicht, ein Deutscher, der seit Jahren in Frankreich lebte, absolut cool, aber mit einem mitreißenden Lachen. Und er lachte viel. Ein Kumpel, dachte Kolja, ein Freund, den er an seinem ersten Abend in Besançon kennenlernte, weil er ihn wegen einer Übernachtung ansprach, und bei dem er ein paar Tage bleiben durfte. Antoine lachte über seine Pläne, aber er half ihm auch, sie zu realisieren. Als Hilfsarbeiter auf einem Frachtschiff? Bullshit. Kaum Geld, die reine Ausbeutung und sowieso unwahrscheinlich, überhaupt eine Arbeit zu bekommen. »Weißt du, wie viele Arbeitslose sich an den Häfen rumtreiben und für weniger als nichts arbeiten?«, fragte er ihn. Kolja wusste es nicht. Aber es waren auf jeden Fall zu viele. »Wenn du nach Amerika willst, musst du fliegen, alles andere ist Mist«, sagte Antoine, »flieg, spar dir die öden Wochen auf dem Schiff, und mach was Cooles, wenn du ankommst. Und das Geld, das du dafür brauchst, verdienst du bei mir.«

Mit Antoine war alles einfach. Antoine war wie ein großer Bruder und regelte die Sache. Der Job, den er für Kolja hatte, war leicht. Nicht ganz legal, aber für eine gute Sache. Kolja sollte ein Päckchen mit gefälschten Pässen nach Marseille bringen. Für die Illegalen, die dort zu Hunderten lebten, sagte Antoine. »Ganz einfach, mit dem Zug nach Marseille, dreihundert Euro bar auf die Hand, wenn du losfährst, und noch mal dreihundert, wenn du das Päckchen abgegeben hast. Ganz easy, die Sache. Gute vier Stunden und du bist da.« Ticket, Geld, Päckchen, alles war schon bereit. Kolja musste sich nur noch in den Zug setzen.

Ganz easy, bis Lyon. In Lyon stiegen drei Polizisten und zwei Polizistinnen ein und durchkämmten den Zug. Kolja schloss sich in der Toilette ein. Als eine der Polizistinnen an seine Tür klopfte, warf er die Pässe in die Kloschüssel, drückte auf die Wasserspülung und verließ die Toilette.

In Avignon stieg er aus dem Zug. Erzählte Antoine am Telefon, was passiert war, und der rastete komplett aus.

Seitdem ist Kolja auf der Flucht vor ihm.

»Aber Antoine wäre doch auch dran gewesen, wenn du erwischt worden wärst«, sage ich. »Der kann doch froh sein, dass die Pässe weg sind und sie nichts gegen ihn in der Hand haben. Und notfalls gibst du ihm die dreihundert Euro eben wieder und alles ist in Ordnung.«

»Ich hab das Geld doch längst verbraucht«, stöhnt Kolja.

»Komm mit mir heim! Komm heim, dann ist alles gut. Der verfolgt dich bestimmt nicht bis nach Hause!«

Ich packe ihn am Arm und rüttle ihn. Er soll endlich aufwachen aus diesem bescheuerten Abenteuertraum, Freiheit und ein Frachter, geschmuggelte Pässe und Polizisten, die ihn aufs Klo verfolgen, eine zwielichtige Type mit ekligen Freunden, die in Cafés auf Tische klopfen.

Das hat doch nichts mit seiner Welt zu tun, mit uns zu Hause, mit seinem Leben.

Aber Kolja schüttelt den Kopf, schüttelt meinen Arm ab, wendet sich weg.

»Ich muss hier noch was checken, Nellie, lass mich in Frieden.«

Kurz und knapp.

King Kolja at his best.

»Ich bleibe so lange, bis du mitkommst«, sage ich bestimmt.

»Das war nicht der Deal«, sagt er scharf und schaut mich böse an. »Es war abgemacht, dass du zum Zug gehst, wenn ich dir sage, was los ist.«

Scheiß auf den Deal.

»Ich geh erst, wenn du mitkommst.«

»Ich bin volljährig, Nellie, verdammt. Ich kann tun und lassen, was ich will. Aber du bist fünfzehn! Ich setz dich bei den Bullen ab, wenn du weiter nervst. Da kannst du dann warten, bis Mama und Papa dich holen.«

»Oh, schön, dann kriegen sie dich wenigstens auch noch zu Gesicht!«

»Ich bin dann weg, Nellie. Wenn du mich jetzt nicht in Ruhe lässt, hast du mich für immer verloren.«

Er sagt das in einem Ton, dass ich ihm glaube. Es ist mehr als eine Drohung, es ist eine Tatsache.

»Und wenn ich dich in Ruhe lasse, gehst du nach Amerika und bist sowieso für immer weg.« Die Verzweiflung lässt meine Stimme hohl klingen.

»Amerika ist gestorben«, sagt Kolja und klingt endlich wieder netter. »Ich will da gar nicht mehr hin. Ich bleibe noch ein, zwei Wochen hier, erledige ein paar Sachen und dann komme ich nach Hause. Versprochen!«

Er streicht mir eine Haarsträhne hinters Ohr. Ganz sanft.

»Versprochen, Nellie«, sagt er noch mal.

Ich gebe nach.

Ich glaube ihm.

»Ich muss mich aber noch von Elias und Miss Wedlock verabschieden«, sage ich bedrückt und gehe mit Jackson an der Leine durch die schmale Gasse zurück.

»In zwei Stunden am Busbahnhof!«, ruft Kolja uns nach.

91

Ich habe mein ganzes Leben lang alles geglaubt, was Kolja gesagt hat. Ich konnte nicht einfach damit aufhören.

Verstehst Du das?

92

Miss Wedlock sitzt auf den Treppenstufen vor dem Theater und beobachtet das Treiben auf der Straße, die Touristen mit ihren Stadtführern und großen Einkaufstaschen aus Papier, die Einheimischen, die in den Eingängen der Läden stehen, die Schauspielgrüppchen, die für ihre Veranstaltungen werben.

»Es ist mir ja ein bisschen zu modern hier«, sagt sie, als ich mich neben sie setze, und deutet auf zwei Jungs in orangen T-Shirts, die sich fünf Meter von uns entfernt einen Slam-Battle liefern. Sie reimen auf Englisch und in einem solchen Tempo, dass ich nur ein paar Worte verstehe. Irgendwas mit »weird« kommt drin vor und »awesome«. Die Bewegungen, die sie dazu machen, sind cool. Als ob sie aus Gummi wären.

Jackson legt sich auf die Treppenstufe über uns und seufzt zufrieden, weil er endlich seinen Morgenschlaf fortsetzen darf.

»Ich habe meinen Bruder gefunden«, sage ich nach einer Weile.

»Ich weiß.« Miss Wedlock schaut mich vorsichtig an.

Wahrscheinlich hat ihr Elias schon berichtet, dass es nicht so gut gelaufen ist.

Ich erzähle ihr von meiner Abmachung mit Kolja. Dass ich jetzt nach Hause fahren muss.

»Aber er kommt bald nach«, sage ich und bin selber erstaunt, wie niedergeschlagen ich klinge.

Es ist seltsam.

Ein, zwei Wochen sind doch keine Zeit. Dann ist Kolja wieder zu Hause.

Warum freue ich mich nicht?

Miss Wedlock nimmt meine Hand in ihre. Ihre Hand ist ganz kühl, trotz der Sonne, die die Mauern und Straßen aufheizt und die Treppenstufe, auf der wir sitzen, ganz kühl und zart und pergamenten.

»Du wirst mir fehlen, kleine Nellie«, sagt sie und streicht sanft über meinen Handrücken.

»Sie mir auch«, sage ich. Ich habe einen Kloß im Hals.

Es war keine leichte Fahrt bis hierher. Ich hatte jede Menge Angst und einen Haufen Sorgen. Aber jetzt wünsche ich mir nichts mehr, als wieder mit Miss Wedlock und Elias und Jackson im Morris zu sitzen. In einer kleinen Welt, die nach Öl stinkt und nur uns gehört.

»Ist Elias da?«, frage ich und schaue mich um.

Aber Elias ist mit Ben unterwegs.

»In einer Stunde sind sie zurück«, sagt Miss Wedlock.

In einer Stunde.

Dann bleibt mir keine halbe Stunde mehr, um mich von ihm zu verabschieden.

»Es gibt ein Happy End«, sagt Miss Wedlock. »Du wirst schon sehen!«

Als ich nichts darauf erwidere, redet sie weiter. Aber sie schaut mich nicht mehr an, sondern guckt irgendwohin in die Ferne, weit über die Poetry-Slammer und die Touristen hinweg, die uns fast auf die Füße treten, so dicht flanieren sie an uns vorbei.

»Du bekommst deinen Bruder wieder«, sagt sie. »Ich weiß, was das heißt. Es gab eine Zeit, da hatte ich meine kleine Schwester verloren. Und ich war selbst schuld daran, weil ich sie verraten hatte. Sie haben mir meine Kleider weggenommen, im Kinderheim, und ich konnte es einfach nicht verhindern. Dabei waren sie doch für Leni. Sie hat immer meine Sachen bekommen, wenn sie mir zu klein wurden. Sie zog sie an, auch wenn sie ihr noch gar nicht passten, sie mochte sie so gern. Aber plötzlich trugen andere Mädchen meine Kleider. Zuletzt blieb mir für Leni nur noch die Puppentasse. Da ging sie einfach fort und nahm die kleinen Leute mit.«

Sie dreht sich zu mir.

»Die Puppentasse war von dem Service, das wir zu Weihnachten bekommen hatten. Zwei kleine Tassen und Teller für jede von uns. Sie waren mit Rosengirlanden bemalt, rosarote Rosen für Leni und dunkelrote Rosen für mich. Sie war noch viel zu klein, um damit zu spielen. Und später war alles in Scherben. Nur eine Tasse habe ich zwischen den Trümmern gefunden. Mit rosaroten Rosen. Die ganzen Jahre habe ich sie in meinem Kopfkissenbezug verborgen, bis ich auch weggegangen bin. Und die Tasse habe ich mitgenommen.«

»Und Leni kam wieder?«, frage ich.

Miss Wedlock nickt.

»Als ich die Venus in ›Orpheus in der Unterwelt‹ gesungen habe. Das ist eine wunderbare Operette von Jacques Offenbach. Die Premiere war ein richtig großer Erfolg. Eine Zeitung schrieb sogar über mich: ›Venus in der Blüte ihrer Jugend‹. Schön, nicht? In der Nacht nach der Premiere kam sie zurück und von da an konnte ich nicht mehr singen. Meine Stimme war fort. Das war, weil sie es nicht wollte. Entweder sie oder der Gesang, das war ihre Bedingung. Ich wehrte mich dagegen. Aber sie hatte die kleinen Leute mitgebracht und ich musste mich entscheiden.«

»Warum hat sie Ihnen nicht erlaubt zu singen?«

»Ich weiß es nicht«, sagt Miss Wedlock leise und lässt meine Hand los. »Ich weiß es bis heute nicht. Ich habe auch nicht gleich nachgegeben. Ich kämpfte sehr lange, um weiter singen zu dürfen. Doch irgendwann habe ich mich gefügt. Meine Stimme ist zurückgekehrt, aber gesungen habe ich nie wieder.« Sie lächelt wehmütig. »Seitdem ist Leni wieder bei mir und ich bin nicht mehr allein. Ich war so schrecklich einsam zuvor.« Kaum hörbar fügt sie hinzu: »Wenn nur die kleinen Leute nicht wären.«

Es klingt so hoffnungslos, wie sie das sagt.

»Gehören die kleinen Leute denn Leni?«, frage ich.

»Nein«, sagt Miss Wedlock, und ihre Stimme wird wieder fester. »Die kleinen Leute gehören zu mir. Ich habe sie Leni nur ausgeliehen. Es war Krieg damals und sie haben Brandbomben geworfen. Danach war das Haus fort. Die kleinen Leute haben uns gerettet. Erst als sie später wieder mit Leni zurückgekommen sind, waren sie so schwierig.«

Du kennst keine Fotos von bombardierten Häusern. Keine Aufnahmen von halb verbrannten Ruinen, Häuserzeilen ohne Dächer mit ausgebrannten schwarzen Löchern, wo einmal Fenster waren, von Trümmerhaufen, wo früher Häuser standen. Als ich die Fotos in einem Bildband über den Zweiten Weltkrieg gesehen habe, konnte ich mir nicht vorstellen, dass dort jemals wieder Leben stattfinden würde.

Und irgendwo in den Trümmern war Miss Wedlock und wurde zu einem Kind ohne Familie.

93

`Sie hat es erst nicht gemerkt, aber es ist kalt geworden und sehr, sehr dunkel. Noch viel dunkler als vorhin. Sie hat schon ganz vergessen, wie`

Licht überhaupt aussieht. Wenn sie sich daran erinnern kann, wird es wieder gut. Ganz bestimmt. Dann sind ihre Mutter und Leni wieder da und ihre Mutter deckt sie zu und gibt ihr einen Gutenachtkuss und Leni kuschelt sich an. Leni ist immer warm und schimpft nie, wenn sie ihre kalten Füße zu ihr hinüberschiebt. Aber das ist schon lange her. Weil die Dunkelheit nämlich die Zeit gefressen hat. Mit Knabbergeräuschen, wie ihre Mutter sie macht, wenn sie die Geschichte von der Maus erzählt, die nachts in die Speisekammer gehuscht ist. Kleine, feine Knabbergeräusche wie Zähne, die aufeinanderschlagen, weil ihr so furchtbar kalt ist. Wenn wenigstens die kleinen Leute wieder da wären. Bestimmt sind sie bei Leni und die gibt sie nicht mehr her.

Ich wollte immer wissen, wie dunkel es hinter Deinen Augen war. Ich konnte mir nie vorstellen, dass Du mich nicht siehst. Dabei war ich es doch, die Dich nicht gesehen hat. Die ganzen Jahre, in denen ich dachte, ich könnte Dich einfach vergessen.

94

Elias ist da.

Wir halten uns an den Händen und gehen durch die vollen Straßen, ohne auf die Menschen um uns herum zu achten.

Wir sprechen nicht viel. Das Nötigste ist schnell erzählt. Mein Deal mit Kolja. Dass ich jetzt fahren muss.

Alles andere ist schwierig.

Schwierig zu denken.

Noch schwerer auszusprechen.

»Ich habe nicht mal deine Handynummer«, sage ich irgendwann.

»Willst du wirklich noch mehr Nachrichten kriegen?«, fragt Elias und lächelt schief.

»Nur wenn es schöne sind.«

»Und was wäre schön?«

»Wenn du mich vermisst.«

Er bleibt stehen und nimmt mich in den Arm.

»Ich vermisse dich ganz bestimmt«, flüstert er in mein Haar.

Wir tauschen unsere Handynummern und gehen langsam zum Theater zurück.

Ich bringe eine letzte Verabschiedungsrunde hinter mich.

Die Theaterbühne (meine Nacht mit Elias), Ben, Miss Wedlock, Elias, die Theaterbühne, Miss Wedlock, Elias, Elias, Elias.

Elias.

Dann schultere ich meinen Rucksack, nehme Jackson an die Leine und gehe. Ich möchte nicht, dass mich jemand begleitet.

Dieses Kapitel ist zu Ende.

Kolja wartet auf mich.

Wie ein Komet ist ein Glücksdrache an mir vorübergezogen und hat seine Funken auf mich regnen lassen. Für eine sehr, sehr kurze Zeit.

95

Der Busbahnhof ist leicht zu finden. Er liegt direkt vor der Stadtmauer, dem alten Bahnhof gegenüber. Von dort fahren die Busse ab, die die Reisenden zum Fernbahnhof außerhalb der

Stadt bringen. Dem Bahnhof für die Schnellzüge. In acht Stunden bin ich vielleicht schon wieder zu Hause.

Ohne Kolja.

Und ohne Elias.

Ich will nicht zurück.

Aber egal, wie langsam ich auch gehe, irgendwann komme ich an der Haltestelle an. Ich bin zehn Minuten zu spät und Kolja ist nicht da.

Der Platz ist leer – bis auf zwei Männer, die an dem Schild mit dem Fahrplan lehnen und sich leise unterhalten. Sie sind vielleicht mittelalt, sehen aber noch ziemlich gut aus. Der eine ist sehr groß und schlank, mit Dreitagebart. Trotz der Hitze trägt er einen schwarzen Anzug und darunter ein weißes Hemd. Der andere ist etwas kleiner, mit halblangen Haaren, die er zu einem Pferdeschwanz gebunden hat. Er hat Jeans an und ein schwarzes Hemd, das über der Brust zu weit offen steht. Sie haben kein Gepäck dabei. Als sie mich sehen, verstummen sie kurz und reden dann weiter.

Ich nehme meinen Rucksack ab und setze mich auf einen der Poller, die vor einem kleinen Seitentor in der Stadtmauer stehen. Jackson pinkelt an den Poller daneben, beschnüffelt das schmale Rasenstück vor der Mauer und legt sich dann neben mich. Wir warten.

Allmählich füllt sich der Platz mit Reisenden und jeder Menge Gepäck. Die beiden Männer wechseln ihren Standort und rücken näher zu mir. So nah, dass ich das Rasierwasser von dem mit dem Pferdeschwanz riechen kann. Es ist süßlich und schwer, und ich bin mir sicher, dass Jackson es genauso wenig mag wie ich.

Der Bus zum Bahnhof kommt und sammelt die Reisenden ein. Nur die beiden Männer und ich bleiben auf dem Platz zurück. Vielleicht hätte ich mitfahren sollen. Vielleicht habe ich

Kolja missverstanden und er wartet schon am Fernbahnhof vor der Stadt?

Irgendwann klingelt schließlich das Handy von dem Typen mit dem Anzug. Er spricht nur kurz und so schnell, dass ich kein Wort verstehe. Gleich danach verschwindet er mit seinem Begleiter Richtung Stadtzentrum.

Jetzt warten Jackson und ich ganz allein an der Bushaltestelle.

Und da entdecke ich Kolja.

Er steht auf dem riesigen Parkplatz, auf dem wir auch den Morris abgestellt haben, und winkt. Sobald er merkt, dass ich ihn gesehen habe, verschwindet er wieder. Anscheinend versteckt er sich hinter irgendeinem Auto. Ich gehe mit Jackson in die Richtung, aus der er gewunken hat, und finde ihn hinter einem Geländewagen.

»Komm runter!«, flüstert er.

Jackson und ich setzen uns neben ihn hinter das Auto. Es erinnert mich ungut an meine Flucht vor Norbert, und ich will gar nicht wissen, in welchen Schwierigkeiten ich jetzt schon wieder stecke. Aber ich erfahre es trotzdem. Zumindest zum Teil.

Ich sitze noch nicht mal richtig, da legt Kolja schon los: »Das war absoluter Mist, Nellie! Ich war da und der Bus kam, aber du warst nirgends. Weißt du, dass du uns damit total in die Scheiße geritten hast? Erst hetzt du die Typen von Antoine auf mich, und wenn ich dich in Sicherheit bringen will, baust du den nächsten Mist. Ich bin echt froh, wenn ich dich aus der Stadt habe.«

»Ich bin zehn Minuten zu spät gekommen! Das ist doch kein Drama!«

»Hast du die Typen an der Haltestelle gesehen? Den hageren und den schleimigen? Rate mal, warum die da waren!«

Ich sage nichts. Zum Raten habe ich keine Lust. Die Antwort kommt sowieso.

»Wegen mir waren die da, Nellie! Antoine hat seine Typen in der ganzen Stadt verteilt. Die sind alle hinter mir her. Und deshalb auch hinter dir. Kannst du dir jetzt ungefähr vorstellen, was eine Verspätung von zehn Minuten bedeutet? Das ist eine Katastrophe.«

Eine ganze Meute zwielichtiger Typen verfolgt meinen Bruder, weil der ein paar gefälschte Pässe das Klo runtergespült hat? Auf was hat Kolja sich da eingelassen?

»Dann gib ihm die blöden dreihundert Euro, die du ihm schuldest, damit er dich in Ruhe lässt!«, sage ich. »Ich hab das Geld auf dem Konto. Ich hebe es für dich ab.«

Hart verdiente Kröten. In endlosen Abenden als Babysitterin bei verwöhnten Gören, die nicht schlafen wollten und mich als Trampolin benutzten. Kann Kolja haben! Ich schenke sie ihm. Wenn er nur endlich mit dieser Kriminummer aufhört.

Kolja schüttelt den Kopf.

»Es geht nicht um Pässe. Es geht um Drogen«, sagt er dumpf.

Gut, dass ich schon sitze. Sonst würde es mich jetzt echt hinhauen.

»Was hast du mit Drogen zu tun?«, frage ich fassungslos.

Ich dachte, dieses Kapitel wäre abgeschlossen. Ich dachte, Kolja habe ein bisschen Gras verkauft, sei dabei heftig auf die Schnauze gefallen und damit hätte es sich für immer mit irgendwelchen Drogen.

Gar nichts hatte sich damit.

»In dem Päckchen waren keine Pässe. Da war Heroin drin«, sagt Kolja leise und schaut mich dabei nicht an. »Ein Kilo Heroin für vierzig- bis fünfzigtausend Euro.«

Heroin im Wert von vierzig- bis fünfzigtausend Euro. Zwischen Lyon und Avignon ganz locker durchs Klo gespült.

Der erste Schock.

Der nächste, viel schlimmere noch, ist die Erkenntnis gleich danach: Mein Bruder dealt mit harten Drogen.

»Ich wusste das nicht!«, sagt Kolja. »Nellie, du musst mir glauben! Ich hab das erst danach erfahren! Am Telefon, als Antoine total ausgerastet ist.«

Ich halte mir die Ohren zu. Ich will nichts hören, nichts wissen, keine Rechtfertigung, keine Erklärung. Aber ich höre ihn trotzdem: »Nellie, ich schwöre es! Ich wusste nicht, dass da Heroin drin ist, sonst hätte ich mich niemals darauf eingelassen.«

Mein Bruder ist kriminell.

»Ich dachte, in dem Päckchen wären wirklich Pässe drin. Ich dachte, das ist für eine gute Sache! Man muss doch den ganzen Flüchtlingen helfen, das ist doch entwürdigend, wie Europa mit denen umgeht.«

Mein Bruder ist ein Verbrecher.

»Ich wollte was dagegen machen, ich wollte denen zur Legalität verhelfen.«

Mein Bruder setzt Menschenleben für seinen Profit aufs Spiel. Für leicht verdientes Geld.

»Mann, Nellie! Jetzt hör mir doch mal zu!«

Kolja zieht mir die Hände von den Ohren weg und hält sie fest. Er schaut mich an.

»Du kennst mich doch!«, sagt er ganz ruhig. »Du kennst mich besser als jeder andere auf der Welt. Du weißt, dass so was nicht zu mir passt. Ich nehme keine Drogen mehr und ich bin kein Dealer. Ich bin dein großer Bruder, und ich will, dass du mir vertraust. Ich bringe alles wieder in Ordnung. Alles wird gut. Aber du musst mir jetzt helfen.«

»Wie denn?«, frage ich kläglich.

Ich fühle mich zwergenklein, ohne jeden Boden unter den

Füßen, zum Zuschauer erstarrt in einem Film, der mir viel zu real geworden ist. Was habe ich mit einer Drogenbande zu tun? Und wie soll ich Kolja gegen kriminelle Typen helfen, die uns durch die ganze Stadt verfolgen?

»Wir brauchen das Auto«, sagt Kolja bestimmt.

»Welches Auto?«

»Das, mit dem du hergekommen bist. Wir schaffen es sonst nicht aus der Stadt. Die bewachen die Bushaltestelle und ganz sicher auch die Bahnhöfe. Wir müssen über die Autobahn abhauen. Und dafür brauchen wir das Auto. Du musst die Schlüssel besorgen.«

»Du spinnst! Ich kann Miss Wedlock doch nicht ihr Auto klauen!« Ich bin so empört, dass ich aus meiner Erstarrung erwache. »Die hat mich gerettet! Da stehle ich ihr doch nicht zum Dank den Morris!«

»Sie kriegt ihn wieder zurück! Wir schreiben ihr einen Zettel, dass wir ihn an irgendeinem kleinen Bahnhof abstellen, und geben ihr Bescheid, wenn wir dort sind.«

»Vergiss es. Das mache ich nicht!«

»Wir fahren gemeinsam heim, Nellie! Wir nehmen zusammen den Zug nach Hause.«

»Ich kann ihr aber den Morris nicht wegnehmen.«

»Erinnerst du dich an die Sache mit dem Sekundenkleber?«, fragt Kolja plötzlich. »Als du eine Laterne für Sankt Martin basteln musstest und Mama wollte dir helfen, aber dann schlief sie ein, mitten am Tisch, wegen der Tabletten, die sie nehmen musste? Und du hast alleine weitergebastelt?«

Natürlich weiß ich das noch. Jeder einzelne meiner Finger war an der Tischplatte festgeklebt, weil ich aus Versehen Sekundenkleber genommen hatte. Ich saß ganz still da, weil ich Mama nicht wecken wollte, und wartete darauf, dass Kolja aus der Schule kam.

»Du hast gewusst, dass ich komme, dass ich dir helfe, dass alles gut wird, wenn ich da bin. Ich habe Nagellackentferner auf die Tischplatte gekippt und damit gingen deine Finger endlich wieder ab. Leider war der Tisch danach total ruiniert. Und dann habe ich deine Laterne fertig gebastelt, weil dir die Finger wehtaten. Weißt du noch, was ich draufgeklebt habe?«

»Ein braunes Monster«, sage ich widerstrebend.

»Das war der Grüffelo!«, sagt Kolja.

Ich hätte nicht gedacht, dass er sich noch daran erinnert.

»Ich wollte immer, dass es dir gut geht. Und du hast mir vertraut.«

»Aber das ist lange her«, flüstere ich. »Ich dachte, du hättest es vergessen.«

»Das vergesse ich nicht. Du und ich, wir gehören zusammen. Und jetzt brauche ich deine Hilfe, Nellie.«

96

Stell Dir drei Menschen vor, die einen Kreis bilden. In der Mitte ist das Leben. Einer verlässt den Kreis. Das Leben wird kleiner, enger und fester, schnurrt zusammen bis zur Luftlosigkeit.

Oder drei Seiltänzer: Zwei halten das Seil fest, während einer darauf tanzt. Er stürzt ab.

Zwei Seiltänzer tanzen auf einem Seil, das keiner hält.

Oder sie halten ein Seil, auf dem keiner tanzt.

Was ich Dir damit sagen will: Die zwei, die übrig bleiben, kriegen es nicht gut hin.

Und die zwei sind Kolja und ich.

Ganz einfach.

97

»Können wir nicht ein anderes Auto klauen?«, frage ich.

»Das kriegen wir doch niemals zum Laufen. Und selbst wenn wir es schaffen würden – dann hätten wir sofort die Polizei auf dem Hals. Wir kämen keine fünf Kilometer weit. Der Morris ist unsere einzige Chance.«

»Wie lange?«

»Einen Tag. Morgen kriegt sie ihn wieder.«

Kolja hat jahrelang alles für mich getan.

Es wird Zeit, dass ich etwas für ihn tue.

98

Es ist Elias, der die entscheidende Frage stellt.

»Glaubst du im Ernst, man kriegt ein ganzes Kilo Heroin am Stück durchs Klo gespült?«

Da höre ich aber schon nicht mehr hin.

Erst als es zu spät ist, fällt mir seine Frage wieder ein.

99

Als ich Kolja und Jackson auf dem Parkplatz verlasse, habe ich keine Ahnung, wie ich es anstellen soll, den Morris zu kriegen. Zu Miss Wedlock zurückgehen und ihr sagen, hallo, hier bin ich noch mal, ich borge mir mal eben den Schlüssel vom Morris, kriegen Sie später wieder, irgendwie, keine Ahnung, wie, aber Kolja sagt, das wird schon?

Ich weiß nur eines: Ich will sie nicht anlügen.

Kaum bin ich vom Parkplatz runter und im Gewühl der Stadt, sind Antoines Typen wieder hinter mir. Diesmal die beiden Unsympathen aus der Bar. Der Tischklopfer und der mit den Augenbrauen. Mit Kolja habe ich vereinbart, dass wir uns um zehn Uhr abends beim Morris auf dem Parkplatz treffen. Bis dahin will er sich mit Jackson und unseren Rucksäcken in einer Bauruine direkt hinter der Stadtmauer verstecken, wo ihn Antoines Leute hoffentlich nicht entdecken.

Aber wie soll ich unbemerkt zum Parkplatz zurückkommen, wenn sie sich jetzt schon an meine Fersen heften? Ich wandere kreuz und quer durch die Stadt, schlüpfe durch die Zuschauertrauben, die sich vor den Theatervorführungen in den Straßen angesammelt haben, gehe in kleine Läden und schleiche durch die Hinterausgänge wieder nach draußen, verstecke mich eine Zeit lang neben einem Esel, der von einem schwarz gekleideten Mann mit weißem Gesicht durch die Gassen geführt wird und für ein Marionettentheater wirbt – und lande schließlich in einer Straße, an der sich ein langes Gebäude mit hoher Mauer entlangzieht. Hier gibt es keine Bars, keine Cafés und nur wenige Touristen. Hier ist es ruhig. Erschöpft lehne ich mich an die Mauer. Ich habe endlich meine Verfolger abgeschüttelt.

Das glaube ich zumindest.

Aber plötzlich treten zwei Typen aus einem der Häuser, die gegenüber der Mauer liegen. Sie grinsen mich an und kommen direkt auf mich zu. Wir sind da, signalisieren ihre Blicke, und jetzt haben wir dich.

Oder bilde ich mir das nur ein?

Ich kann es nicht darauf ankommen lassen, dass sie mich kriegen. Ich renne an der Mauer entlang, ich muss wieder unter Leute kommen, ich renne und renne und wage nicht, mich umzublicken. Bin ich so nicht eben erst vor Norbert davongerannt? Und Miss Wedlock ist aufgetaucht, wie aus dem Nichts, und hat mich gerettet?

Diesmal helfen mir keine Miss Wedlock und kein Morris.

Aber immerhin eine Gruppe Schauspieler, die große Transparente durch die Stadt tragen, auf denen ihre Mitternachtsvorstellung angekündigt wird. Ich mische mich unter sie und laufe einfach mit. Irgendwann kommen wir tatsächlich durch die Gasse, in der Bens Theater liegt, und als wir auf der Höhe des Eingangs sind, kann ich unbemerkt ins Gebäude schlüpfen.

Auf der Bühne läuft schon die Abendvorstellung, ich höre die Musik und sehe Ben, der an seinem Mischpult im Seiteneingang steht und mir erstaunt zunickt. Ganz kurz denke ich daran, dass sie auf dieser Bühne tanzen, auf der ich mit Elias lag, und der Gedanke tut weh. Als ob sie mit ihren Füßen meine Erinnerungen ausradierten. Als ob es nie mehr so schön werden könnte.

Und ausgerechnet da laufe ich Elias in die Arme.

Und es ist – nicht schön.

Ich bin nach draußen geschlichen, in den Hof, um Miss Wedlock zu suchen, und da sitzt er. In der hintersten Ecke, hoch oben auf einem Stapel ausrangierter Stellwände, und hört Musik.

Elias.

Er schaut auf und nimmt seine Kopfhörer ab. Springt von den Stellwänden herunter und läuft auf mich zu.

Er sieht so froh aus.

Wirklich.

Vielleicht denkt er, ich komme zurück.

Und dabei geht es nur um das Auto.

Elias.

Er glaubt mir nicht, als ich ihm Koljas Geschichte erzähle.

Oder anders – er glaubt Kolja nicht. Und weil ich Kolja glaube, wird es schwierig. Und weil er auf gar keinen Fall will, dass ich Miss Wedlock in die ganze Sache mit reinziehe, wird es noch schwieriger.

»Du darfst sie nicht bitten, dir den Morris zu überlassen! Wenn sie ihn dir nicht gibt, fühlt sie sich schlecht, weil sie denkt, dass sie dich hängen lässt. Und wenn sie ihn dir gibt, steckt sie hier fest und kommt nicht ans Meer. Das ist nicht fair, Nellie!«

»Aber sie kriegt ihn doch wieder!«

»Weißt du, was dein Bruder vorhat? Glaubst du, der stellt das Auto zwanzig Kilometer vor Avignon ab und fährt mit der Bahn weiter, wenn diese Typen ihm auf den Fersen sind? Soll ich dir sagen, was ich glaube? Der macht sich mit dem Morris davon, und die Einzige, die irgendwo an einem Bahnhof stehen wird, bist du. Und dann fällst du ihnen in die Hände!«

»Du spinnst! Kolja lässt mich nirgendwo stehen! Der ist mein Bruder!«

»Der ja wohl deutlich genug gemacht hat, dass er dich hier nicht brauchen kann.«

»Deshalb will er ja auch mit mir weg!«

»Du darfst nicht mit ihm fahren, Nellie! Die Typen sind kriminell. Die gehören zu irgendeiner beschissenen Drogenbande. Bei denen geht es um Millionengeschäfte. Die schrecken vor nichts zurück!«

»Das weißt du doch überhaupt nicht!«

»Jetzt sei doch nicht so naiv. Der Typ hat seine Leute in der ganzen Stadt postiert, das macht doch kein Hobbydealer! Dein Bruder steckt richtig in der Scheiße, und er muss zur Polizei gehen, wenn er da noch einigermaßen heil rauskommen will. Das musst du ihm sagen, Nellie!«

Vielleicht hat er recht. Aber ich kriege Kolja niemals zur Polizei. Nach dem Ärger, den er wegen der Dealerei mit seinem Gras hatte, wird er für nichts in der Welt der Polizei freiwillig beichten, dass er ein Kilogramm Heroin durchs Klo gespült hat. Das weiß ich sicher.

Kolja hat nur dann eine Chance, wenn ich ihm helfe. Wenn wir das gemeinsam durchstehen.

Und deshalb darf Elias nicht recht haben.

»Ich kann das jetzt nicht mit dir besprechen«, sage ich hilflos. »Ich muss zu Miss Wedlock, bevor die Kolja erwischen.«

Elias schüttelt resigniert den Kopf.

»Kolja hat einfach Pech gehabt«, rede ich weiter. »Und er braucht meine Hilfe.«

»Du machst dir irgendwas vor mit deinem Bruder!« Elias schaut mich mit gerunzelter Stirn an. »Ich weiß nur nicht genau, was.«

»Du kennst ihn doch überhaupt nicht. Du kannst nicht über ihn urteilen!«

»Ich mache mir Sorgen um dich!«

»Dann hilf mir!«

Die Luft im Hof steht.

Nicht einmal der Glücksdrache bewegt sich.

Kein Funke fällt herunter.

Wir schauen uns an, traurig, böse, müde.

Zwei Liebende oder zwei Kämpfer?

Ich weiß es nicht mehr.

»Weißt du, wo sie ist?«, frage ich schließlich.

»Das sage ich dir ganz bestimmt nicht!«, entgegnet Elias. »Nellie, ich helfe dir nicht, wenn du dermaßen Mist bauen willst.«

»Du lieferst meinen Bruder ans Messer! Und mich auch! Und nur, weil du Angst hast, dass du keine Mitfahrgelegenheit mehr hast, wenn ich den Morris nehme«, sage ich böse.

Ich will ihm wehtun. Ich habe mich fürs Kämpfen entschieden.

»Aber dich geht das alles überhaupt nichts an«, schiebe ich

noch hinterher. »Du hast nichts damit zu tun! Du hast ja noch nicht mal Geschwister! Es ist scheißegal, was du denkst!«

»Das war's, Nellie«, sagt Elias.

Er setzt seine Kopfhörer auf und geht. Er lässt mich einfach stehen. Aber vorher wirft er mir noch diesen einen Satz vor die Füße, diesen Satz, den ich erst so nach und nach kapiere und der mich so wütend macht, dass ich seine Nummer aus meinem Handy lösche: »Glaubst du im Ernst, man kriegt ein ganzes Kilo Heroin am Stück durchs Klo gespült?«

100

Ich finde den Schlüssel vom Morris in Bens VW-Bus. Er liegt auf dem Beifahrersitz, neben Miss Wedlocks senfgelben Handschuhen.

101

Ich hätte auch für Dich gestohlen und betrogen. Wenn es Dir nur etwas genützt hätte.

Ich hätte alles für Dich gemacht.

Genauso wie für Kolja.

102

Ich klaue nicht nur den Schlüssel, sondern auch noch Miss Wedlocks hellblauen Mantel, der hinten auf Bens Matratze liegt, und ihre lila Sonnenbrille. Jetzt ist sowieso alles egal. Denn wie auch immer es ausgeht: Ich habe verloren.

103

Die Tarnung funktioniert. Ich kann mich durch die Straßen bewegen, ohne dass Antoines Leute mich belästigen. Wenn ich mich in einem Schaufenster ansehe, erkenne ich mich selbst kaum wieder. Ich sehe aus wie ein durchgeknallter Filmstar oder wie das Mitglied einer sehr seltsamen Sekte.

Unbemerkt komme ich bis zu dem großen Parkplatz, auf dem der Morris steht. Kaum habe ich mich ins Auto gesetzt, taucht auch schon Kolja auf. Er schleppt ganz schön schwer an unseren Rucksäcken. Jackson läuft neben ihm.

»Geiles Outfit«, sagt Kolja, als er die Fahrertür aufmacht und den Sitz vorklappt, damit Jackson einsteigen kann. Jackson springt so begeistert auf den Rücksitz, als ob er hier zu Hause wäre. Nur missmutig macht er Platz, als Kolja unsere Rucksäcke neben ihm verstaut.

Bevor er einsteigt, dreht Kolja sich nach allen Seiten um und beäugt misstrauisch die wenigen Leute, die auf dem Parkplatz unterwegs sind.

Bis vor Kurzem hätte ich mir das so sehr gewünscht: Kolja, Jackson und ich gemeinsam unterwegs. Nur wir drei.

Jetzt fühlt es sich nur noch falsch an.

Und das liegt nicht nur daran, dass wir in einem gestohlenen Auto sitzen.

»Riecht ganz schön nach Öl hier drin«, sagt Kolja und stupst mich an. »He, Nellie, hast du eine Ahnung, wie man den startet?«

Er deutet ratlos auf die vier Knöpfe auf dem Armaturenbrett. Die Buchstaben C, W, L und S sind darauf eingestanzt. Ich versuche, ihm zu erklären, was ich beim Beifahren mitbekommen habe. Dass man mit dem C-Knopf den Choke zieht und dann den Startknopf drücken muss und dazwischen noch den Zündschlüssel dreht. Und irgendwas war noch mit dem Gas.

Kolja probiert verschiedene Varianten, kämpft außerdem mit dem Schalthebel und schließlich kriegt er den Morris tatsächlich an und ruckelt aus der Parklücke.

»Lange können wir mit dem nicht fahren«, sagt er, als wir auf die Straße einbiegen. »Der fällt zu sehr auf.«

»Wir stellen ihn doch sowieso gleich hinter Avignon ab«, sage ich.

»Stimmt ja«, antwortet Kolja.

Wir fahren auf eine große Brücke, die über die Rhône führt. Ich drehe mich um und schaue auf die Stadt zurück. Die goldene Marienstatue auf der Kathedrale, die zum Papstpalast gehört, leuchtet im letzten Schein der Abendsonne. Ich stelle mir das Gedränge in den Gassen vor, die Lichter, die Stimmen, die Musik. Irgendwo dazwischen bewegen sich Elias und Miss Wedlock, schauen den Schauspielgruppen zu, setzen sich auf die warmen Treppenstufen unterhalb der Kathedrale, vielleicht sind sie sogar beim Karussell. Dort, wo wir uns gestern Abend, gestern Abend erst, wiedergefunden haben, nachdem wir uns im Gedränge verloren hatten. Dort, wo uns Ben aufgelesen hat. Von dort sind wir ins Theater gegangen und ich hatte Herzklopfen. Wegen Kolja, dachte ich, weil ich endlich in seiner Stadt war. Aber vielleicht war es auch wegen Elias, der neben mir ging, dessen Hand immer wieder meine berührte, weil wir uns in dem Gedränge gar nicht ausweichen konnten. Der schließlich den Arm um mich legte, nachdem ich Ben das Foto gezeigt hatte, weil er merkte, dass ich traurig war.

Ich will nicht daran denken.

Mein Handy tönt. Eine SMS von Elias.

»Mach das Ding aus!«, sagt Kolja scharf. »Sonst orten die uns womöglich noch.«

Ich lösche die SMS und schalte das Handy aus. Nicht weil Kolja es will. Ich bin nicht so paranoid mit Handys wie er.

Sondern weil ich es nicht ertrage, dass Elias mir schreibt. Ich habe nur die ersten Wörter gelesen: »Nellie! Denk doch endlich mal …«

Ich will nicht denken.

Ich denke doch nur an ihn.

Kolja ist von der Brücke heruntergefahren. Ich habe es nicht mitgekriegt, weil ich so damit beschäftigt war, nicht an Elias zu denken. Aber plötzlich ist die Brücke weit über uns, wir sind auf einer Insel mitten in der Rhône und die Häuser sind verschwunden. Dafür gibt es jede Menge Bäume, eine kleinere Straße, die am Rhôneufer entlangführt, und eine größere direkt durch den Wald. Ein Schild weist auf Campingplätze, Hotels und Fahrradwege hin.

»Was machst du?«, frage ich Kolja erstaunt.

Er antwortet mir nicht.

»Verstecken wir uns hier?«

Wieder keine Antwort.

Allmählich werde ich unruhig. Ich will keine Nacht auf dieser Insel verbringen. In irgendeinem Wald ganz in der Nähe von Antoines Drogentypen. Wenn sie uns hier finden, sind wir verloren.

»Also, ich bleibe hier auf keinen Fall!«, sage ich. »Ich will wieder unter Menschen.«

»Halt mal kurz die Klappe«, knurrt Kolja und fährt im Schritttempo weiter.

Schließlich hält er ganz an.

»Ich brauche mal eben dein Handy«, sagt er.

»Wozu?«

»Hat das eine Taschenlampe?«

»Ja. Warum?«

»Ich muss was nachschauen.«

Er steigt aus und geht langsam die Straße entlang. Das Licht der Taschenlampe flackert hin und her, als er den Straßenrand absucht. Das heißt, eigentlich sucht er gar nicht den Straßenrand ab, sondern die Mauer, die die Straße säumt. Eine niedrige Mauer aus Natursteinen. Er ist schon ein ganzes Stück vom Morris entfernt, als er abrupt stehen bleibt und die Taschenlampe auf einen Fleck richtet.

Er legt mein Handy oben auf der Mauer ab und holt sein Taschenmesser aus der Hosentasche. Dann beginnt er, langsam damit in der Mauer herumzustochern.

Es ist unheimlich, ihn zu beobachten. Bei dieser schweigenden, seltsamen Aktion mitten in der Nacht.

Endlich zieht er zwei lose Steine aus der Mauer. Er legt sie neben mein Handy und gräbt mit den Händen weiter. Gräbt und gräbt und zieht schließlich ein Paket aus der Mauer. Es ist in Plastikfolie gewickelt und ungefähr so groß wie einer der Steine. Dann legt er die Steine zurück auf ihren Platz, ruckelt sie fest und rennt zum Auto.

Er stopft das Paket in seinen Rucksack –

»Was ist das?«

startet den Morris und –

»Was ist das?«

will eben losfahren,

»Ich will wissen, was das ist!«

als ich den Zündschlüssel abziehe.

»Was soll der Scheiß, Nellie?«

»Was ist das?«

»Das ist ein verdammt schlechter Moment für diese Frage.«

»Zeig's mir!«

»Gib den Schlüssel her!«

»Ich schlucke ihn. Ich schlucke ihn, wenn du mir nicht sofort zeigst, was du aus der Mauer geholt hast.«

»Du bist ja krank.«

»Was ist da drin?«

»Verdammt noch mal, Nellie, dann weißt du es eben. Heroin ist da drin. Ein Kilo Heroin von Antoine. Kapiert? Und jetzt gib den Schlüssel her!«

Ich bin so perplex, dass es ein Leichtes für ihn ist, mir den Schlüssel aus der Hand zu ziehen.

»Es ist nicht so, wie du denkst«, sagt Kolja nach einer Weile, als wir wieder auf der großen Brücke sind und Richtung Autobahn fahren.

Aber was denke ich eigentlich?

»Antoine hat wirklich behauptet, dass ich Pässe schmuggeln soll. Das war mein Auftrag.«

Ich stöhne entnervt auf.

Mit dieser Version kann er mich verschonen. Die kenne ich schon.

»Da waren Pässe drin, Nellie, und uups, die hab ich
durchs Klo gespült, aber dann sind sie plötzlich wieder
aufgetaucht und waren reinstes Heroin! Kannst du dir
das vorstellen?«
»Klar kann ich mir das vorstellen, King Kolja.
Wenn du das sagst, wird das schon so gewesen
sein. Schmierspuren an den Fenstern werden zu
Monsterschleim und falsche Pässe zu echten Drogen.
Das Leben ist ein Wunderland.«

»Wirklich!«, versichert Kolja. »Und dann kam diese blöde Razzia im Zug, und ich bin aufs Klo abgehauen, damit sie mich nicht erwischen. Ich hab das Päckchen aufgerissen, weil ich die Pässe einzeln runterspülen wollte, das Paket war viel zu fett dafür. Und da hab ich gemerkt, dass Antoine mich reingelegt hat. Dass ich sein Scheißheroin schmuggle. Ich dachte, ich kriege mich nicht mehr ein. Draußen die Bullen und ich mit jeder Menge Drogen hier drinnen. Ich wollte sie wirklich ins Klo spülen, echt! Aber dann gingen die Bullen einfach an der Tür vorbei und ich stand schweißnass und zitternd in diesem bescheuerten Zugklo und hatte einen Riesenhass auf Antoine. Ich wollte ihm seinen Plan versauen. Wenn ich schon den Hals dafür hinhalte, dann sollen diese Drogen auch auf meine Rechnung gehen, hab ich mir gedacht. Ich bin in Avignon ausgestiegen und hab ihm erzählt, dass ich sein Paket durchs Klo gespült habe.«

Er lacht, als er sich daran erinnert.

»Der ist komplett ausgeflippt. ›Du hast fünfzigtausend Euro vernichtet, du Idiot!‹, hat er die ganze Zeit gebrüllt. Mit maximal sechshundert wollte der mich abspeisen, bei einem Deal über fünfzigtausend, denke ich noch und sage ganz cool: ›Erzähl keinen Scheiß, Alter, die paar Pässe sind niemals fünfzigtausend wert. Ich gebe dir deine dreihundert zurück und wir sind quitt.‹ Ich dachte, wenn ich mich dumm stelle, frisst er die ganze Sache und lässt mich in Ruhe. Oder ich habe wenigstens so viel Luft, dass ich das Zeug verticken und dann abhauen kann. Aber bei fünfzigtausend hat er die große Maschine angeworfen und die ganze Blase losgeschickt. Und dann bist du aufgetaucht, hast überall nach mir gefragt – und sie mussten sich nur noch an deine Fersen heften, um mich zu finden. So schnell, dass ich noch kein Gramm verkauft habe.«

»Du musst ihm das Zeug wiedergeben!«, sage ich. »Gib's ihm wieder, damit er dich in Ruhe lässt. Wenn du es verkaufst, bist du kein Stück besser als er. Dann bist du einfach nur ein mieser kleiner Dealer und gehst für Jahre ins Gefängnis.«

»Nein«, sagt Kolja. »Dann bin ich ein mieser großer Dealer und gehe in die USA.«

Ich kann es nicht fassen.

Das ist doch nicht Kolja!

Das kann nicht mein großer Bruder sein, der so was sagt.

Okay.

Ich raste aus.

Wir fahren auf der Schnellstraße Richtung Autobahn und ich raste komplett aus. Ich schreie. Ich schlage auf ihn ein. Auf seine Schulter, seine Beine, ich trete ihn sogar, ich trommle auf seinen Arm.

Das ist echt keine Sternstunde von mir.

Kolja hält tapfer die Spur und brüllt mich ab und zu an, aber als er merkt, dass ich mich so bald nicht wieder beruhige, fährt er an der nächsten Ausfahrt von der Schnellstraße runter und biegt auf einen Feldweg ein. In der Ferne sind die Lichter von ein paar Häusern zu sehen, ansonsten ist es stockdunkel. Er parkt den Morris auf einem Brachgelände, auf dem riesige Müllcontainer stehen. Im Licht der Schweinwerfer sehen sie gespenstisch aus.

Er hält mich mit beiden Händen fest.

»Du hast jetzt die Wahl, Nellie«, sagt er hart. »Entweder du reißt dich zusammen und ich bringe dich zum nächsten Bahnhof. Oder ich schmeiße dich hier raus. Du kannst es dir aussuchen.«

Er sagt es so kalt und endgültig, dass mir die Luft wegbleibt. Ich sacke stumm auf meinem Sitz zusammen.

»Ich kann nicht mit dir zurück, Nellie«, sagt Kolja nach einer Weile und hält mich weiter fest, obwohl das ganz unnötig ist. Ich habe nicht einmal mehr die Kraft, meinen Kopf zu heben. »Versteh doch, das wäre absurd. Ich muss von zu Hause weg, und jetzt habe ich endlich eine Möglichkeit, das gut hinzukriegen, und die nutze ich.«

»Und dafür wirst du sogar kriminell«, flüstere ich.

»Wenn ich Antoine das Heroin zurückgebe, verkauft er es und nicht ich. Was macht das für einen Unterschied?«

»Dann bring es der Polizei.«

Kolja lacht bitter auf und lässt mich los. »Du weißt, dass das nicht geht. Bei meiner Vorgeschichte. Als Jugendlicher gedealt und dann noch die Zeit in der Drogenklinik. Die buchten mich sofort ein.«

»Du warst doch nie in einer Drogenklinik!«

»Klar war ich das!«

Und wieder sein bitteres Lachen.

»Ach! Du weißt das immer noch nicht! Die Familienlegende geht so, dass ich im Schüleraustausch in Amerika war. In Wirklichkeit war ich keine sechzig Kilometer von euch entfernt in einer Klinik weggeschlossen. Zur Entgiftung. Die Drogen im Internat waren eindeutig härter als unser selbst angebautes Zeug.«

»Das kann nicht sein«, sage ich fassungslos.

Ich habe ihm damals Briefe geschrieben, mit allen bunten Tieraufklebern, die ich hatte. Ich habe nie eine Antwort bekommen. »Die Briefe aus Amerika dauern so lange«, sagte Mama. »Und manchmal gehen sie auch verloren«, meinte sie später, als ich nicht aufhörte, danach zu fragen.

104

Wenn man nichts sagt, ist es auch nicht wahr.

Ganz einfach.

So war es auch bei Dir.

105

Das ist das Bild, das mich verfolgt, seit ich denken kann. Wegen dem ich nachts wach liege und mich nicht traue einzuschlafen:

Wie ich im Nachthemd durch den oberen Flur renne. Es ist dunkel, es ist kalt und ich habe Angst. Ich drücke mein Katzenkissen an mich und rufe nach Mama und nach Papa. Ich schreie. Ich schreie wie am Spieß. Ich schreie, bis ich keine Luft mehr bekomme.

Es war die Nacht, in der Mama und Papa Dich zum letzten Mal ins Krankenhaus gebracht haben.

Ich weiß plötzlich wieder, wie es weiterging: Als sie ohne Dich zurückkamen, hat Papa Dein Bettchen weggeräumt, Deine Spielsachen und Deinen Kinderwagen mit den Gurten und Bändern, um Dich zu fixieren.

Ich habe alles nie wiedergesehen.

106

Du konntest Dich nicht richtig bewegen.

Du konntest nicht sprechen und nicht sehen.

Es war ganz leicht, Dich zu vergessen.

Nur der Schmerz blieb und hat uns die Luft genommen.

Und ließ Kolja und mich über die Felder rennen.

107

»Ich kann hier nicht ewig stehen, Nellie«, sagt Kolja und trommelt ungeduldig auf das Lenkrad. »Du reißt dich jetzt zusammen und ich bringe dich zum Bahnhof, okay?«

»Du hast es schon früher nicht zu Hause ausgehalten«, sage ich. »Wir sind gerannt und gerannt und gerannt. Bis wir nicht mehr konnten. Weißt du das noch?«

Kolja hört auf zu trommeln und schaut mich irritiert an.

»Und?«, fragt er.

»Jetzt rennst du wieder davon.«

»Quatsch. Ich will mein Leben leben. Das ist alles. Das ist normal mit achtzehn.«

»Wir sind davongerannt, weil wir es nicht mehr ausgehalten haben, wie Mama und Papa durchs Haus geschlichen sind. Die ewig gedrückte Stimmung und kein Wort. Kein Wort über Jonasbaby. Bis heute nicht.«

»Warum fängst du jetzt mit Jonas an?«, fragt Kolja gereizt.

Aber das müsste er doch viel besser wissen als ich! Er war doch schon sechs, als Du gestorben bist. Er muss doch wissen, was ich mir nur zusammenreimen kann, dass es damals angefangen hat, das Schweigen, das Schleichen, das allmähliche Versteinern. Ich weiß doch nicht mal mehr sicher, ob es überhaupt ein Vorher gab, vor Deinem Tod, in dem alles gut war, hell und leicht. Vor Deiner Geburt vielleicht? Oder auch noch, als Du lebtest? Ein krankes Baby, das rund um die Uhr gepflegt werden musste? Ich weiß es doch nicht. Ich weiß nicht, wie es war, als es so still wurde bei uns. Ob das Schweigen schleichend kam oder mit einem Schlag, ob ich es zuerst bemerkte oder Kolja und ich zusammen. Ich weiß nur, dass ich am Gartentor stand und schrie, als Papa Dein Bettchen an mir vorbeigetragen hat.

So wie er später die Müllsäcke mit Koljas Sachen an mir vorbeitrug.

Nur dass ich nicht mehr schrie.

Ich sehe hilflos zu Kolja hinüber. Ich weiß nicht, wie ich es ihm erklären soll. Er schaut genervt zurück.

»Okay. Wir fahren«, sagt er und lässt den Motor an.

Ich rapple mich auf meinem Sitz hoch und lege meine Hand auf sein Bein.

»Warte!«, flehe ich. »Ich glaube, dass es mit Jonas zu tun hat, dass du es zu Hause nicht mehr aushältst. Dass es so seltsam ist bei uns. Aber es muss doch nicht so bleiben! Wir können es ändern!«

Es ist ein Versuch. Ein Versuch, das Früher mit dem Heute zusammenzukriegen, den Kolja, der mich beschützt hat, mit dem, der mich betrogen und belogen hat, der mich verlassen will. Dass es einen Sinn ergibt und nicht mehr so wehtut, dass ich wenigstens das Früher nicht gleichzeitig mit dem Heute verliere. Dass mir zumindest ein Teil von Kolja bleibt. Dass ich es verstehe.

Aber Kolja hilft mir nicht.

»Jonas ist seit über zwölf Jahren tot«, sagt er. »Und außerdem will ich gar nichts ändern. Ich will nur weg.«

»Weißt du, wie lange Miss Wedlocks Schwester tot ist? Seit siebzig Jahren!«

»Schön. Und was hat das mit uns zu tun?«

»Miss Wedlock hat ihre Schwester nie vergessen! Sie hat einen Platz in ihrem Leben. Und Jonas hat keinen bei uns. Bei uns wird alles, was Probleme macht, totgeschwiegen. Der tote Sohn, der drogenkranke Sohn, alles kein Thema. Bei uns wird immer nur geschwiegen und geschwiegen und geschwiegen, und keiner redet über die Sachen, die wirklich wichtig sind, auch wenn sie vielleicht wehtun!«

»Miss Wedlock ist verrückt, Nellie. Du willst doch nicht ernsthaft behaupten, dass es ein gesunder Umgang mit einem Verlust ist, wenn man mit seiner toten Schwester ans Meer fährt. Soll ich Jonas mit in die USA nehmen oder was? Bitte, wenn's dir hilft: Ich nehme ihn mit, okay? Ich hab ihn im Gepäck, alles klar? Können wir jetzt weiter?«

Er legt den Gang ein und fährt los. Er kapiert es einfach nicht. Ich starte einen letzten Versuch: »Es geht nicht darum, dass du ihn mitnimmst. Es geht darum, dass wir nicht länger so tun, als ob wir nie einen kleinen Bruder gehabt hätten. Dass wir ihn nicht einfach immer vergessen.«

Kolja bremst abrupt.

»Da täuschst du dich aber!«, sagt er mit gepresster Stimme und dreht sich zu mir. »Da täuschst du dich gewaltig. Mama und Papa haben Jonas nie vergessen! Jonas war immer mehr da als wir. Und genau das ist der Grund, warum ich in dieser Familie keinen Platz habe.«

Ich schaue ihn stumm an. Was er sagt, liegt jenseits von Schmerz und Eifersucht. Es ist ganz einfach eine Tatsache für ihn. Und ich weiß plötzlich, dass er recht hat und was das bedeutet: Wir haben unterschiedliche Leben gelebt. Mama und Papa mit Jonas und Kolja und ich mit uns.

»Ich habe nur dich«, sage ich langsam. Verblüfft.

Als ob ich es mir selbst buchstabieren müsste.

Das Ende einer sehr langen Gleichung.

x = Kolja.

»Dann tu, was ich sage«, sagt Kolja hart.

Und ich nicke.

108

Kolja wendet vor dem Müllcontainer. Als er wieder auf die Straße fahren will, gibt es einen tierisch lauten Schlag. Der Morris macht einen Satz nach vorne und steht still.

Kolja brüllt: »Verdammter Mist!«, und haut so fest aufs Armaturenbrett, dass Jackson und ich zusammenzucken.

Dadurch springt der Motor aber auch nicht mehr an. Kolja versucht es bestimmt zwanzig Mal. Choke, Gas, Zündschlüssel, Startknopf. Immer wieder. Der Morris bewegt sich nicht von der Stelle.

Kolja schüttelt fassungslos den Kopf. »Wo geht die Motorhaube auf?«, fragt er genervt.

Ich ziehe an dem Hebel unter dem Handschuhfach.

Er steigt aus und ich folge ihm. Er nimmt mein Handy und leuchtet in den Motorraum. Wir starren auf die Kabel, Behälter und Schrauben. Ich habe keine Ahnung, ob alles da drin okay ist. Kolja anscheinend auch nicht. Ratlos ruckelt er an ein paar Kabeln und brummt irgendwas mit »Batterie« vor sich hin. Schließlich legt er sich unter den Wagen. Ich klappe den Beifahrersitz nach vorne und lasse Jackson raus. Er läuft zu Kolja und schnuppert an seinen Schuhsohlen.

Währenddessen werde ich um fünfzigtausend Euro reicher.

Also, theoretisch.

Ich hole das Paket aus Koljas Rucksack und stopfe es in meinen.

Fertig.

War da was?

»Da tropft irgendwas«, sagt Kolja resigniert.

Er schiebt sich unter dem Auto vor und macht die Taschenlampe an meinem Handy aus. Missmutig wischt er sich die Hände an der Hose ab.

»Mann, Nellie, warum bist du nur hier aufgetaucht?«, sagt er und seufzt schwer. Er geht auf die Fahrerseite und zieht seinen Rucksack von der Rückbank. »Ich muss hier weg, bevor Antoine mich entdeckt. Nellie, du rufst deine Leute an und beschreibst ihnen, wo du bist. Vielleicht weiß von denen jemand, wie man das repariert. Die sollen dich hier abholen, okay? Du bleibst im Auto sitzen, bis sie dich holen!«

»Und du?«

»Ich schlag mich durch. Ich melde mich! Versprochen!«

»Ich komme mit!«, sage ich und gehe zum Auto, um meinen Rucksack zu holen.

»Ganz bestimmt nicht! Ruf deine Leute an! Sag ihnen, sie sollen die Schnellstraße Richtung Autobahn nehmen. Und bei der zweiten Ausfahrt raus. Die sind in zwanzig Minuten da! Und Miss Wedlock kriegt ihr Auto zurück.«

»Ich kann sie auch von unterwegs anrufen!«

»Du kannst nicht mit, Nellie. Wenn Antoine uns erwischt, sind wir geliefert. Du bist nur sicher, wenn du nicht in meiner Nähe bist.«

Er ist schon ein gutes Stück weg, da dreht er sich noch einmal um und kommt zurück. Er umarmt mich.

»Es wird alles gut, Nellie«, sagt er. »Wir sehen uns wieder.«

Mit seinem Rucksack auf dem Rücken stiefelt er den Feldweg entlang, der zur Schnellstraße zurückführt. Jackson rennt ihm ein Stück hinterher. Aber Kolja schickt ihn zurück.

Da stehen wir dann.

Jackson und ich.

Irgendwo in der Pampa.

109

Tonaufnahme Nellie und Jackson, die siebte:

Eine Nacht. Ein Brachgelände.

Ein Schrei.

So laut, dass der Aufnahmepegel auf Rot schnellt und gleich mein Handy sprengt.

Garantiert.

Denn ich schreie, so laut ich nur kann.

Keine Worte, nur ein einziger Schrei.

Aber Kolja kommt nicht zurück.

110

Nachdem Schwesterchen sich selbst aufgegessen hatte, blieb an der Stelle, an der sie gesessen hatte, ein dunkler Fleck zurück. Ein supermassives schwarzes Loch.

Oder auch:

x = Kolja = null.

111

Es hilft nichts.

Ich kann hier nicht stehen bleiben.

Gleich taucht hier irgendwer mit Scream-Maske auf und sticht mich ab. Besser, ich hätte nicht so laut geschrien.

Ich schalte den Soundrekorder aus und setze mich in den Morris. Auch wenn man seltsamerweise nur die Beifahrertür verriegeln kann, ist es immer noch besser, als auf freiem Feld zu stehen, wenn ein Serienmörder auftaucht.

Es ist schon nach zehn Uhr abends und die Vorstellung müsste vorbei sein. Ich muss mit Miss Wedlock sprechen. Und auf keinen Fall mit Elias.

Was könnte ich ihm auch sagen?

He, Mann, Elias, du hast übrigens völlig falschgelegen mit deiner Behauptung, dass mein Bruder mich an irgendeinem Bahnhof absetzt. Hat er überhaupt nicht! Der hat mich bis zu einem beschissenen Müllcontainer an einem gottverlassenen Feldweg gefahren. Ach, und bevor ich es vergesse, es war mitten in der Nacht.

Zum Glück geht Ben an sein Handy. Als er merkt, dass ich am anderen Ende der Leitung bin, sagt er nur »Bleib dran!« und rennt los, um Miss Wedlock zu suchen. Ich musste ihm nicht mal sagen, dass ich sie sprechen will.

»Nellie? Nellie? Geht's dir gut?«, schreit Miss Wedlock schließlich ins Telefon, nachdem Ben ungefähr eine halbe Stunde durchs Theater gerannt ist, um sie zu finden. Sie ruft so laut, dass ich den Hörer vom Ohr weghalten muss. »Ist alles in Ordnung? Wo bist du?«

Sie ist so aufgeregt, dass es eine ganze Weile dauert, bis sie mir überhaupt zuhört und ich ihr alles beichten kann: dass ich ihr Auto geklaut habe. Ihren Mantel und ihre Sonnenbrille. Dass der Morris kaputt irgendwo am Stadtrand steht. Dass Kolja fort ist. Und dass ich Angst habe.

»Rühr dich nicht vom Fleck«, sagt sie. »Und mach auf keinen Fall die Autotür auf. Wir sind gleich bei dir!«

Dabei hat sie nicht mal ein Auto. Das steht schließlich hier.

»Bitte bringen Sie Elias nicht mit, wenn Sie kommen«, flehe ich noch.

Aber da hat sie schon aufgelegt.

112

Und da ist alles grau. Der Mann, der nach ihr greift. Graue Schuhe, graue Hosenbeine, graue Hände und ein graues Gesicht. Und plötzlich ein sirrender Ton. Sehr hoch. Sehr hell. Hellgrau. Jemand schleift sie über den Boden, die Steine, Geröll und über Leiber hinweg. Schleift sie über Leni, die schläft. Nicht wecken, bitte, bitte schlafen lassen. Und sie auch. Bitte. Sie auch. Sie! Doch! Auch!

Die Aufzeichnungen waren in dem Kuvert, das aus Miss Wedlocks Bibel gefallen war. Sie waren in blauer Tinte geschrieben, mit großen Blockbuchstaben. Die Wörter sahen aus wie zerfetzt. Ich habe sie gelesen, im Licht meiner Handytaschenlampe, als ich darauf gewartet habe, dass sie kommt.

113

Keine zehn Minuten später biegt ein Auto auf den Feldweg ab. Ich bin unendlich erleichtert, dass Miss Wedlock so schnell hier ist. Anscheinend hat sie ein Taxi genommen.

Aber – solche Taxen gibt es eigentlich nicht.

Tiefergelegte Idiotenautos mit zu vielen Scheinwerfern nehmen keine Passagiere auf.

Es sei denn, sie entführen sie.

Mit quietschenden Reifen hält der Wagen direkt vor dem Morris.

Zwei Typen steigen aus. Ich erkenne sie in dem grellen Licht der Autoscheinwerfer und mir bleibt fast das Herz stehen. Es sind der picklige Tischklopfer aus der Kneipe und sein kleiner Kumpel mit den absurd dicken Augenbrauen. Als sie näher kommen, fangen meine Hände an zu zittern. Sie zittern, als würden sie gar nicht mehr zu mir gehören. Miss Wedlocks Zettel rutschen mir aus den Fingern und fallen auf Jackson, der sich im Fußraum zusammengerollt hat.

Der Tischklopfer schlägt gegen die Beifahrerseite und gibt mir ein Zeichen, dass ich die Tür aufmachen soll.

Ich bewege mich nicht. Jackson schüttelt die Zettel von seinem Rücken und klettert nach oben. Mit aufgestelltem Fell steht er auf dem Fahrersitz. Ein tiefes Knurren dringt aus seiner Kehle.

»Wir haben deinen Bruder«, ruft der Tischklopfer durch die Fensterscheibe.

Er dreht sich um und schreit »Louis!« in die Nacht. Kurz darauf geht das Licht in ihrem Auto an.

Und jetzt sehe ich Kolja.

Er sitzt eingeklemmt zwischen zwei Männern, die extrem finster dreinschauen. Der eine trägt einen Anzug, der andere hat einen Pferdeschwanz.

Koljas Mund ist mit einem schwarzen Gewebeband zugeklebt. Mit gefesselten Händen drückt er sich ein Handtuch an den Kopf. Die Augen hat er geschlossen.

Das weiße Handtuch ist rot von Blut.

Ich schnappe nach Luft. Ein Gefühl, als wäre ich unter Wasser.

Langsam kurble ich das Seitenfenster herunter.

»Ist nur die Augenbraue«, sagt der Tischklopfer lässig. »War ein kleines Missverständnis. Wir dachten erst, er wollte nicht mit zu Antoine. Dabei haben wir ihn doch extra abgeholt.«

Ich starre ihn stumm an. Jackson knurrt immer noch.

»Ich denke mal, du lässt dich nicht so lange bitten. Sonst hat dein Bruder vielleicht noch ein Problem.«

Er schlägt mit der flachen Hand auf das Autodach. »Also los!«, sagt er. »Und zieh den Zündschlüssel ab!«

Er dreht sich zu seinem Auto um und brüllt wieder nach Louis.

Der Typ mit dem Anzug schält sich aus dem Wagen. Mit einem ungeduldigen Winken bedeutet er mir, dass ich herkommen soll.

Ich mache die Beifahrertür auf und steige aus. Jackson quetscht sich an mir vorbei und springt auf den Boden. Ich halte ihn am Halsband fest und gehe langsam auf den Anzugtypen zu. Anscheinend ist das Louis.

»Pas le clebs«, sagt er.

Ich habe nicht mal genügend Zeit zu begreifen, was er meint, da holt er schon aus und gibt Jackson einen Tritt in die Flanke. Laut aufjaulend fliegt mein Hund zur Seite und bleibt bewegungslos liegen. Ich schreie entsetzt. Kolja macht die Augen auf und schaut mich benebelt an.

Als ich zu Jackson rennen will, hält Louis mich an den Haaren fest und zerrt mich auf die Rückbank. Bevor ich auf Kolja falle, schleudere ich den Autoschlüssel weg. Zum Glück achtet niemand auf das klirrende Geräusch, als er auf dem trockenen Sandboden landet.

Kolja stöhnt kurz auf. Dann ist er wieder still und schließt die Augen. Der Tischklopfer setzt sich ans Steuer und wir fahren los.

Vorbei an Jackson, der auf der Seite liegt und sich nicht mehr rührt.

114

Wir sind wieder auf der Schnellstraße und rasen zurück nach Avignon. Kolja presst sich immer noch das Handtuch an den Kopf und hält die Augen geschlossen. Sein Atem geht schwer.

Ich sitze eingeklemmt zwischen ihm und Louis und kann nicht aufhören zu zittern. Jetzt zittern nicht nur meine Hände, sondern auch meine Beine. Und meine Zähne klappern aufeinander, so laut, dass Louis sich beschwert. Ich komme mir vor wie eine außer Kontrolle geratene Marionette. Und immer habe ich Jackson vor Augen.

Jackson, der verletzt an einem einsamen Feldweg liegt. Der womöglich stirbt. Und ich lasse ihn allein.

115

So wie Dich.

Als ich zu Dir gegangen bin und wollte, dass du mich anlächelst, mit Deinem Lächeln, das Du gerade erst gelernt hattest. Ein Lächeln, das andere Babys schon mit ein paar Wochen fertigbringen. Du hast dafür zwei Jahre gebraucht. Aber es war das schönste Lächeln der Welt. Du hast es angeknipst, sobald Du meine Stimme gehört hast. »Das schafft nur Nellie!«, sagten alle.

Aber an diesem Tag hast Du nicht gelächelt. Ich streichelte Dir über die Haare, ich erzählte Dir das Märchen von Brüderchen und Schwesterchen, ich habe sogar für Dich gesungen. Aber du wolltest einfach nicht lächeln. Da bin ich gegangen. Hab die Tür hinter mir zugezogen. »Wie geht es Jonas?«, hat Mama gefragt. Sie arbeitete im Garten und hatte mich geschickt, um nach Dir zu sehen. »Jonas hat gelächelt«, sagte ich.

Als sie später nach Dir sah, warst Du schon ganz weit weg.

116

Kolja drückt sein Knie gegen meines. Ich will mit ihm reden, aber ich habe noch nicht mal seinen Namen geflüstert, da schnauzt der Tischklopfer mich schon an: »Maul halten!« Er zieht eine Rolle Gewebeband aus seiner Jackentasche und wirft sie nach hinten.

Louis fängt sie auf. Er reißt ein großes Stück von der Rolle ab und klebt es mir über den Mund. Mit einem zweiten Stück fesselt er meine Arme auf dem Rücken.

Kolja reißt die Augen auf und schüttelt wild mit dem Kopf. Der Typ mit dem Pferdeschwanz gibt ihm eine Ohrfeige und er wird still. Die ganze Fahrt über schaut er mich nicht mehr an.

Wir fahren wieder über die große Brücke. Aber wir nehmen nicht die Abfahrt zur Insel, auf der Koljas Versteck war, sondern überqueren die Rhône bis zum anderen Ufer. Weiter oben am Fluss ankern ein paar Hausboote. Im Schein der Straßenlaternen sind sie schwach zu erkennen. Nur eines leuchtet bunt in die Nacht. Wir rasen die Uferstraße entlang, bis wir auf der Höhe der Boote sind, und biegen mit quietschenden Reifen zur Anlegestelle ab. An dem Boot mit der Kette aus bunten Glühbirnen halten wir an.

Louis steigt aus und zerrt mich nach draußen. Kolja tritt wild um sich und versucht, trotz seines zugeklebten Munds zu schreien. Aber er schafft nur ein verzweifeltes Gurgeln. Sein Nebenmann nimmt ihn in den Schwitzkasten, er hält ihn so fest, dass es aussieht, als drücke er ihn kaputt.

Ich versuche, mich von Louis loszumachen, ich schlage meinen Kopf gegen seinen Brustkorb und trete ihn gegen das Knie. Aber ich habe keine Chance. Er gibt mir eine Ohrfeige, dass mir die Luft wegbleibt, packt mich um den Bauch und schleppt mich zum Ankerplatz. Wortlos schleift er mich über den Steg, und für einen kurzen Augenblick bin ich sogar froh, dass er mich festhält. Denn von seiner Ohrfeige ist mir schwindlig und der Steg ist schmal. Allein würde ich garantiert ins Wasser fallen und mit zusammengebundenen Händen für immer in der Rhône verschwinden.

117

Dann stehe ich wieder auf meinen eigenen Füßen, an Deck des Hausboots. Louis hält mich immer noch mit beiden Armen um den Bauch gepackt. Sein Atem geht schwer und streicht über meine Haare. Ich schüttle mich, weil ich nicht so nah bei ihm stehen will und weil ich seine schweren Hände auf meinem Bauch kaum ertrage. Zu meiner Angst kommt der Ekel. Mir wird so übel, dass ich würgen muss. Ich darf mich nicht übergeben. Ich kann nicht. Mein Mund ist zugeklebt. Ich würde ersticken.

Tief atmen. Durchhalten.

Irgendwie.

Noch tiefer atmen.

Louis lockert seinen Griff.

In diesem Horrorfilm hält mir niemand die Augen zu. Ich sehe alles.

Hellwach.

In gleißendem Licht.

Ich sehe, wie ein riesiger Geländewagen vorfährt und hinter dem Idiotenauto parkt, in dem wir hergekommen sind. Im Licht der Scheinwerfer steigt ein Mann aus. Ein Typ wie aus einem Magazin für Herrenmode – dichte blonde Haare, schlank und groß, mit weißem Pullover und hellgrauen Jeans. Er zündet sich eine Zigarette an und geht zu dem anderen Auto hinüber. Lässig lehnt er sich gegen die Fahrertür und redet kurz mit dem Tischklopfer. Dann schlägt er gegen das Seitenfenster, hinter dem Kolja sitzt. Einmal nur, kurz und hart. Es klingt wie ein Schuss.

Langsam dreht er sich um und geht zum Steg.

Während die drei Typen Kolja aus dem Auto holen, zu seinem Geländewagen schleifen und ihn roh auf den Rücksitz werfen. Der Tischklopfer setzt sich ans Steuer, die beiden anderen steigen hinten ein. Jeder auf einer Seite. Sie schlagen die Autotüren zu. Die Scheiben des Wagens sind abgedunkelt. Ich kann nichts mehr erkennen.

Das weiße Handtuch liegt auf dem Boden vor dem Geländewagen.

Im Scheinwerferlicht leuchtet Koljas Blut.

Der Mann ist auf dem Boot angekommen. Er schnippt seine Zigarette ins Wasser. Dann baut er sich vor mir auf und schaut mich lange an.

»Hi, Nellie«, sagt er schließlich. »Ich bin Antoine.«

Antoine also.

Ein Typ mit einem mitreißenden Lachen. Hat Kolja behauptet. Ich würde eher sagen: mit Fischaugen. Mit einem so kalten Blick, dass ich in die Knie gehen würde, wenn Louis mich nicht immer noch festhielte.

»Scheußlicher Mantel«, sagt Antoine, nachdem er mich genug gemustert hat. »Und übrigens: Wenn dein Bruder kooperiert, passiert dir nichts. Er gibt uns einfach das zurück, was uns gehört, und alles ist gut. Allzu viel Zeit sollte er sich allerdings nicht damit lassen, wenn er dich nicht schwimmen sehen will.«

Ich schüttle verzweifelt den Kopf.

»Sag nicht, dass das nicht fair ist!«, sagt Antoine und zündet sich eine neue Zigarette an.

Ich versuche es mit geschlossenen Lippen, durch das Gewebeband hindurch: Der Deal kann nicht funktionieren. Das Zeug ist im Morris.

Aber alles, was ich an Tönen zustande bringe, ist ein bescheuertes Muhen.

Antoine wendet sich angewidert von mir ab und redet auf Louis ein.

Irgendjemand hat inzwischen die Scheinwerfer des Geländewagens ausgeschaltet. Am Ufer ist es dunkel.

Nach einem kurzen Wortwechsel mit Antoine schleppt mich Louis ins Innere des Schiffs, durch einen kleinen Raum mit Steuerrad und Computer, bis in eine Art Wohnküche. Sie ist vollkommen verdreckt. Ein versifftes Polster bedeckt eine gammelige Eckbank, der Plastiktisch davor ist mit Brandlöchern, Ketchupschlieren und Kaffeeflecken überzogen, der Fußboden übersät mit zerrissenen Pizzakartons und leeren Bierflaschen und in der Spüle schwimmen Zigarettenkippen. Eine nackte Glühbirne beleuchtet die ganze Schweinerei und über allem liegt ein widerlicher Gestank aus Schweiß und Bier und altem Rauch und Brackwasser.

Neben der Spüle geht eine kleine, ziemlich niedrige Tür ab. Louis öffnet sie, schiebt mich in ein muffiges Dunkel und drückt mich auf einen Hocker. Dann zieht er die Tür wieder zu.

Ich höre seine Schritte in der Wohnküche und wie sie sich langsam entfernen. Dann Schritte auf dem Deck. Rufe. Schnellere Schritte. In der Ferne schlägt eine Autotür zu. Ein Wagen fährt weg.

Nein.

Das habe ich nicht aufgenommen.

Diese Geräusche haben sich in meine Ohren eingebrannt.

Für immer.

118

Eine Höhle.
Klein, eng, schwarz.

119

Der Geruch nach modrigem Holz.

120

Und das langsame Schaukeln.
Der Wellengang der Rhône.

121

Sie werden Koljas Rucksack durchsuchen und das Heroin nicht finden. Sie werden zum Morris zurückfahren und feststellen, dass das Auto nicht mehr da ist.

Ich lande in der Rhône.

Und Kolja?

122

Was machen Mama und Papa, wenn Kolja und ich gestorben sind? Wenn sie drei tote Kinder haben? Gehören wir dann mehr zu ihrem Leben als jetzt?

123

Das Iglu aus Felsengeröll. So hat es sich angefühlt nach Deinem Tod. Als müsste ich jeden einzelnen Stein auf meinem Rücken tragen. Bis Kolja sie weggeschafft hat. Bis es wieder ein bisschen Luft zum Atmen gab.

Damals hat er gekämpft. Für sich und für mich. Er hat mich gerettet.

Und jetzt kämpfe ich.

Gegen meine Verzweiflung, gegen das Dröhnen in meinem Kopf, gegen die wilde Panik, die mir die Luft abschnürt, sodass ich kaum mehr atmen kann.

Ich will nicht sterben.

Und ich will nicht, dass Kolja stirbt.

Und deshalb muss ich hier raus.

Als ich mich aufrichte, stößt mein Kopf an die niedrige Decke. Meine Schulter kracht gegen ein Regal. Etwas fällt zu Boden und geht klirrend zu Bruch. Ein süßlicher Geruch durchzieht den Raum.

Ich falle wieder auf meinen Hocker zurück und spüre plötzlich einen scharfen Schmerz an meinem Unterarm. Ich muss mir irgendwo die Haut aufgeschlitzt haben. Mit meinen gefesselten Händen versuche ich zu ertasten, woran ich mich verletzt habe, und entdecke einen großen Nagel, der schräg hinter mir aus der Wand ragt. Vielleicht ist er ja nicht nur zum Hautaufschlitzen gut, sondern wird auch mit dem beschissenen Gewebeband fertig.

Ich drehe und wende mich in dem Versuch, meine Fesseln an ihm durchzuscheuern. Irgendwann gibt es ein ratschendes Geräusch, das sich erfolgversprechend anhört, aber kurz darauf fällt der Nagel einfach aus der Wand. Doch das Gewebeband ist immerhin schon so weit eingerissen, dass es mir gelingt, es ganz langsam, Millimeter für Millimeter, zu dehnen, bis ich meine Hände daraus befreien kann.

Mit einem Ruck reiße ich mir das Klebeband vom Mund. Es brennt. Die nächste Zeit wächst mir garantiert kein Damenbart.

Zum Glück hat Louis mir nicht mein Handy abgenommen. Als ich es aus der Hosentasche ziehe, zeigt es eine neue Nachricht.

Bestimmt ist sie von Miss Wedlock, die inzwischen beim Morris angekommen ist. Hat sie Jackson gefunden?

Jackson, wie er laut aufjault und auf die Erde knallt. Und leblos auf der Seite liegen bleibt.

Ich darf nicht an ihn denken. Jetzt nicht. Jetzt muss ich mich retten. Und Kolja. Und dann trauere ich um meinen Hund.

Den besten Hund, den es je gab. Mit vier Augen und unendlich vielen schwarzen Haaren. Ich werde sie noch jahrelang zwischen meinen Pullovern finden, an meinen Strümpfen, in den Ecken mit den Wollmäusen. Ewige Spuren von meinem Hund.

Sein Geruch nach Erde, Fell und Wärme.

Ein Geruch, als ob man ins Leben Vertrauen fassen könnte.

124

Ich drücke auf die Taschenlampe an meinem Handy und schaue mir an, wo ich gelandet bin. Louis hat mich in eine winzige Kammer gesteckt. Sie ist zu niedrig, um aufrecht zu stehen, und so klein, dass der Hocker, auf dem ich sitze, fast den gesamten Raum einnimmt. An den Wänden ziehen sich schmale Holzregale entlang, die mit verstaubten Flaschen und Marmeladegläsern vollgestellt sind. Auf dem Boden, direkt vor meinen Füßen, schwimmen Glasscherben und ein großer Nagel in einer Lache aus Schnaps.

Die Holztür, mit der die Kammer verschlossen ist, hat keine Klinke. Ich drücke vorsichtig dagegen und sie öffnet sich einen Spalt. Gerade so weit, dass ich erkennen kann, dass sie mit einem Haken von außen verschlossen ist. Mit einem dünnen Gegenstand könnte ich den Haken erreichen und nach oben drücken.

Ich fische den Nagel aus der Schnapspfütze und schiebe ihn durch den Türspalt. Ganz langsam drücke ich den Haken nach oben. Es klappt tatsächlich. Die Tür springt auf.

In der Wohnküche ist es stockdunkel. Ich schalte die Taschenlampe aus, damit mich kein Licht verraten kann, und taste mich vorwärts. Den Nagel behalte ich in der Hand.

Kampflos lasse ich mich nicht in die Rhône werfen.

Mein Herz klopft bis zum Hals, als ich vor der Kabine mit dem Steuerstand stehe und lausche, aber es rührt sich nichts. Alles ist still. Bis auf das leise Plätschern des Flusses. Vielleicht bin ich ganz allein an Bord. Aber vielleicht stehen auch Louis oder Antoine an der Reling und schauen aufs Wasser, und ich laufe einem von ihnen direkt in die Arme, wenn ich an Deck komme.

Die Ohren spitzen. Zum ersten Mal begreife ich, was das heißt. Ich horche so gespannt in die Nacht, dass ich das Gefühl habe, meine Ohren ziehen sich in die Länge.

Ich darf nicht zu lange zögern. Wenn Kolja überleben soll, muss ich von diesem Boot runter und herausfinden, wo der Morris jetzt ist. Der Morris und mein Rucksack und das Heroin. Nur dann kann ich Antoine einen Deal anbieten und Kolja retten.

Die Drogen gegen Kolja. Das ist seine einzige Chance.

Immer noch kein Geräusch.

Ich nehme meinen ganzen Mut zusammen und öffne leise die Tür zum Steuerstand. Der Raum ist leer. Taste mich am Tisch mit dem Steuerrad vorbei bis zur Tür nach draußen.

Ein milder Wind weht mir entgegen, als ich die Tür aufmache. Er tut unendlich gut nach der Zeit in der stickigen Speisekammer.

Wie lange war ich eingesperrt?

Es kann gar nicht so lang gewesen sein, es ist noch nicht mal Mitternacht.

Und trotzdem ist es vielleicht schon zu spät.

Die Vorstellung, wie Kolja ihnen versichert, das Heroin sei in seinem Rucksack. Und es ist einfach nicht da. Was machen sie dann mit ihm? Was macht er? Glaubt er, dass ihm das Heroin aus dem Rucksack gefallen ist, als er ihn von der Rückbank gezogen hat? Fährt er mit ihnen zu dem Platz zurück, wo wir den Morris abgestellt haben?

Oder denkt er, dass ich es habe?

Aber dann wären sie doch schon längst wieder hier.

Suchen sie den Morris?

Was, wenn er noch dort steht? Und sie durchwühlen meinen Rucksack und finden die Drogen? Lassen sie Kolja dann frei?

Oder hat Miss Wedlock ihr Auto wieder zum Laufen gebracht und die Drogen sind … irgendwo unterwegs?

Ist Antoine womöglich schon hinter Miss Wedlock her?

Was, wenn sie sie einsperren, in eine Kammer wie diese? Miss Wedlock dreht durch, ganz sicher, das kann sie nicht aushalten.

Ich muss mich beeilen.

Hier abhauen und den Morris finden.

Miss Wedlock außer Gefahr bringen.

Und Kolja freikaufen.

Die Kette mit den bunten Glühbirnen ist ausgeschaltet. Auf Deck ist es fast so dunkel wie im Inneren des Bootes.

Antoine und Louis könnten überall sein. Hier oben ist es völlig unübersichtlich. Seltsame Gebilde ragen aus dem Dunkel, Schemen von irgendwas, von Kisten und Kästen oder aufgerollten Seilen vielleicht. Jeder könnte sich dahinter verbergen und darauf warten, dass ich die primitive Tür meines Gefängnisses aufkriege und versuche zu fliehen.

Je mehr ich ins Dunkel starre, desto unheimlicher wird es. Die Schatten bewegen sich und kommen langsam auf mich zu. Oder ist es nur das Boot, das schaukelt?

Es hilft nichts. Ich muss es versuchen.

Jetzt oder nie.

Denn selbst wenn Antoine und seine Leute nicht auf dem Boot sind: Sie kommen garantiert wieder, mit oder ohne Heroin. Was dann passiert, will ich mir gar nicht erst ausmalen.

Ich renne zurück zum Steuerstand, suche Stift und Papier und schreibe WARE GEGEN KOLJA groß und fett auf einen Post-it-Zettel. Und darunter meine Handynummer.

Ich klebe ihn mitten auf den Computerbildschirm.

125

Und dann renne ich. Über das Deck, den Steg, die Anlegestelle, am Ufer entlang. Renne, renne, renne durch die Nacht, zu den Lichtern von Avignon, dem Trubel in den Straßen.

Gibt es das noch? Menschen, die feiern, die sich in den Gassen drängen und lachen? Gibt es noch so eine Welt neben dem Albtraum, den ich erlebe? Oder gibt es nur noch das: Todesangst, die mir die Sinne schärft, bis ich fast verrückt werde?

Es sind nicht mehr viele Autos auf der Straße, aber in jedem der wenigen könnte Antoine sitzen oder einer seiner Leute und alles wäre umsonst. Ich muss ein Versteck finden, ich muss Hilfe holen, ich muss nachdenken, überlegen, wo der Morris jetzt sein könnte, ich muss Jackson finden, den Morris, Miss Wedlock, den Rucksack, das Heroin.

Meine Lungen schmerzen und mein Herz rast, als ich endlich wieder an der Stadtmauer bin. Hier sind zum Glück noch Menschen unterwegs, Grüppchen von Touristen, die zu den Parkplätzen vor der Stadt pilgern. In ihrem Schutz laufe ich an der Stadtmauer entlang, bis zu einem kleinen Durchgang, der in die Stadt führt und von der Straße aus nicht einsehbar ist. Dort kontrolliere ich endlich die Nachricht auf meinem Handy.

Sie ist von der Mailbox: »Sie haben sechs neue Anrufe.«

Der erste Anruf kommt von Bens Handy. Es ist die Stimme von Miss Wedlock: »Nellie? Nellie? Gehst du mal bitte dran? Wo bist du, Nellie? Was ist passiert?«

Der zweite Anruf ist von Vera: »Nellie, ruf bitte bei deiner Mutter an. Sie erreicht dich nicht.«

Und wieder Miss Wedlock: »Bitte melde dich, Nellie.«

Und dann Papa: »Nellie, hör zu: Vera hat Mama in die Klinik gebracht. Nur zum Ausruhen, für ein paar Tage. Es ist alles in Ordnung, hörst du? Es geht ihr gut! Ich komme morgen nach Hause, ja?«

Ein paar Tage bei Vera haben nicht gereicht. Mama hat es nicht geschafft. Es beginnt wieder von vorne. Wochenlange Klinikaufenthalte, Spaziergänge in deprimierenden Krankenhausparks, Abschiede in Fluren, die nach Kantine stinken, und Mama mit glasigem Blick und diesem Lächeln, das um Verzeihung bittet.

Mit einem Schlag sehe ich alles wieder vor mir.

Kolja, der aus Mamas Zimmer nach draußen rannte und seinen Kopf gegen einen Baum im Klinikpark schlug.

Ich stand am Fenster und schaute zu. Sonntagsfein gemacht von meiner Oma, mit bescheuertem Haarreif und Handtäschchen mit einer Parfümprobe drin, auf die ich so stolz war.

Ganz mechanisch höre ich die nächste Nachricht ab.

Sie ist wieder von Miss Wedlock: »Wir fahren jetzt los und suchen dich, Nellie! Egal, wo sie dich verstecken, wir werden dich finden!«

Die letzte Nachricht kommt auch von ihr: »Nellie, wir schalten jetzt die Polizei ein, damit sie uns suchen helfen.«

126

Mit aller Kraft schiebe ich die Gedanken an Mama zur Seite. Sie hat Hilfe, Menschen, die sich um sie kümmern. Kolja hat niemanden außer mir.

Ich wähle Bens Nummer. Miss Wedlock ist dran.

»Nellie, wo haben sie dich hingebracht?«, fragt sie völlig aufgelöst. »Wir suchen dich überall!«

»Miss Wedlock, Sie dürfen auf keinen Fall die Polizei einschalten!«, flehe ich ins Telefon. »Ich muss erst was klären. Und unbedingt ohne Polizei!«

Der Empfang ist schlecht zwischen den dicken Mauern, und ich traue mich nicht, laut zu sprechen. Ich muss es viermal wiederholen, bis Miss Wedlock es endlich versteht: Keine Polizei!

Aber es ist ohnehin zu spät.

»Sie waren schon da, Nellie. Am Morris.«

»Bitte rufen Sie sie noch mal an und sagen Sie, dass alles okay ist. Dass sie mich nicht mehr suchen müssen.«

»Das ist gar nicht nötig«, antwortet Miss Wedlock. »Sie

machen sowieso nichts. Sie haben mir einfach nicht geglaubt, dass du entführt worden bist.«

»Und wo ist der Morris?«

»Den haben wir geflickt. Die Ölwanne war leck.«

»Aber wo ist er jetzt?«

»Am Theater.«

»Miss Wedlock …«

»Ja?«

Ich würde so gerne nach Jackson fragen.

»Ich muss jetzt auflegen«, sage ich.

Ich traue mich einfach nicht.

127

Und wieder los.

Theater. Morris. Rucksack. Heroin.

Im Takt dieser Worte renne ich, schlängle mich an den Menschengrüppchen vorbei, die noch vereinzelt durch die Gassen schlendern. Zum Glück kenne ich inzwischen den Weg.

Ich bin kurz vor dem Theater, da klingelt mein Handy.

»Also gut«, sagt Antoine. »Ich sage dir jetzt, wann und wo!«

Ich bleibe abrupt stehen.

»Erst will ich ein Lebenszeichen von Kolja«, schnaufe ich ins Telefon.

»Kann es sein, dass du zu viele Krimis gesehen hast?«, fragt Antoine spöttisch.

Mein Atem geht schwer.

Koljas Stimme kommt durch mein Handy. Verwaschen irgendwie, aber eindeutig Kolja.

»Nellie? Nellie, mach keinen Scheiß, hörst du? Hau ab, wenn …« Seine Stimme bricht ab.

»Genug gequatscht«, sagt Antoine. »In fünfzehn Minuten auf der großen Brücke. Die, über die ihr rausgefahren seid! Genau in der Mitte.«

»Fünfzehn Minuten reichen nicht. Ich muss das Zeug erst holen.«

»Dreißig Minuten. Und verarsch mich bloß nicht. Das hat dein Bruder schon versucht, als er uns zu eurem Auto zurückgeschickt hat und die Bullen standen da. Keine Polizei, kapiert? Sonst hast du einen toten Bruder.«

Falsch. Dann hätte ich zwei.

128

Der Morris parkt tatsächlich im Hof des Theaters. Und auf der Rückbank liegt mein Rucksack, unversehrt. Ich bin unendlich erleichtert. Genau in dem Moment klingelt mein Handy. Wieder ist es Antoine.

»Du hast noch zwanzig Minuten. Dann schwimmt dein Bruder in der Rhône. Gefesselt an Armen und Beinen«, sagt er und legt auf.

Ich habe das Gefühl, solche Sätze machen ihm Freude.

Der Morris ist abgeschlossen.

Ich suche im Theater nach Miss Wedlock. Ben kommt mir auf der Bühne entgegen. Er schleppt einen riesigen Spiegel.

»Was machst du denn schon wieder hier?«, fragt er verblüfft.

»Wo ist Miss Wedlock?«

»Ich glaube, sie hat den Bus geklaut.«

»Weißt du, wo der Schlüssel vom Morris ist?«

»Keine Ahnung«, sagt Ben. »Aber weißt du vielleicht, wo mein Handy sein könnte?«

»Keine Ahnung!«, sage ich.

Als Ben verschwunden ist, wähle ich seine Handynummer. Aber Miss Wedlock geht nicht dran.

Fieberhaft durchforste ich das Theater nach einem schweren Gegenstand. Im Hof, bei dem Stapel mit den Stellwänden, werde ich fündig. Eine große Zange liegt oben auf den Holzbrettern neben ein paar krummen Nägeln.

Ich schnappe sie mir und renne zum Morris zurück.

Ich hole aus, so weit ich kann, und donnere die schwere Zange gegen das Seitenfenster. Es macht einen Höllenlärm.

»Hey!«, brüllt Ben erschrocken und rennt auf den Hof.

Das Glas zersplittert in tausend winzig kleine Teile, die auf meinen Rucksack herabregnen. Ich zerre ihn durch den engen Fensterrahmen und nestle hektisch an den Schnallen, die das obere Fach verschließen. Und dann halte ich endlich das Heroin in meinen Händen. Vom Vordersitz hole ich meinen Stoffbeutel, stopfe das Paket rein und schmeiße zur Tarnung ein T-Shirt darüber.

»Kannst du mir mal sagen, was das soll?«, sagt Ben und packt mich am Arm. Ich reiße mich los und rase davon.

Ich habe keine Zeit für Antworten.

Denn es sind nur noch fünfzehn Minuten.

Und wieder renne ich durch die dunklen Straßen. Der Stoffbeutel schlägt an meine Beine. Ich habe Angst, dass jeder mir ansehen kann, was ich bei mir habe.

Mittlerweile haben sich die Straßen geleert. Von dem großen Platz mit dem Karussell dringen noch Musik und Lachen herüber, aber in den Seitenstraßen ist es jetzt still. Immer wieder drehe ich mich hektisch um. Ich habe das Gefühl, dass ich verfolgt werde, aber ich kann niemanden erkennen.

Was, wenn Antoine mich schon längst entdeckt hat und mir in irgendeiner dunklen Ecke das Heroin abnimmt, ohne mir Kolja zurückzugeben?

Verarsch mich nicht, hat er gedroht.

Was, wenn ich diejenige bin, die verarscht wird?

Wenn er das Heroin nimmt und Kolja und mich auf dem Hausboot gefangen hält, bis er uns heimlich verschwinden lassen kann?

Ich habe noch zehn Minuten. Und ich brauche eine Strategie, die uns überleben lässt.

An der Straßenecke leuchtet das Schild einer Bar. Die Tür steht offen. Ein mürrischer alter Mann lehnt hinter dem Tresen und trocknet ein Weinglas ab. Als ich ihn nach einem Telefon frage, deutet er mit dem Kinn auf einen Münzfernsprecher neben der Toilette. Ich werfe ein 50-Cent-Stück ein und wähle die Notrufnummer der Polizei.

129

Die Straße ist leer, als ich ankomme. Es ist fast zwei Uhr morgens. Kein einziges Auto ist mehr unterwegs.

Langsam gehe ich über die Brücke. Nach fünfzig Metern bleibe ich stehen. Weiter traue ich mich nicht. Dunkel und müde fließt die Rhône unter mir vorbei. Flussaufwärts ist der Pont d'Avignon angestrahlt, an dem ich mit Mama und Papa war, flussabwärts liegen die Hausboote. Man kann sie kaum mehr ausmachen in der Dunkelheit.

In der Ferne kreischt eine Möwe.

In einer Minute läuft der Deal mit Antoine.

Ich möchte die Zeit schneller laufen lassen.

Ich möchte wissen, was kommt. Was gleich geschieht.

(Die schreckliche Ahnung, ich würde vorspulen und auf dem Film wäre nichts mehr. Nur noch Stille und Schwärze.)

130

Seit ich Dir schreibe, frage ich mich das: wo Du jetzt bist. Ob Du mich sehen kannst. Solange ich Dir schreibe, bist Du da. Aber wenn ich den Stift weglege, verschwindest Du wieder.

Wohin?

131

Noch ein Mal schalte ich den Soundrekorder an.

Tonaufnahme Nellie on the road. Die achte: Missing Kolja. Missing Jackson. Missing Elias.

Das leise Rauschen des Flusses. Und immer noch die Möwe.

Mehr nicht.

Das Auto, das auf der gegenüberliegenden Uferseite auf die Brücke fährt, ist nicht zu hören. Aber das gleißende Licht der Scheinwerfer kenne ich. So leuchtet der Geländewagen von Antoine.

Als der Wagen die Mitte der Brücke erreicht hat, fährt er an den Seitenstreifen und hält an.

Ich kenne so viele Horrorfilme, die nachts am Wasser spielen. Ich habe sie alle gesehen. Oder besser: Ich habe Schemen davon gesehen, durch Koljas Finger vor meinen Augen. Und ich habe sie gehört. Die Schreie, bevor ein Körper schwer ins Wasser fällt, das Keuchen von Menschen, die in einem See um ihr Leben ringen, das Gurgeln der Ertrinkenden und das Plätschern, wenn eine Leiche aus einem Teich gezogen wird.

Mit Koljas Hand vor meinen Augen hatte ich keine Angst. Solange er da war, war es gut. Und selbst das Herzklopfen, das ich hatte, weil mir der Schreck in die Glieder gefahren war, war ein schönes Gefühl.

Das hier ist anders. Ganz anders.

Es fühlt sich kalt an.

Ein Schreck, der zu Eis erstarrt.

Ich bin nicht mehr aufgeregt, ich bin nicht mehr erschöpft. Ich habe nicht einmal mehr Angst.

Ich bin hellwach. Ich nehme alles wahr. Ganz präzise.

Wie in Zeitlupe.

132

Ein zweites Auto parkt am hinteren Ende der Brücke. Es ist das Idiotenauto, in dem Kolja und ich entführt worden sind. Der Fahrer stellt die Lichter aus. Nichts rührt sich mehr.

Nach einer Weile leuchten die Scheinwerfer des Geländewagens zweimal auf. Sie werfen ihr kaltes Licht bis zu mir.

Die Beifahrertür öffnet sich und Antoine steigt aus. Steht einfach da.

Vorsichtig lege ich mein Handy auf das Brückengeländer. Der Soundrekorder läuft weiter. Vielleicht lebe ich nicht mehr, wenn die Aufnahme zu Ende geht. Wenn der Akku leer ist. Aber irgendjemand wird mein Handy finden und Antoine überführen.

Langsam kommt er auf mich zu. Schritt für Schritt.

»Wo ist Kolja?«, rufe ich.

Er bleibt stehen. »Hol ihn dir!«

Ich schüttle den Kopf. »Du musst ihn herbringen! Und zwar ohne deine Leute.«

»Könnte etwas schwierig werden.« Er zündet sich eine Zigarette an und grinst.

»Warum?«

»Dein Bruder ist leider nicht mehr ganz so gut zu Fuß. Du musst ihn schon holen kommen.« Er grinst immer noch, als er den Zigarettenrauch in meine Richtung bläst.

Ich bleibe einfach stehen, weil ich nicht weiß, was ich sonst tun soll.

Ein Campingbus mit holländischem Kennzeichen fährt über die Brücke, vorbei an mir und an Antoine und an dem Geländewagen am Straßenrand. Schließlich verschwindet er hinter dem Idiotenauto am anderen Ende der Brücke.

Es ist wieder still.

Antoine dreht sich zu seinem Auto um und nickt. Die hintere Tür auf der Beifahrerseite geht auf.

Etwas fällt auf die Straße.

Etwas Schweres, Weiches, Dunkles.

Das sich ganz leicht bewegt.

Und stöhnt.

Während die Autotür wieder geschlossen wird.

Langsam setze ich mich in Bewegung. Ich weiß, dass es falsch ist. Auf der Brücke ist niemand außer uns. Es ist ein Leichtes für Antoine, mich ins Auto zu zerren. Oder Kolja und mich von der Brücke zu werfen.

(Das Gurgeln der Ertrinkenden, der Kampf mit dem Wasser, die verzweifelten Schreie.)

Aber ich habe keine andere Wahl, weil da vorne mein Bruder liegt.

Ein zuckendes Bündel Mensch.

Ich fasse nach dem Nagel in meiner Manteltasche. Meiner einzigen Waffe.

»Hey!« Plötzlich brüllt Antoine los und starrt auf irgendetwas in meinem Rücken. »Stopp!«

Ich drehe mich um.

Keine zwanzig Meter hinter mir steht Elias.

Das T-Shirt mit dem EMINƎM-Aufdruck, die ausgelatschten Schuhe, die Hose, die in den Kniekehlen hängt, die wirren braunen Haare. Die warmen Augen. Der wunderschöne Mund.

Alles Elias.

Es ist so komplett unwahrscheinlich, dass er wirklich hier ist, dass ich es erst glaube, als Antoine ihn weiter anbrüllt und wissen will, was er hier zu suchen hat.

Aber Elias kümmert sich gar nicht um ihn. Er kommt einfach zu mir, stellt sich neben mich und nimmt meine Hand.

Nur einen Augenblick später rast ein Sportwagen hinter uns auf die Brücke. Der Fahrer stellt den Wagen quer und versperrt die Auffahrt. Elias und ich sitzen in der Falle.

Wie auf Kommando öffnen sich die Türen der Autos. Der Tischklopfer und der mit den Augenbrauen schälen sich aus dem Sportwagen. Aus dem Idiotenauto am hinteren Ende der Brücke steigt der Typ mit dem Pferdeschwanz. Zumindest glaube ich, dass er es ist. Er ist zu weit weg, um ihn genau sehen zu können. Einen anderen erkenne ich dafür umso besser: Louis. Jacksons Mörder. Mein größter Feind. Er steigt aus dem Geländewagen und starrt uns an.

Nackte, kalte Angst überflutet mich. Und Hass. Noch kälter als meine Angst und genauso wenig hilfreich.

Ich stehe da wie erstarrt.

»Zum letzten Mal: Zieh ab! Das hier geht dich nichts an«, sagt Antoine zu Elias und kommt näher.

Louis folgt ihm.

»Du hast doch auch deine Typen dabei. Solange die da sind, bleibe ich bei Nellie«, sagt Elias finster.

Hand in Hand weichen wir zum Brückengeländer zurück, während unsere Feinde von beiden Seiten näherrücken.

133

Hinterher weiß ich nicht mehr, wie es gewesen ist. Auch wenn ich glasklar war, als alles passierte. Jetzt habe ich nur Nebel im Kopf, wenn ich versuche, daran zu denken. Die Tonaufnahme ist der einzige Beweis, dass ich das alles nicht nur geträumt habe. Die Tonaufnahme und die tiefe Wunde an meinem Arm, die nur langsam verheilt.

Die Stimme von Antoine: »Verdammter Kindergarten.« Französische Brocken, die schnell zwischen seinen Leuten hin und her wechseln. Ein Schrei von Elias, ein Gurgeln, sein Ringen nach Luft.

Und dann ein Bild: Aufblitzen von Metall. Der Nagel in meiner Hand. Ich steche zu. Louis schreit auf und lässt Elias los.

Die scharfe Stimme von Antoine: »Rück das Zeug raus!« Und ein rasender Schmerz. Ganz kurz nur.

Das Reißen von Stoff, als Antoine mir meine Tasche entwindet. Mein Brüllen.

Und das Bild: Blut, das sich in einer Kuhle auf dem Asphalt sammelt. Ein Gemälde zum Zeitpunkt der Entstehung. Schön.

Und immer Elias, der »Nellie« brüllt.

Nellie.

Dann ein scharfes Bremsen. Ein Dröhnen. Noch ein Bremsen. Und ein Schlag. Ein lang gezogenes, kreischendes Geräusch. Und Stimmen. Schreie. Ein lauter Streit auf Französisch, ein Hin und Her, drohend, immer aggressiver. Immer noch lauter.

Ein Schuss. Stille.

Schritte, die sich schnell entfernen.

Noch ein Schuss.

Und dann ein Bellen.

Ein Hund bellt. Und bellt.

134

Schwärze und Stille.

135

Der Akku von meinem Handy ist leer.

Und ich bin bewusstlos.

136

Schade, dass ich das alles nicht mehr mitgekriegt habe: wie Bens VW-Bus und zwei Bühnenlaster auf die Brücke gedonnert sind und den Sportwagen einfach zur Seite geschoben haben. Wie zehn Bühnenarbeiter und Ben aus den Fahrzeugen sprangen. Alles Männer von der Sorte, die zwanzig Kilo schwere Scheinwerfer an ihrem kleinen Finger baumeln lassen können, während sie schrankhohe Kulissen über irgendwelche Theaterbühnen schieben. Bewaffnet mit allem, was die Theatertechnik hergibt, schweren Eisenhämmern, Winkelschleifern und Stichsägen. Antoine spurtete panisch zu seinem Auto, meine Stofftasche an den Bauch gedrückt, während Louis mit blutendem Arm zweimal in die Luft schoss, um den Rückweg zu sichern. Der Tischklopfer und der mit den Augenbrauen waren am dümmsten dran. Weil die Türen an ihrem Sportwagen klemmten, mussten sie bis zum hinteren Ende der Brücke laufen, wo das Idiotenauto stand. Und bis dahin kriegten sie ganz schön was ab.

Und das war erst der Anfang.

Weil die Polizei nämlich schon am Hausboot auf alle wartete.

Aber das wusste niemand außer mir.

Die anderen sahen nur die Lichter in Blau, die kurz darauf flussabwärts in der Dunkelheit blinkten.

Ben hat es mir später erzählt.

137

Es ist Tag. Kolja und ich liegen in Bens VW-Bus unter einer Bettdecke mit blau-grünen Streifen. Ich schwitze. Kolja hat sich von mir weggedreht. Er liegt auf der Seite und brummt leise vor sich hin. Sonst ist es still.

Mein rechter Arm schmerzt.

Ich habe einen weißen Verband, der vom Ellenbogen bis zum Handgelenk reicht. Bis dorthin, wo bei Elias ein Feuer lodert.

Ich rüttle vorsichtig an Koljas Arm. Er dreht sich stöhnend zu mir um. Sein Gesicht ist verschwollen, die Haut um sein rechtes Auge leuchtet rot, blau und grün, und über der Augenbraue klebt ein großes Pflaster, das das halbe Augenlid verdeckt. Seine Lippe ist aufgeplatzt.

Er sieht zum Fürchten aus.

»Hallo, Nellie«, murmelt er undeutlich und macht die Augen auf, so weit es geht. Weit ist es nicht.

»Alles okay?«, fragt er.

Ich nicke.

»Und bei dir?«

»Tut weh.«

Dann fallen ihm wieder die Augen zu.

Ich rüttle ihn wieder. Weniger vorsichtig diesmal.

»Was haben die mit dir gemacht?«

»Was schon«, nuschelt Kolja müde. »Die haben mit mir das Scheißheroin gesucht. Und als das nirgends mehr war, haben sie mich zusammengeschlagen und mir irgendwas gegeben. Dann sind sie mit mir zurückgefahren. Die wollten dich holen und dir was tun, bis ich ihnen sage, wo das Zeug ist. Aber ich wusste es doch überhaupt nicht, es war doch einfach nicht mehr da. Hast du es genommen? Oder hat Jackson es gefressen? Ich verstehe das nicht.«

»Ich hatte es. Ich hab es Antoine gegeben. Im Austausch gegen dich. Und jetzt hat es hoffentlich die Polizei«, antworte ich.

Aber Kolja hört gar nicht mehr richtig hin.

»Ich verstehe das nicht«, wiederholt er nur.

Wieder fallen ihm die Augen zu. Und während er wegdämmert, murmelt er: »Zum Glück warst du nicht mehr auf dem Boot. Zum Glück.«

Eine Träne bildet sich langsam im Augenwinkel seines rechten Auges, löst sich und rollt über die bunt schimmernde Fläche darunter, über seinen rechten Mundwinkel, das Kinn, bis in die Halsbeuge. Und dann noch eine. Diesmal kommt sie aus dem anderen Auge. Sie rinnt über sein zerschundenes Gesicht und verschwindet irgendwo hinter seinem linken Ohr.

Ich schaue einfach zu.

138

So ist es jetzt also. Mama ist in der psychiatrischen Klinik, Papa kehrt in ein leeres Haus zurück und Kolja ist ein Verbrecher. Und ich vielleicht auch. So genau weiß ich das gar nicht. Aber streng genommen habe ich ja auch gedealt.

Das Haus aus Glas. Es hat nicht standgehalten. Die stillen Lügen haben es gesprengt. Und jetzt sitzen wir in den Glassplittern.

Aber dazwischen habe ich Dich gefunden.

139

Als ich aus dem VW-Bus steige, sehe ich Jackson. Er döst auf dem Pflaster, mitten in der prallen Sonne. Er liegt auf der Seite, so wie gestern. Als ich dachte, er würde sterben. Jetzt ist er einfach nur zu faul, um den Kopf zu heben. Dafür schlägt sein Schwanz ein Tremolo auf dem Pflasterboden, extra für mich. Ich knie mich neben ihn und drehe ihn vorsichtig auf den Rücken, fahre ihm mit der Hand über die Rippen und den Bauch und taste, ob er Schmerzen hat. Aber er bleibt ganz entspannt liegen, streckt die Beine von sich und macht sein grinsendes Krokodilsgesicht. Ich lege mich neben ihn auf den Boden und kraule ihn weiter. Ich höre noch nicht mal auf, als er mich anniest. Obwohl das echt ganz schön eklig ist.

Miss Wedlock kommt mit allen ihren Tüten aus dem Hinterausgang des Theaters. Sie trägt das blaue Kleid, in dem ich sie kennengelernt habe, und ihren kleinen blauen Hut. Statt der gelben Federn wippen jetzt zwei leuchtend bunte Schmetterlinge auf ihm.

Mir wird heiß vor Scham, als ich sie sehe. Ich habe sie betrogen, bestohlen, ihr Auto demoliert und sie in tödliche Gefahr gebracht.

Eine verheerende Bilanz.

Und das Einzige, was ich herausbringe, als ich mich schließlich aufrapple und ihr entgegengehe, ist ein gemurmeltes »Hallo, Miss Wedlock«, während ich mit den Augen irgendwas am Boden suche. Einen Spickzettel vielleicht. »Angemessene Konversation in diffizilen Situationen.«

Warum gibt es so was nicht?

Miss Wedlock kann es eindeutig besser.

Sie nimmt mich in die Arme und drückt mich so fest an sich, dass mich die Schmetterlinge auf ihrem Hut in die Wange piksen. Tatsächlich fällt mir da erst auf, wie klein sie ist.

»Es tut mir so schrecklich, schrecklich leid, Nellie«, sagt sie unglücklich, drückt mich noch fester und verströmt dabei einen leichten Veilchenduft. »Wenn ich mir vorstelle, dass ich die kleinen Leute auf dich gehetzt habe. Das wollte ich wirklich nicht.«

Sie schiebt mich ein Stückchen von sich weg und mustert mich. Schließlich schüttelt sie betrübt den Kopf.

»Du siehst ganz furchtbar aus«, sagt sie. »Was haben sie nur mit dir gemacht?«

Wir setzen uns an den wackeligen Blechtisch unter dem großen Oleander, und ich versuche, ihr zu erklären, dass es Antoine war, der mich entführt hat, ein mieser Krimineller, ein schmieriger Dealer, ein richtig gefährlicher Verbrecher. Ich will nicht, dass sie sich schuldig fühlt, und noch weniger möchte ich, dass sie den kleinen Leuten noch mehr Macht zuschreibt, als sie in ihrem Leben ohnehin schon haben. Unsere Gegner waren keine Hirnmonster, sondern reale Menschen. Solche, hinter denen die Polizei seit Monaten her war und deren Hausboot schon längst überwacht wurde. Sonst hätten sie mir doch niemals geglaubt, als ich von der Bar aus anrief. Anonym und mitten in der Nacht.

Aber Miss Wedlock will nichts davon hören. »Unsinn, Nellie!«, sagt sie. »Drogenbande hin oder her – die Drahtzieher waren die kleinen Leute. Die ganze Aktion trägt ihre Handschrift.«

Für sie ist die Sache klar: Die kleinen Leute haben unsere Entführung eingefädelt. Sie haben die Ölwanne am Morris angebohrt, um ihre Mittelmeerpläne zu sabotieren. Ihretwegen sind wir Antoine in die Hände gefallen, sie haben Jackson misshandelt und den Showdown auf der Brücke inszeniert. Sie weiß es, weil die kleinen Leute extra die Zettel hinterlassen haben. Die mit der Kellergeschichte, mit der sie sie schon so lange quälen. Immer wieder und wieder. Sie seufzt schwer, und mir wird allmählich klar, was sie meint: die Aufzeichnungen, die in dem Kuvert in der alten Bibel lagen. Miss Wedlock hat sie im Morris gefunden.

»Meinen Sie, die kleinen Leute haben das geschrieben?«, frage ich.

»Aber sicher. Sie erzählen mir die Geschichte, seit sie mit Leni zurückgekommen sind. Nur um mich zu plagen. Und jetzt haben sie sie sogar aufgeschrieben«, flüstert sie. »Doch dieses Mal ist es trotzdem anders! Dieses Mal haben sie nicht erreicht, was sie wollten. Sie haben dich zwar entführt, aber sie mussten dich wieder hergeben. Weil Elias mir geholfen hat. Und Ben und seine Kollegen. Alle haben mitgeholfen! Sogar Leni! Stell dir das vor!«

Sie lächelt triumphierend und erklärt mir das mit Leni. Deren Hilfe darin bestand, dass sie ihre Pläne ausnahmsweise einmal nicht torpediert hat. Das hat Kolja und mich gerettet.

So gesehen verdanken wir einem toten Mädchen unser Leben.

Das ist schon ziemlich strange, oder?

Und dann ist da noch Elias.

Elias, der gesagt hatte: »Das war's, Nellie«, und der dann trotzdem plötzlich da war, als ich dachte, ich wäre allein und alles wäre zu Ende.

Elias.

Wo ist er jetzt?

Ich frage Miss Wedlock. Sie sieht mich stirnrunzelnd an.

»Er ist weggegangen«, sagt sie. »Heute Morgen.«

»Wohin?«

»Weiter in den Süden. Er will doch noch nach Marokko.«

Warum tut es dermaßen weh? Noch viel mehr als gestern, als wir uns verabschiedeten und unsere Handynummern tauschten. Und sogar noch mehr als später im Hof, als er seine Kopfhörer aufsetzte und ging.

Denn er kam wieder und half mir, und ich dachte, es wäre vielleicht ein neuer Anfang. Dass er mir verziehen hätte. Dass wir in Kontakt bleiben würden.

Für ein Irgendwann, eine spätere Zeit.

Miss Wedlock erzählt weiter von der letzten Nacht, und ich muss mich zwingen, ihr zuzuhören. Dass Ben und sie mit Kolja und mir ins Krankenhaus fuhren, weil mein Arm nicht aufhörte zu bluten und auch, um Kolja untersuchen zu lassen.

»Und Elias war nicht dabei?«, frage ich.

Miss Wedlock schüttelt den Kopf. »Elias hat Jackson zum Theater zurückgebracht.«

Plötzlich wird mir so kalt, dass ich anfange zu zittern.

»Es ist alles vorbei, kleine Nellie«, sagt Miss Wedlock beruhigend und legt den Arm um mich.

Ja. Es ist alles vorbei.

Vielleicht bin ich in Sicherheit.

Aber so unendlich allein.

Ich erinnere mich wieder: an das gleißend helle Neonlicht in einem leeren Warteraum und an Ben, der mit müdem Gesicht an einem Tresen stand und einer Frau im weißen Kittel meinen Namen buchstabierte. Miss Wedlock saß neben mir, umgeben von ihren Tüten, und hielt den notdürftigen Verband an meinem Arm fest, während Kolja an meiner anderen Seite lehnte und tief und fest schlief. Und kein Elias war da.

»Aber er hat dich gerettet!«, sagt Miss Wedlock, und während sie mir die ganze Odyssee dieser Nacht erzählt, die Elias und sie hinter sich brachten, um mir zu helfen, lässt mein Zittern allmählich nach und ich höre ihr zu. Schon deshalb, weil ich den Namen Elias gar nicht oft genug hören kann. Elias und Elias und Elias. Elias, der mit einer durchgeknallten alten Frau, die ihre Hirnmonster plötzlich ganz lebendig werden sieht, aufbricht, um mich zu retten. Hat er das wirklich wegen mir getan? Oder kam er nur deshalb mit, weil er Miss Wedlock nicht alleinlassen wollte?

Aber warum war er dann auf der Brücke?

Wie kam er überhaupt dahin?

»Wir sind zum Morris rausgefahren«, erklärt mir Miss Wedlock. »Wir haben Jackson und dich überall gesucht, aber das Einzige, was wir gefunden haben, waren der Autoschlüssel auf dem Boden und die Aufzeichnungen im Auto. Damit war zumindest klar, dass die kleinen Leute hinter deinem Verschwinden steckten. Das habe ich auch den beiden Polizisten erzählt, die zum Tatort gekommen sind, aber sie wollten einfach nichts davon wissen. Sie haben behauptet, dass ihr sowieso noch nicht lange genug verschwunden wärt und dass sie höchstens wegen Autodiebstahls nach euch fahnden lassen könnten. Das muss man sich mal vorstellen!«

Als die Polizei wieder abgezogen war, teilten sie sich auf: Miss Wedlock klapperte mit Bens Bus die umliegenden Dörfer ab, und Elias fuhr mit dem notdürftig reparierten Morris zurück nach Avignon, um mich dort zu suchen.

»Elias hat doch gar keinen Führerschein«, wende ich ein.

»Aber beinahe«, sagt Miss Wedlock. »Und außerdem war es dunkel.«

So dunkel, dass sie kurz darauf fast Jackson überfuhr, der völlig verstört vor ihr auf der Straße entlangtorkelte.

»Erst wollte er gar nicht einsteigen. Aber ich konnte ihn dann doch überreden. Ich habe ihm versprochen, dass wir dich finden. Und so war es dann ja auch.«

Denn während Miss Wedlock Jackson rettete, entdeckte Elias mich. Der Krach war nicht zu überhören, als ich die Fensterscheibe vom Morris einschlug. Und von da an folgte Elias mir heimlich durch die Stadt und organisierte die Verstärkung, als es nötig war.

»Deshalb waren alle zur rechten Zeit auf der Brücke!«, sagt Miss Wedlock. »Alle außer mir. Ich war die Telefonzentrale im Theater.« Sie nimmt meine Hand in ihre und lächelt mich an. »Nellie, wir haben wirklich einen großen Sieg über die kleinen Leute davongetragen!«

140

Ich muss mich unbedingt bei Vera melden und nach Mama fragen, aber mein Handy hat immer noch keinen Saft. Miss Wedlock gibt mir das Handy von Ben.

»Das habe ich immer noch«, sagt sie. »Ganz schön praktisch, so ein Ding.«

Ich setze mich in die hinterste Ecke vom Hof und wähle Veras Nummer. Ich kann sie auswendig. Es gab Zeiten, da habe ich mir die Finger wund gewählt, um Mama zu sprechen, wenn sie bei Vera war. Ich wusste nie, wie lange sie wegbleiben würde, und immer war es für mich zu lang.

»Anne kommt wieder hoch«, sagt Vera am Telefon. »Mach dir keine Sorgen. Es dauert nur seine Zeit.«

»Ja«, sage ich hilflos.

So hilflos wie mit vier Jahren, mit fünf Jahren, mit sieben Jahren. So hilflos wie immer, wenn es um Mama geht.

»Sie will erst mal keinen Besuch«, sagt Vera zögernd.

»Ja.«

»Aber später. Später bestimmt.«

»Ja.«

»Du kannst ihr aber schreiben.«

»Ja.«

»Soll ich dir die Adresse geben?«

»Nein«, sage ich und: »Danke schön«, und lege auf.

Papa schreibe ich nur eine Nachricht: »Bin mit jackson unterwegs, kolja treffen. Bleibe noch eine weile. Alles gut! Küsse, nellie!«

Als ich mit Telefonieren fertig bin, sehe ich, dass Ben ganz in meiner Nähe steht und mich erstaunt beobachtet.

»Ist das mein Handy?«, fragt er irritiert.

»Eigentlich schon«, sage ich.

»Und uneigentlich?«

»Da musst du Miss Wedlock fragen.«

»Ich dachte, sie klaut nur Autos«, murmelt er und geht wieder davon.

141

Und dann ist es Tag. Aber sie sieht nur Wüste. Steinhaufen und Häuserstümpfe und schwarze zusammengeschnurrte Gestalten. Verbrannte Puppen, oder sind es die kleinen Leute, die Geschichten wussten und Lieder, und dann war alles fast gut, auch in der Dunkelheit? Jetzt ist es hell, aber nichts ist gut, denn sie haben ihr den Schuh nicht gegeben. Und wenn ihre Mutter wiederkommt, friert sie an einem Fuß, und Leni schläft immer noch, auch als sie sie aus dem Keller tragen, schläft sie noch. Und bitte, Leni, wach auf, fleht sie, oder lass uns beide wieder nach unten gehen, wo es dunkel ist und kalt, aber Mamas Schuh ist noch da und es war doch alles gut. Es war doch mal alles gut.

Es war doch mal alles gut.
Vor langer, langer Zeit.
Vielleicht.

142

Ich stehe auf und gehe zum VW-Bus. Kolja liegt immer noch unter der gestreiften Bettdecke, als ich die Seitentür öffne, aber er ist wach.

»Ich komme mit dir nach Hause«, murmelt er, als er mich sieht.

»Ich gehe nicht heim«, sage ich.

»Wie jetzt?«

Ich setze mich zu ihm aufs Bett.

»Ich hab noch mal über Jonas nachgedacht«, sage ich und stecke meine Füße unter seine Decke. »Und über uns.«

Kolja runzelt die Stirn und blickt leicht genervt durch sein heiles Auge. »Was bringt das?«, fragt er.

»Ich hab dich gerettet, da musst du mir wenigstens zuhören. Und außerdem bist du mich ja sowieso bald los.«

Und dann fange ich einfach an zu erzählen. Von damals. Von Dir. Von unserem toten kleinen Bruder, der plötzlich verschwunden war. Erzähle ihm von der Stille, der Leere, dem Haus aus Stein, dem Haus aus Glas, unbewohnbar. Und dass er es war, der mich gerettet hat. Immer und immer wieder. Bis er selbst verloren ging.

Kolja ist ganz still. Er hat die Augen wieder geschlossen, aber ich weiß, dass er mir zuhört.

Ich erzähle ihm, dass es keinen Ort in mir gab, an dem die

Erinnerung an Dich lebendig bleiben konnte, weil ich allen Platz, den Du vielleicht hättest einnehmen können, für ihn reserviert habe. Und den Platz, den ich für mich gebraucht hätte, gleich noch dazu. Viel zu viel Platz für einen einzigen Bruder.

Und plötzlich wird mir etwas klar. Es ist so bestechend einfach, dass es mich fast umwirft: dass Du es bist, der mich am Schlafen hindert, weil Du Dir nachts den Platz holst, den ich Dir tagsüber nicht gebe.

Als Kolja merkt, dass ich nicht weitererzähle, schaut er mich an. »Ich hab dich ganz schön hängen lassen«, nuschelt er, und schon wieder rinnen ihm die Tränen über die Wangen. Er lässt es einfach zu.

»Hast du nicht immer gesagt, dass Weinen nichts bringt?«, frage ich ihn und fahre mit meinem Zeigefinger seine Tränen nach.

Er schiebt meine Hand weg und hält sie fest.

»Du musst echt damit aufhören, mir jeden Scheiß zu glauben«, sagt er.

Er zieht mich zu sich runter und nimmt mich in den Arm. Und ich weiß, dass dort immer mein Zuhause sein wird, egal, wo er ist, egal, wo ich bin.

Und dass es Zeit ist, es zu verlassen.

143

Miss Wedlock sitzt immer noch unter dem Oleander. Sie hat ihr kariertes Köfferchen mit Nähzeug vor sich liegen und stickt kleine Perlen auf ein dunkelblaues Stück Stoff.

»Das wird ein Etui für Bens Handy«, erklärt sie mir. »Ich sollte es ihm ja doch irgendwann wiedergeben.«

Ich setze mich neben sie. Ich weiß nicht, wie ich anfangen soll, aber dann platzt es einfach aus mir raus.

»Könnten Sie Jackson und mich mit ans Meer nehmen?«, frage ich.

Miss Wedlock schaut mich verblüfft an. Aber schließlich zieht ein breites Lächeln über ihr Gesicht.

»Mit dem allergrößten Vergnügen!«, antwortet sie.

»Und könnten wir bald losfahren? Vielleicht noch heute?«, frage ich weiter.

Sie nickt. »Weißt du, das kommt mir sehr gelegen. Leni ist der Trubel hier zu viel. Und sie findet, wir sollten unsere Tüten mal in der Meeresbrise lüften. Ich will nur noch das Etui fertig kriegen.«

144

Am frühen Abend verabschieden wir uns. Von Ben, der wahrscheinlich froh ist, dass er sein Auto und sein Handy und das Theater wieder für sich hat, und von Kolja, der nach Hause fahren will, um mit Mama zu sprechen und mit Papa auch.

»Aber dann hau ich wieder ab, Nellie«, sagt er und klingt immer noch ganz schön undeutlich. »Amerika ist gesetzt. Wenigstens für ein paar Monate, wenn ich das Geld zusammenhabe. Legal verdient, natürlich«, fügt er noch hinzu, als er meinen skeptischen Blick bemerkt.

Ich gebe ihm einen Kuss auf seine ramponierte Wange und denke, dass es vielleicht ganz gut ist, wenn er mit seinem Besuch bei Mama wartet, bis er nicht mehr ganz so verboten aussieht. Vorausgesetzt, sie will ihn überhaupt sehen.

145

Wir sind wieder auf der Straße, der Morris, Miss Wedlock, Jackson und ich und Leni bestimmt auch, und fahren Richtung Mittelmeer. Über die Brücke, auf der vor ein paar Stunden noch der Showdown lief zum Drogen-gegen-Bruder-Deal, vorbei an der Stelle, wo Elias meine Hand genommen hat, wo er neben mir stand und mich nicht alleinließ. Ohne ihn wäre ich jetzt vielleicht schon tot. Ein zusammengeschnürtes Bündel, das in der Rhône treibt.

Wie soll ich mich bei ihm bedanken, wenn ich nicht mal mehr seine Handynummer habe?

Es beginnt ganz unspektakulär. Ungefähr so wie bei Kolja. Erst eine Träne und dann noch eine. Nur dass es dann einfach nicht mehr aufhört. Ich weine und weine. Tatsächlich. Es müssen fossile Tränen sein, so lange habe ich nicht mehr geweint. Sie schmerzen in meinem Hals, in meinen Augen, auf meinen Wangen. Sie ätzen und brennen und schneiden mir in die Haut. Jackson hinter mir hebt unruhig den Kopf und Miss Wedlock schaut traurig vor sich hin. Aber sie sagt nichts.

Ich weine, während wir Avignon verlassen.

Ich weine, als wir auf der Schnellstraße Richtung Autobahn fahren.

Ich weine, als wir durch die Mautstelle kommen.

Und ich weine, als wir auf der Autobahn sind.

Ich weine um Elias, um Mama und Papa, um Jonas und um Kolja und um Miss Wedlock und um mich.

Und dann wieder um Elias.

Ich weine, bis mein Handy summt, das endlich wieder aufgeladen ist. Eine Nachricht von Viktor: »Irgendwer ist bei euch im haus! Was soll ich tun?«

»Das ist mein vater«, schreibe ich ihm zurück. »Alles okay! Mission beendet!«

Ich schalte mein Handy aus. Dann stelle ich das Ausstellfenster quer und lasse die Abendluft in mein Gesicht wehen. Die Plastikfolie, die die zertrümmerte Seitenscheibe ersetzt, knattert wie wild im Fahrtwind.

146

`Zusammengezogen auf einen Punkt, ganz klein. Und einfach warten. Kein Tag, keine Nacht. Lichtlos und hell. Bis die Farben wiederkommen. Bis sie den Fuß wieder spüren kann. Denn er gehört doch zu ihr. Oder wo sitzt der Schmerz, der riesengroße, der das Bett überschwemmt? Sie kommen aber wieder. Sie bringen Leni zurück. Und sie ist nicht allein.`

147

Mal wieder eine Raststätte. Weil Miss Wedlock eine Pause braucht auf unserem Weg ans Meer.

Es ist tiefe Nacht. Ich gehe mit Jackson zu einer Wiese hinter dem Schnellrestaurant, während sie ein bisschen schlafen will. Alles wie gehabt.

Am Rand der Wiese steht eine Sitzgruppe aus dicken Holzbalken. Eine Bank, ein Tisch, eine Bank. Auf einer der Bänke liegt jemand, tief in seinen Schlafsack vergraben.

Den Schlafsack kenne ich. Den Rucksack, der neben der Bank lehnt, auch.

Und Jackson erkennt den Jemand im Schlafsack, noch bevor mein müdes Hirn es wirklich begreift.

Es ist Elias.

Ich setze mich auf die Bank ihm gegenüber und halte Jackson fest an der Leine, damit er nicht zu ihm hinüberläuft und ihn weckt.

Und so sitzen wir da, die ganze Nacht, Jackson und ich, und schauen auf den Jungen mit dem Glücksdrachen oder vielmehr: auf seinen Schlafsack, wie er sich ganz leicht hebt und senkt, und auf die paar braunen Haare, die oben herausschauen.

Ich könnte ewig so sitzen und einfach nur schauen und nichts sagen, noch nicht einmal denken, nur schauen und lauschen.

Meine letzte Tonaufnahme auf diesem Weg. Die neunte:

Das rhythmische Zirpen der Grillen, ein hoher Ton, und darunter ein seltsames Schnarren, das gleichmäßige Quaken der Frösche an irgendeinem nahen Teich, die leisen Atemzüge von Elias und manchmal ein zartes Seufzen, ein kurzes Rascheln von Nylon, meine Herzschläge und das Rauschen der Autos in der Ferne, das Schlagen von Autotüren und vereinzelte Stimmen, ein Lachen und das Quaken der Frösche, der hohe Ton der Grillen, meine Herzschläge und Elias' Atemzüge, ein sanftes, leises Auf und Ab.

Elias.

Alles, was ich höre.

Und dann, aber da ist die Tonaufnahme längst zu Ende, eine Stimme, die mich aus dem Schlaf reißt, ein staunendes »Nellie?« und ein Tonleiterglucksen und dann gar nichts mehr, weil ich über den Tisch klettere, einmal quer rüber, zu diesem Jungen mit dem Glücksdrachen, den mir das Schicksal, an das ich doch noch nicht einmal glauben will, wieder über den Weg geschickt hat.

148

Manche Sachen regeln sich von alleine und manche nicht.

Von alleine regelt sich: dass wir uns küssen und dass Elias nicht mehr sauer auf mich ist.

Nicht von alleine regelt sich: der ganze Rest.

Und deshalb fährt er mit uns mit. Damit wir Zeit haben, den Rest herauszufinden. Was das ist mit uns und was es werden könnte. Und damit wir beide Miss Wedlock helfen können, wenn sie tatsächlich ihre Tüten lüftet.

149

Also gut.

Das hier ist auch eine Art Abschied von Dir.

Jonas. Jonasbaby.

Ich weiß es wieder: Deinen ureigenen Babygeruch und die Spuckeblasen, die Du machen konntest, Deine Brummgeräusche und Dein Lächeln. Ich weiß wieder, wie Du gestorben bist und wie ich Dich vergaß und was dann kam: die Stille, die Leere, die lange, lange Zeit ohne Dich.

Da bist Du nun wieder. Ein Schmerz, den ich greifen kann, der ein Bild hat und eine Geschichte. Die weiterging, auch als ich Dich vergessen hatte.

Hier gebe ich sie Dir wieder. Unsere Geschichte. Ich habe sie für Dich aufgeschrieben. In den Tagen am Strand, während Miss Wedlock in der Sonne döste und Elias mit Jackson Spurensuchen übte.

Und jetzt lasse ich Dich los. Weil das Leben weitergeht.

Ja, ich weiß, für Dich nicht. Für Dich leider nicht. Aber für mich.

Auch wenn ich keine Ahnung habe, wie es wird.

Zum Beispiel mit Elias und mir und dem, was das ist zwischen uns.

Ich lasse Dich los.

Lege unsere Geschichte ins Meer, bis das Wasser die Wörter aufgesogen hat. Und denke, dass sie Dich erreicht. Wenn alles Leben aus dem Wasser kommt, dann kehrt man doch vielleicht auch wieder dahin zurück. Dann bist Du da irgendwo. In einem Tropfen oder so.

Vielleicht.

Die Vorstellung ist auf jeden Fall schön.

Und dass Du das liest.

Und auch wenn ich jetzt aufhöre, Dir zu schreiben, verspreche ich Dir doch, dass ich Dir ab und zu ein bisschen was erzähle, von dem, was so passiert.

Aber nicht alles, kleiner Bruder. Nicht alles. Das geht echt nicht!

Und übrigens: Miss Wedlock hat ihre Tüten wirklich gelüftet. Zweiundzwanzig alte Schuhe stehen jetzt nebeneinander im Sand. Eine lange Reihe brauner Schuhe, an denen Jackson andächtig schnuppert.

Sie sehen gar nicht mehr so trostlos aus. Sie erzählen einfach nur ganz viele Geschichten. Manche gehen gut aus und manche nicht. Aber alle gehören zum Leben.

Epilog

»Und was ist das jetzt mit dem ganzen Rest?«, fragt Elias und wackelt mit seinen Zehen, an denen jede Menge Sand klebt.

Wir sitzen nebeneinander am Strand und blinzeln in die Abendsonne, die bühnenreif gleich im Meer versinkt.

Der perfekte Moment für existenzielle Fragen.

»Der Rest ist das ganze Leben!«, sage ich.

»Das ganze Leben, das vor uns liegt?«

Ich nicke.

»Vor dir und vor mir oder vor uns beiden zusammen?«, bohrt Elias nach und grinst mich an.

»Fragt das derjenige, der mit niemandem zusammen sein will?«, antworte ich und grinse zurück.

»Ach, weißt du«, sagt er, und sein Grinsen wird noch breiter. »Wenn man erst mal jemanden gerettet hat, übernimmt man auch gewisse Verpflichtungen.«

»Du glaubst ja wohl nicht, dass ich aus Verpflichtung geliebt werden will, du Superheld!« Eine Menge Sand rieselt von mir auf ihn runter, als ich mich auf ihn werfe.

»Also?«, fragt Elias, während er mit dem Kopf wackelt, um den Sand aus seinem Gesicht zu schütteln. Die Arme kann er nicht benutzen, weil ich auf ihnen sitze. »Was ist jetzt der Rest?«

»Der Rest ist das ganze Leben, das vor uns liegt. Vor dir und vor mir und vor uns gemeinsam«, sage ich und schaue in seine wunderschönen braunen Augen.

Er lächelt nicht mehr. Er sieht mich einfach nur an.

Und da ist er, der ganze glückliche Rest.

Mit Glücksdrachenfunken und allem.

Ein Universum für uns, das ein bisschen nach Sand schmeckt.

Natürlich magellan©

FSC
www.fsc.org
MIX
Papier aus verantwortungsvollen Quellen
FSC® C083411

Wir pflanzen Bäume
Für unsere Umwelt
www.magellanverlag.de

Hergestellt in Deutschland
Gedruckt auf FSC®-Papier
Lösungsmittelfreier Klebstoff
Drucklack auf Wasserbasis

1. Auflage 2019

Umschlaggestaltung: Christian Keller
unter Verwendung von Motiven von iStock / Melbye
Druck: CPI, Leck
ISBN 978-3-7348-8206-7

www.magellanverlag.de